Ugly Love. Pídeme cualquier cosa menos amor

Bestseller

Biografía

Colleen Hoover empezó a escribir a los cinco años. Autopublicó su primer libro en enero de 2012 y en pocos meses estaba en la lista de los más vendidos de *The New York Times*. Hasta la fecha es autora de más de veinte novelas y cuenta con el reconocimiento y apoyo incondicional de millones de lectores en todo el mundo. Ha ganado el Goodreads Choice Award a la mejor novela romántica en tres ocasiones y su novela *Romper el círculo* se ha convertido en uno de los mayores fenómenos literarios globales de los últimos años. En 2015 Hoover fundó junto con su familia The Bookworm Box, una organización sin ánimo de lucro que promueve la lectura y cuyos beneficios son donados a distintas organizaciones benéficas.

Colleen Hoover

Ugly Love. Pídeme cualquier cosa menos amor

Traducción de Lara Agnelli

Planeta

PEFC Certificado

Este libro procede de
bosques gestionados
de forma sostenible

PEFC

PEFC/14-38-00305 www.pefc.es

Título original: *Ugly Love*

Avda. Diagonal, 662-664, 08034 Barcelona (España)
www.planetadelibros.com

Adaptación de la cubierta: Booket / Área Editorial Grupo Planeta a partir de la idea original de Danielle Mazzella di Bosco
Imagen de la cubierta: © Littlesam y © Vittorio Bruno / Shutterstock
Primera edición en Colección Booket: enero de 2025

Depósito legal: B. 20.135-2024
ISBN: 978-84-08-29769-7
Impresión y encuadernación: Liberdúplex, S. L.
Printed in Spain - Impreso en España

Para mis dos mejores amigas, que casualmente son también mis hermanas, Lin y Murphy

1
TATE

—Alguien la ha apuñalado en el cuello, señorita.

Con los ojos muy abiertos, me vuelvo lentamente hacia el caballero entrado en años parado a mi lado. Tras presionar el botón de subida en el ascensor, me mira. Sonriendo, me señala el cuello.

—La marca de nacimiento.

Me llevo la mano al cuello de manera instintiva y me toco la marca del tamaño de una moneda que tengo debajo de la oreja.

—Mi abuelo solía decir que la ubicación de una marca de nacimiento contaba la historia de cómo esa persona había perdido la batalla en una vida anterior. Supongo que a usted la apuñalaron en el cuello. Seguro que fue una muerte rápida.

Sonrío, aunque no sé si debería sentirme divertida o asustada. A pesar de que el tema que ha elegido para darme conversación es un tanto macabro, no puede ser un tipo peligroso. Por su postura encorvada y el temblor general, no puede tener menos de ochenta años. Se dirige despacio hacia una de las dos butacas de terciopelo rojo que hay apoyadas contra la pared, junto al ascensor. Gruñe al sentarse y me mira de nuevo.

—¿Va al piso dieciocho?

Entorno los ojos mientras proceso su pregunta. Al parecer sabe a qué planta voy, aunque es la primera vez que piso este bloque de apartamentos y, ciertamente, es la primera vez que veo a este hombre.

—Sí, señor —respondo con cautela—. ¿Trabaja aquí?

—Oh, sí. Así es. —Señala hacia el ascensor con la cabeza y yo contemplo los números que se van iluminando. Todavía le faltan once pisos para llegar hasta aquí. Espero que no tarde demasiado—. Soy el que pulsa el botón del ascensor —sigue diciendo—. Creo que mi puesto de trabajo no tiene un cargo oficial, pero a mí me gusta decir que soy capitán de vuelo, teniendo en cuenta que envío gente a una altura de veinte pisos.

Sus palabras me hacen sonreír, sobre todo porque tanto mi hermano como mi padre son pilotos.

—¿Cuánto tiempo hace que es el capitán de vuelo de este ascensor? —le pregunto mientras espero. Juro que es el ascensor más lento que he visto en la vida.

—Desde que me hice demasiado viejo para seguir con el mantenimiento del edificio. Trabajé aquí treinta y dos años antes de ascender a capitán. Llevo quince años enviando gente a las alturas. Más de quince, creo. El dueño me dio este trabajo por caridad, para que estuviera ocupado hasta que me muriera. —Sonríe sin mirarme—. Lo que no sabía era que Dios me había dado una larga lista de cosas importantes que quiero cumplir en la vida y, todavía hoy, voy tan retrasado que no creo que pueda morirme nunca.

Estoy riéndome cuando las puertas del ascensor se abren al fin. Me agacho para coger el asa de la maleta y me vuelvo hacia él una vez más antes de entrar en el ascensor.

—¿Cómo se llama?

—Samuel, pero llámeme Cap. Todos me llaman así.

—¿Tiene alguna marca de nacimiento, Cap?

Él sonríe.

—De hecho, sí. Al parecer, en mi vida anterior me dispararon en el culo. Debo de haberme desangrado.

Sonriendo, me llevo la mano a la frente para saludarlo militarmente. Entro en el ascensor y, al darme la vuelta para quedar encarada hacia las puertas abiertas, admiro la extravagancia del vestíbulo. Este lugar, con sus anchas columnas y los suelos de mármol, se parece más a un hotel histórico que a un bloque de apartamentos.

Cuando Corbin me dijo que podía quedarme a vivir con él hasta que encontrara trabajo, no me imaginaba que ya estuviera viviendo como un adulto. Pensé que su casa sería algo parecido a lo que tenía la última vez que fui a visitarlo, justo después de graduarme en el instituto, cuando él se estaba preparando para sacarse el título de piloto, cuatro años atrás. En aquellos tiempos vivía en un edificio bajo y sencillo, por llamarlo de manera bonita, y eso era lo que esperaba encontrar hoy.

Ciertamente, no esperaba encontrarme un rascacielos en pleno centro de San Francisco.

Levanto la mano hacia el panel y pulso el botón del piso dieciocho antes de fijarme en la pared acristalada del ascensor. Estuve todo el día de ayer y parte de esta mañana recogiendo mis pertenencias en el apartamento de San Diego. Por suerte, no tengo gran cosa. Pero, tras el viaje de ochocientos kilómetros en coche que he hecho sola, mi reflejo muestra lo agotada que estoy. Llevo el pelo recogido en un moño alto, sujeto con un lápiz de cualquier manera, ya que no he podido buscar un coletero mientras conducía. Tengo los ojos de color avellana, igual que el pelo, pero estoy segura de que hoy deben de parecer mucho más oscuros por las ojeras.

Meto la mano en el bolso en busca del bálsamo labial, tratando de salvar los labios antes de que tengan tan mal aspecto como el resto de mí. Justo cuando las puertas del ascensor empiezan a cerrarse, se vuelven a abrir. Un tipo se dirige a toda prisa hacia los ascensores y saluda al anciano sin detenerse.

—Gracias, Cap.

Desde donde estoy no veo a Cap, pero lo oigo refunfuñar algo entre dientes. No parece que le apetezca charlar con el recién llegado tanto como conmigo hace un momento. El tipo parece tener veintitantos años, menos de treinta. Cuando me sonríe, sé exactamente lo que está pensando, puesto que acaba de meterse la mano izquierda en el bolsillo.

La mano en la que lleva el anillo de casado.

—Voy al décimo —me dice sin dejar de observarme.

Baja la vista hacia el discreto escote que deja a la vista mi camiseta y luego hacia la maleta que tengo al lado. Pulso el botón de la décima planta.

«Debería haberme puesto un jersey.»

—¿De mudanza? —me pregunta mirándome el escote de nuevo de manera descarada.

Asiento con la cabeza, aunque dudo de que se entere, teniendo en cuenta que no me está mirando a la cara.

—¿A qué piso vas?

«Ah, no. Ni hablar.»

Alzo los brazos y cubro el panel para que no vea el botón iluminado del piso dieciocho. Luego pulso todos los botones entre el diez y el dieciocho. Cuando él mira hacia el panel, confundido, le suelto:

—No es de tu incumbencia.

Él se echa a reír.

Se piensa que estoy de broma.

Alza una ceja oscura y espesa. Es una ceja agradable, unida a un rostro agradable, que va unido a una cabeza agradable, la cual, a su vez, va unida a un cuerpo agradable.

Un cuerpo casado.

Capullo.

Él me dirige una sonrisa seductora al darse cuenta de que lo estaba observando, pero mi interés no tiene nada que ver con lo que se está imaginando. Me preguntaba cuántas veces habría estado ese cuerpo pegado a alguna chica que no fuera su esposa.

Siento lástima de su esposa.

Cuando llegamos a la décima planta, él sigue con la vista pegada a mi escote.

—Puedo ayudarte con eso —se ofrece señalando la maleta con la cabeza.

Su voz también es agradable. A saber cuántas chicas habrán caído presas del embrujo de esa voz de hombre casado. Se acerca a mí y, con decisión, presiona el botón que cierra las puertas. Sosteniéndole la mirada, presiono el botón que las abre.

—No hace falta. Yo me encargo.

Él asiente como si lo entendiera, pero el brillo seductor

de su mirada no desaparece. Si antes me caía mal, ahora aún me cae peor. Sale del ascensor y se vuelve hacia mí antes de alejarse.

—Nos vemos, Tate —dice mientras se cierran las puertas.

Frunzo el ceño, incómoda, al darme cuenta de que las dos personas con las que he interactuado desde que he entrado en el edificio ya sabían quién era yo.

Sigo subiendo en el ascensor, que se detiene en cada una de las plantas que nos separan del piso dieciocho. Mientras salgo, cojo el móvil y abro el chat de Corbin, porque no recuerdo si me dijo que estaba en el apartamento 1816 o en el 1814.

¿O era el 1826?

Me detengo a la altura del 1814 porque hay un tipo tirado en el suelo del pasillo, con la espalda apoyada en la puerta del 1816.

«Por favor, que no sea el 1816.»

Cuando encuentro el mensaje que busco, hago una mueca. Es el 1816.

«¡Cómo no!»

Me dirijo lentamente hacia la puerta con la esperanza de no despertarlo. Tiene las piernas extendidas y la espalda apoyada en la puerta de Corbin. Ha pegado la barbilla al pecho y está roncando.

—Perdón —susurro, pero el tipo no reacciona. Levanto la pierna y le doy una patadita en el hombro—. Tengo que entrar en este apartamento.

Él se sobresalta. Abre los ojos despacio y se queda observando al frente, donde están mis piernas.

Al ver mis rodillas, frunce el ceño y se echa lentamente

hacia delante. Alza una mano y me toca la rodilla con un dedo, como si no hubiera visto una rodilla en su vida. Deja caer la mano, cierra los ojos y vuelve a dormirse apoyado en la puerta.

«Genial.»

Corbin no vuelve hasta mañana, así que lo llamo por teléfono para que me diga si debería preocuparme por este tipo o no.

—¿Tate? —me pregunta sin molestarse en saludarme.

—Sí. He llegado bien, pero no puedo entrar porque hay un borracho durmiendo en tu puerta. ¿Alguna sugerencia?

—¿El 1816? ¿Estás segura de que estás en la puerta correcta?

—Segurísima.

—¿Estás segura de que está borracho?

—Segurísima.

—Qué raro... ¿Qué lleva puesto?

—¿Por qué quieres saberlo?

—Porque si lleva uniforme de piloto, probablemente viva en el bloque. La compañía de vuelo tiene un contrato con los dueños.

El tipo no viste ningún uniforme, pero no puedo evitar fijarme en que los vaqueros y la camiseta negra le sientan estupendamente.

—No, no lleva uniforme.

—¿Puedes entrar sin que se despierte?

—Tendría que moverlo. Y se caerá hacia dentro si abro la puerta.

Corbin guarda silencio unos segundos.

—Baja y pregunta por Cap. Ya le dije que llegarías esta noche. Puede acompañarte hasta que hayas entrado.

Suspiro, porque llevo seis horas al volante y lo que menos me apetece ahora mismo es volver al vestíbulo. Y también suspiro porque dudo que Cap pudiera echarme una mano con esto.

—Mejor quédate y no cuelgues hasta que haya entrado.

Mi plan me parece mucho más razonable. Sosteniendo el móvil entre el cuello y la oreja, busco en el bolso la llave que Corbin me envió. La inserto en la cerradura y empiezo a abrir la puerta, pero el borracho se cae hacia atrás con cada centímetro que abro. Gruñe, aunque no vuelve a abrir los ojos.

—Qué pena que esté tan perjudicado —le digo a Corbin—. No está nada mal.

—Tate, entra de una puta vez y cierra la puerta para que pueda colgar.

Pongo los ojos en blanco. Sigue siendo el mismo hermano mandón de siempre. Sabía que venirme a vivir con él no sería bueno para nuestra relación, sobre todo teniendo en cuenta que siempre me ha tratado más como un padre que como un hermano; pero no tenía tiempo de encontrar un trabajo y un apartamento propio antes de que empezaran las clases, lo que me dejó con pocas opciones.

Sin embargo, espero que las cosas entre nosotros sean distintas ahora que él tiene veinticinco y yo veintitrés. Si no somos capaces de llevarnos mejor ahora que cuando éramos niños, es que todavía hemos de madurar mucho.

Supongo que va a depender de si Corbin ha cambiado desde la última vez que vivimos juntos. Les sacaba fallos a todos los chicos con los que salía, a todos mis amigos, a todas las decisiones que tomaba, incluso a la universidad que elegí. Pero nunca hice caso de sus opiniones. La distancia y el tiempo han ayudado a que deje de estarme constantemente encima, pero mudarme a vivir con él será la prueba definitiva.

Me cuelgo el bolso al hombro, pero se me engancha en el asa de la maleta y dejo que se caiga al suelo. Mientras con la mano izquierda agarro con firmeza el pomo de la puerta para que el tipo este no se caiga dentro del apartamento, le apoyo el pie en el hombro y empujo, tratando de desplazarlo.

Pero nada, no se mueve.

—Corbin, pesa demasiado. Voy a tener que colgar para poder usar las dos manos.

—No, no cuelgues. Ponte el móvil en el bolsillo, pero no cuelgues.

Bajo la vista hacia la camiseta de talla grande y los *leggings* que llevo puestos.

—No tengo bolsillos. Al sujetador que va.

Corbin hace un ruido, como si le entraran arcadas. Sin hacerle caso, me aparto el teléfono de la oreja y me lo meto en el sujetador. Retiro la llave de la cerradura y la lanzo hacia el bolso, pero no acierto y se cae al suelo. Agarro al borracho con las dos manos para sacarlo del medio.

—Muy bien, colega —le digo haciendo fuerza—. Siento interrumpirte la siesta, pero necesito entrar en el apartamento.

No sé cómo, logro apoyarlo en el marco de la puerta para impedir que se caiga hacia el interior. Abro un poco más la puerta y me vuelvo para recuperar mis cosas.

Algo cálido me agarra por el tobillo.

Me quedo paralizada.

Miro hacia abajo.

—¡Suéltame! —grito dándole patadas a la mano que me coge el tobillo con tanta fuerza que estoy segura de que me dejará marcas.

El borracho me mira, pero sigue sin soltarme, lo que hace que me caiga de espaldas en el apartamento al tratar de apartarme.

—Tengo que entrar ahí —murmura justo cuando mi culo entra en contacto con el suelo.

Trata de abrir la puerta con la otra mano, lo que me provoca un ataque de pánico. Encojo las piernas para meterlas en el piso, pero como él sigue aferrado a mi tobillo, entra también. Uso la pierna libre para darle una patada a la puerta, y lo alcanzo de lleno en la muñeca.

—¡Mierda! —grita tratando de recuperar su mano, pero yo sigo presionando la puerta con el pie.

Aflojo la presión lo justo para que él retire la mano y luego cierro de una patada. Me levanto a toda velocidad y echo el pestillo, la cadenita y todo lo que encuentro. Cuando el corazón se me calma un poco, me empieza a gritar.

Literalmente. Mi corazón me está llamando a gritos.

Tiene voz de hombre, una voz grave y profunda.

Y me dice: «¡Tate, Tate!».

¡Es Corbin!

Inmediatamente bajo la vista hacia mi escote, saco el móvil del sujetador y me lo acerco a la oreja.

—¡Tate, respóndeme!

Hago una mueca y me aparto el teléfono unos centímetros.

—Estoy bien —respondo sin aliento—. Estoy dentro y he cerrado con pestillo.

—¡Por Dios! —exclama él aliviado—. Me has dado un susto de muerte. ¿Qué demonios ha pasado?

—El tipo ha tratado de entrar, pero lo he dejado fuera. Y he cerrado con pestillo.

Enciendo la luz del salón y doy un par de pasos, pero me detengo en seco.

«Brillante, Tate.»

Me doy la vuelta poco a poco al darme cuenta de lo que acabo de hacer.

—Eeem, ¿Corbin? —Hago una pausa—. Me temo que me he dejado unas cosillas fuera. Saldría a buscarlas, pero es que el borracho está empeñado en entrar en tu apartamento, así que no pienso volver a abrir la puerta. ¿Alguna sugerencia?

Él permanece en silencio unos instantes.

—¿Qué te has dejado fuera?

No me apetece responderle, pero lo hago.

—La maleta.

—Joder, Tate —murmura.

—Y... el bolso.

—¿Por qué demonios está el bolso fuera?

—Y es posible que me haya dejado también la llave de tu apartamento en el suelo del pasillo.

Esta vez ni siquiera se molesta en responder; solo gruñe.

—Llamaré a Miles para ver si ya ha llegado a casa. Dame dos minutos.

—Un momento. ¿Quién es Miles?

—El vecino de enfrente. Ni se te ocurra abrir la puerta hasta que vuelva a llamarte.

Cuando Corbin cuelga, me apoyo en la puerta. Llevo viviendo en San Francisco media hora y ya le estoy dando por saco. Qué raro. Tendré suerte si me deja quedarme aquí hasta que encuentre trabajo. Espero no tardar mucho en conseguir empleo, teniendo en cuenta que he enviado mi currículum para cubrir una de las tres plazas de enfermera disponibles en el hospital más cercano. Tal vez me toque trabajar de noche, o los fines de semana, o las dos cosas, pero aceptaré cualquier cosa con tal de no tener que echar mano de mis ahorros mientras estudio.

Cuando suena el teléfono, deslizo el dedo por la pantalla y respondo:

—Hola.

—¿Tate?

—Sip. —Me pregunto por qué siempre tiene que asegurarse de que habla conmigo. Me ha llamado a mí, a mi número. ¿Quién puede responder, si no soy yo? ¿Alguien con mi misma voz?

—He localizado a Miles.

—Bien. ¿Me va a ayudar a recuperar mis cosas?

—No exactamente. Yo... necesito que me hagas un favor enorme.

Vuelvo a dejar caer la cabeza contra la puerta. Tengo la sensación de que los próximos meses van a estar llenos de peticiones inoportunas, ya que sabe que él me está haciendo un favor enorme al dejar que me quede aquí. ¿Los platos? Seguro. ¿La colada? Sin duda. ¿La compra? Dalo por hecho.

—¿Qué necesitas?

—Es que... Miles necesita tu ayuda.

—¿El vecino? —Guardo silencio cuando sumo dos y dos. Con los ojos cerrados, añado—: Corbin, por favor, no me digas que el tipo al que has llamado para que me proteja del borracho es el borracho.

Corbin suspira.

—Necesito que abras la puerta y lo dejes entrar. Que duerma en el sofá. Llegaré mañana a primera hora. Cuando se le pase, sabrá dónde está y se irá a su casa.

Niego con la cabeza.

—¿En qué clase de apartamento vives? ¿Tengo que prepararme para que algún borracho me meta mano cada vez que vuelva a casa?

Corbin hace una larga pausa.

—¿Te ha metido mano?

—Quizá no sería esa la palabra precisa, pero me ha agarrado del tobillo.

Corbin suelta un suspiro.

—Hazlo por mí, Tate. Vuelve a llamarme cuando Miles esté dentro y hayas recuperado tus cosas.

—Vale —refunfuño, al notar la preocupación en su voz.

Corto la llamada y abro la puerta. El borracho se cae de lado. El móvil se le escurre de la mano y va a parar al suelo, junto a su cabeza. Lo empujo y, cuando queda tumbado de espaldas en el suelo, lo observo desde arriba. Él abre los ojos y trata de enfocar la mirada, pero se le cierran los párpados.

—Tú no eres Corbin —murmura.

—No, no lo soy, pero soy tu nueva vecina, y tengo la sensación de que me vas a deber al menos cincuenta tazas de azúcar.

Lo agarro por los hombros y trato de hacer que se siente, pero no se mueve. Parece incapaz de mover un músculo. ¿Cómo puede alguien emborracharse hasta este punto?

Lo agarro por las manos y tiro de él centímetro a centímetro hasta que entra en el apartamento. Me detengo cuando está lo bastante dentro para poder cerrar la puerta. Recupero mis cosas y cierro. Tomo un cojín del sofá, le apoyo la cabeza en él y lo pongo de lado, por si acaso vomita mientras duerme.

Y esta es toda la ayuda que le voy a proporcionar.

Cuando está cómodamente dormido en medio de la sala, miro a mi alrededor. Aquí cabrían tres salones del antiguo apartamento de Corbin. La zona de comedor está unida al salón, pero la cocina está separada por una pared que llega a media altura. La estancia está decorada con varios cuadros de estilo moderno. Los sofás, voluminosos y mullidos, son de color canela claro, lo que hace destacar los vivos colores de los cuadros. La última vez que dormí en su casa tenía un futón, un puf de bolitas y pósteres de modelos en las paredes.

Creo que mi hermano está madurando al fin.

—Impresionante, Corbin —comento en voz alta mientras voy recorriendo las habitaciones, encendiendo las luces y familiarizándome con mi nuevo hogar temporal. Me da un poco de rabia que sea tan bonito. Me costará más marcharme cuando haya ahorrado lo suficiente para mudarme.

Entro en la cocina y abro la nevera. Hay una hilera de salsas y condimentos en la puerta, una caja con restos de pizza en el estante central y un cartón de leche totalmente vacío en el superior.

Por supuesto que no tiene nada en la nevera. Tampoco podía esperar que hubiera cambiado tanto.

Cojo una botella de agua y salgo de la cocina en busca

de la que será mi habitación durante los próximos meses. Hay dos dormitorios, el de Corbin y otro, que es donde entro para dejar la maleta sobre la cama. Tengo tres maletas más y al menos seis cajas en el coche, por no mencionar la ropa que llevo con las perchas incorporadas, pero no pienso tocar nada de eso esta noche. Corbin ha dicho que vuelve mañana por la mañana, así que se lo dejo a él.

Me pongo unos pantalones de chándal y una camiseta de tirantes, me cepillo los dientes y me preparo para acostarme. Normalmente me pondría nerviosa saber que comparto apartamento con un extraño, pero tengo la sensación de que no necesito preocuparme. Corbin nunca me habría pedido que ayudara a alguien que considerara peligroso. Reconozco que me extraña, porque si esta conducta es habitual en Miles, no entiendo que me haya pedido que lo deje entrar en el apartamento.

Corbin nunca se ha fiado de los chicos que se me acercan, y la culpa es de Blake, el primer novio formal que tuve a los quince años, que era también el mejor amigo de Corbin. Blake tenía diecisiete años y yo pasé meses colgadísima de él. Por supuesto, mis amigas y yo nos colgábamos de la mayoría de los amigos de Corbin por la simple razón de que eran mayores que nosotras.

Blake venía a casa casi todos los fines de semana y se quedaba a dormir. No sé cómo, siempre encontrábamos la manera de quedarnos a solas cuando Corbin estaba distraído. Una cosa llevó a la otra y, tras varias semanas de vernos a escondidas, Blake me dijo que quería que lo nuestro fuera oficial. El problema fue que no anticipó la reacción que tendría Corbin cuando él me rompiera el corazón.

Y me lo rompió bien roto, sí, señor. En tantos trozos como puede romperse un corazón a los quince años tras dos semanas de relación secreta. Al parecer, durante las dos semanas que estuvo conmigo, salió también con varias chicas más. Cuando Corbin se enteró, puso fin a su amistad y advirtió al resto de sus amigos de que no debían acercarse a mí.

A partir de ese momento me resultó imposible salir con nadie en el instituto hasta que mi hermano se graduó y se marchó. Incluso entonces, los chicos se mantenían a distancia tras haber oído las historias de terror que corrían sobre lo que les pasaba a los que se atrevían a acercarse a la hermana pequeña de Corbin.

Y, aunque en aquella época lo odiaba, ahora lo agradecería. Desde el instituto he tenido un montón de relaciones desastrosas. Estuve viviendo un año con mi último novio antes de darme cuenta de que esperábamos cosas distintas de nuestra vida en común. Él pretendía que me quedara en casa, pero yo quería una carrera profesional.

Por eso estoy aquí. Para sacarme un máster en Enfermería mientras hago lo posible por mantenerme alejada de cualquier relación. Tal vez lo de vivir con Corbin no sea tan mala idea después de todo.

Regreso al salón para apagar las luces, pero al doblar la esquina me detengo inmediatamente.

Miles se ha levantado y ahora está en la cocina, inclinado sobre la barra de desayuno, donde ha apoyado los brazos. Está sentado en el borde de un taburete, y parece estar a punto de caerse al suelo en cualquier momento. No sé si se ha vuelto a dormir o si está tratando de recuperarse.

—¿Miles?

No reacciona cuando pronuncio su nombre, por lo que

me acerco y le apoyo la mano en el hombro, sacudiéndolo con delicadeza.

En cuanto le aprieto el hombro con los dedos, él contiene el aliento y endereza la espalda, como si acabara de despertarlo de un profundo sueño.

O de una pesadilla.

Inmediatamente se desliza del taburete hacia el suelo, pero apenas se sostiene en pie. Cuando se tambalea, le cojo el brazo y me lo paso por encima del hombro para sacarlo de la cocina.

—Vamos al sofá, colega.

Él apoya la frente en mi cabeza y avanza tropezando a mi lado, poniéndomelo más difícil.

—No me llamo Colega —dice arrastrando las letras—, me llamo Miles.

Al llegar frente al sofá trato de quitármelo de encima.

—Muy bien, Miles o como te llames. A dormir.

Se deja caer en el sofá, pero no me suelta los hombros, por lo que me caigo con él, aunque trato de soltarme enseguida.

—Rachel, no —me ruega agarrándome del brazo para que vuelva a sentarme con él.

—No me llamo Rachel —le aclaro mientras trato de liberarme de su mano, que parece de hierro—. Me llamo Tate.

No sé por qué me molesto en aclararle nada, ya que probablemente no recordará ni una palabra de esta conversación por la mañana.

Camino hasta donde está el cojín y lo recojo, pero me detengo antes de dárselo, porque se ha vuelto de lado y ha hundido la cara en el sofá. Lo aferra con tanta fuerza que tiene los nudillos blancos. Al principio pienso que está a punto de vomitar, pero luego me doy cuenta de que estoy equivocada.

No está vomitando.

Está llorando.

Desconsoladamente.

Con un desconsuelo tan grande que ni siquiera hace ruido.

No lo conozco de nada, pero su sufrimiento es tan flagrante que resulta duro de contemplar. Miro hacia el pasillo y vuelvo a mirarlo a él, preguntándome si debería dejarlo solo para darle privacidad. Lo último que quiero es verme envuelta en los problemas de los demás. Hasta ahora he logrado mantenerme al margen de los líos de mi círculo de amigos, y no tengo ninguna intención de empezar ahora. Pero, aunque mi primer impulso ha sido el de alejarme, este hombre me despierta una extraña empatía. Su dolor parece auténtico, y no una reacción al consumo exagerado de alcohol.

Me dejo caer de rodillas frente al sofá y le toco el hombro.

—¿Miles?

Él inspira hondo y alza la cara despacio hacia mí. Sus ojos me recuerdan a dos puñaladas en un tomate, porque apenas puede abrirlos y por lo rojos que están. No sé si se debe al alcohol o a lo mucho que ha llorado.

—Lo siento mucho, Rachel —se disculpa alargando una mano hacia mí. Rodeándome la nuca con ella, me inclina hacia él y hunde la cara en el hueco de mi hombro—. Lo siento muchísimo.

No tengo ni idea de quién es Rachel ni de qué le hizo, pero si él lo está pasando tan mal, tiemblo al pensar en cómo estará ella. Estoy tentada de quitarle el móvil y llamar a Rachel para que venga a arreglar las cosas con él. Pero, en vez de eso, lo que hago es empujarlo con suavidad hacia el sofá. Coloco bien el cojín y lo animo a apoyar la cabeza en él.

—Duérmete, Miles —le digo en tono amable.

Sin embargo, él me dirige una mirada herida mientras se acomoda en el almohadón.

—Me odias tanto —afirma buscándome la mano. Cierra los ojos y suelta un suspiro muy sentido.

Lo observo en silencio y le permito que me sostenga la mano mientras se calma y deja de llorar. Luego retiro la mano, pero permanezco a su lado un rato más.

Aunque se ha dormido, parece seguir inmerso en un universo de dolor. Tiene el ceño fruncido y la respiración entrecortada.

Me doy cuenta de que una cicatriz irregular de unos diez centímetros le recorre la mandíbula hasta detenerse a unos cinco centímetros de sus labios. Siento el impulso de recorrerla con el dedo, pero, en vez de eso, le acaricio el pelo. Lo lleva corto por los lados, un poco más largo por encima y el color es una mezcla perfecta de rubio y castaño. Le acaricio la cabeza para consolarlo, aunque tal vez no se lo merezca.

Tal vez se merezca cada gramo de remordimiento que está sintiendo por lo que le hizo a Rachel, pero al menos su remordimiento es real. Eso es innegable.

No sé qué le haría a Rachel, pero creo que la ama lo suficiente para arrepentirse.

2
MILES

Seis años atrás

Abro la puerta de la secretaría y llevo la lista de asistencia a la mesa de la secretaria. Estoy a punto de irme cuando me llama para preguntarme:

—Estás en la clase del señor Clayton, ¿verdad, Miles?

—Sip —le respondo a la señora Borden—. ¿Quiere que le lleve algo?

Cuando le suena el teléfono fijo que tiene sobre la mesa, levanta el auricular y lo cubre con la mano mientras asiente con la cabeza.

—Espera un minuto o dos —me pide señalando con la cabeza en dirección al despacho del director—. Acaba de matricularse una alumna nueva que también tiene clase con el señor Clayton ahora. Necesito que la acompañes hasta el aula.

Asintiendo, me dejo caer en una de las sillas que hay junto a la puerta. Miro a mi alrededor y me doy cuenta de que es la primera vez que me siento en una de estas sillas en los cuatro años que llevo en el instituto. Lo que significa que no me han enviado al despacho del director ni una sola vez en todo este tiempo.

Mi madre se habría sentido orgullosa, aunque yo me

siento un poco decepcionado. Todo tío que se precie tiene que haber recibido algún castigo en el instituto. Todavía me queda el resto del último curso para conseguirlo, así que no pierdo la esperanza.

Me saco el móvil del bolsillo. Tal vez la señora Borden me vea y decida castigarme ahora mismo. Alzo la vista hacia ella, que continúa al teléfono, pero me devuelve la mirada. En vez de castigarme, me sonríe y sigue a sus cosas de secretaria.

Niego con la cabeza, decepcionado, y busco a Ian entre mis chats. Seguro que agradece las novedades; por aquí nunca pasa nada.

Yo: Se ha matriculado una chica nueva.
Último curso.

Ian: ¿Está buena? ¿Te pone?

Yo: Aún no la he visto. La voy
a acompañar a clase.

Ian: Hazle una foto si está buena.

Yo: Claro. Por cierto, ¿cuántas veces
te han castigado este año?

Ian: Dos. ¿Por qué? ¿Qué has hecho?

«¿Dos veces?» Sí, es oficial, tengo que rebelarme un poco antes de graduarme. Debería retrasarme en la entrega de alguna tarea, al menos.

Soy patético.

Cuando se abre la puerta de la oficina del director, me guardo el móvil en el bolsillo y levanto la mirada.

Y no quiero volver a bajarla nunca más.

—Miles te acompañará a la clase del señor Clayton, Rachel. —La señora Borden señala en mi dirección y la chica nueva se acerca a mí.

Me doy cuenta de inmediato de que mis piernas han perdido la capacidad de levantarse.

A mi boca se le ha olvidado cómo se habla.

A mis brazos se les ha olvidado cómo alzarse en dirección a la persona que quieren saludar.

A mi corazón se le ha olvidado esperar a que le presenten a la chica nueva para arañarme las paredes del pecho y salir corriendo hacia ella.

Rachel.

Rachel.

Rachel, Rachel, Rachel.

Su nombre es un poema.

Es prosa, cartas de amor y letras de canción

que se deslizan

como una cascada

por

el

centro

de

una

página.

«Rachel, Rachel, Rachel.»

Repito su nombre en mi mente una y otra vez, porque tengo la seguridad de que es el nombre de la chica de la que estoy a punto de enamorarme.

De repente, me levanto y camino hacia ella.
Tal vez esté sonriendo y finja que no me afectan esos ojos verdes que espero que algún día me sonrían solo a mí.
Igual que no me afecta ese pelo rojo-como-mi-corazón, que parece no haber sido alterado desde que Dios creó ese color exclusivamente para ella.
Hablo con ella.
Le digo que me llamo Miles.
Le digo que me siga y le mostraré dónde está la clase del señor Clayton.
No dejo de mirarla, porque aún no me ha dicho nada, pero asiente con la cabeza y es lo más bonito que una chica me ha dicho nunca.
Le pregunto de dónde es y responde que de Arizona.
—De Phoenix —especifica.
No le pregunto qué la trae por California, pero le digo que mi padre va a menudo a Phoenix por negocios porque tiene varios edificios por allí.
Ella sonríe.
Le cuento que nunca he estado allí, pero que me gustaría ir algún día.
Ella vuelve a sonreír.
Creo que me dice que es una ciudad bonita, pero me cuesta entenderla porque su nombre sigue repitiéndose en bucle en mi cabeza.
Rachel.
«Voy a enamorarme de ti, Rachel.»
Su sonrisa me impulsa a seguir hablando, por lo que le hago otra pregunta mientras pasamos frente al aula del señor Clayton.
Seguimos andando.

Y ella sigue hablando, porque yo sigo haciéndole preguntas.

A veces asiente.

A veces responde.

A veces canta.

O eso me parece a mí.

Llegamos al final del pasillo mientras ella está diciendo algo sobre las ganas que tiene de que le guste este instituto, porque no le apetecía nada marcharse de Phoenix.

No parece que la mudanza le haga ilusión.

No tiene ni idea de la ilusión que me hace a mí.

—¿Dónde está la clase del señor Clayton? —me pregunta.

No puedo apartar la vista de los labios que han pronunciado la pregunta. No son simétricos. El superior es ligeramente más fino que el inferior, pero no se nota a menos que esté hablando.

Cuando las palabras cruzan sus labios, me pregunto por qué suenan mejor saliendo de su boca que de cualquier otra boca.

Y esos ojos.

Es imposible que el mundo no sea más bonito y armonioso visto a través de sus ojos.

La observo unos segundos y luego señalo a mi espalda y le digo que nos hemos pasado de largo.

Se ruboriza ligeramente, como si mi confesión la afectara del mismo modo en que ella me afecta a mí.

Sonrío.

Señalo la clase del señor Clayton con la cabeza y nos dirigimos hacia allí.

«Rachel.»

«Vas a enamorarte de mí, Rachel.»

Abro la puerta para que entre y le digo al señor Clayton que Rachel es nueva. Me gustaría añadir, para que se enteren todos los demás tíos de la clase, que Rachel no es suya.

«Es mía.»

Pero no digo nada.

No es necesario porque la única persona que necesita saber que quiero a Rachel es Rachel.

Ella me mira y me sonríe una vez más, antes de ocupar la única silla libre, en la otra punta del aula.

Sus ojos me dicen que ya sabe que es mía.

Es solo cuestión de tiempo.

Quiero escribirle a Ian y decirle que no está buena y que no me pone. No es verdad, me pone frenético, pero él no lo entendería y se reiría de mí.

En vez de eso, le saco una foto discretamente desde mi sitio y se la envío con el texto: «Es la futura madre de mis hijos».

El señor Clayton da inicio a la clase.

Miles Archer da inicio a su obsesión.

Conocí a Rachel el lunes.

Hoy es viernes.

No le he vuelto a dirigir la palabra desde que nos conocimos.

No sé por qué. Vamos juntos a tres clases. Cada vez que la veo, me sonríe como animándome a hablarle. Pero cada vez que estoy a punto de hacerlo, no soy capaz. Siempre había sido un tipo decidido... Hasta que apareció Rachel.

Me he dado de plazo hasta hoy. Si hoy no reúno el valor para hablar con ella, voy a perder la oportunidad. Las chicas como Rachel no están libres demasiado tiempo.

Ni siquiera sé si ella lo está.

No conozco su historia. No sé si está colgada de algún tío que dejó en Phoenix, pero solo hay un modo de averiguarlo.

La espero en el pasillo, junto a su taquilla. Ella sale de clase y me sonríe. La saludo cuando se acerca a la taquilla y me doy cuenta de que vuelve a ruborizarse como el primer día.

Y me gusta.

Le pregunto cómo le ha ido la primera semana. Me dice que bien. Le pregunto si ha hecho amigos y ella responde que «unos cuantos», encogiéndose de hombros.

Aspiro su olor con disimulo.

Ella se da cuenta igualmente.

Le digo que huele bien.

Ella me da las gracias.

Ignoro el martilleo de mi corazón, que me retumba en los oídos.

Ignoro el sudor que me cubre las palmas de las manos.

Ignoro su nombre, que mi mente se empeña en repetir una y otra vez.

Lo ignoro todo y le sostengo la mirada mientras le pregunto si le apetece hacer algo más tarde.

Me evado de todo lo que no sea su respuesta, porque es lo único que me interesa.

En realidad, lo que quiero es verla asentir con la cabeza. ¿Esa respuesta que no requiere palabras? ¿Esa sonrisa?

Eso es justo lo que quiero.

Pero no me lo da.

Esta noche tiene planes.

Todo lo que había estado ignorando se desploma sobre mí con la fuerza de un río desbordado. Yo soy la presa que trata de resistir. El pulso desbocado, el sudor, su nombre y una recién estrenada inseguridad que desconocía y que se está instalando en mi pecho..., todo se une para formar una muralla alrededor de Rachel.

—Pero mañana estoy libre —me dice derrumbando el muro con sus palabras.

Les hago espacio a esas palabras. Mucho espacio. Dejo que me invadan. Me empapo en ellas como si fuera una esponja.

Las atrapo en el aire y me las trago.

—Mañana me va bien —le digo. Saco el móvil del bolsillo sin molestarme en disimular la sonrisa—. ¿Me das tu número? Te llamaré.

Ella me da su número.

Está ilusionada.

¡Está ilusionada!

Guardo su contacto, consciente de que permanecerá en mi teléfono mucho tiempo.

Y de que voy a usarlo.

Mucho.

3
TATE

Normalmente, si me despertara, abriera los ojos y me encontrara a un hombre furioso observándome desde la puerta del dormitorio, me echaría a gritar. Es posible que le lanzara algún objeto, o tal vez corriera al baño y me encerrara dentro.

Sin embargo, no hago ninguna de esas cosas.

Le devuelvo la mirada, porque me cuesta asumir que se trate del mismo tipo que se quedó dormido, borracho, en el pasillo. ¿Es el mismo que estuvo llorando hasta quedarse dormido otra vez en el sofá?

La versión de esta mañana es amenazadora. Este tío está furioso y me observa como si le debiera una disculpa o, al menos, una explicación.

Sin embargo, sé que es el mismo hombre porque lleva los mismos vaqueros y la misma camiseta negra con la que se quedó dormido anoche. La única diferencia entre ayer y hoy es que esta mañana es capaz de sostenerse en pie sin ayuda.

—¿Qué le ha pasado a mi mano, Tate?

Ah, sabe mi nombre. ¿Lo sabe porque Corbin lo informó de que me mudaba o porque recuerda que se lo dije anoche?

Espero que se lo dijera Corbin, porque no me apetece nada que se acuerde de anoche. De pronto me da vergüenza que recuerde que lo estuve consolando mientras lloraba hasta quedarse dormido.

Pero al parecer no se acuerda de lo que le pasó en la mano; espero que eso signifique que tampoco se acuerda de lo demás.

Está apoyado en la puerta de mi habitación, con los brazos cruzados sobre el pecho, a la defensiva, como si yo fuera la responsable de su mala noche. Me doy la vuelta y me cubro la cabeza con la colcha porque quiero seguir durmiendo, por mucho que él piense que le debo una explicación.

—Cierra la puerta al salir.

Espero que pille la indirecta y que se vaya de una vez a su casa.

—¿Dónde está mi móvil?

Cierro los ojos con fuerza, tratando de amortiguar el aterciopelado sonido de su voz, que se cuela por los oídos y se extiende por todos los nervios de mi cuerpo, calentándome en sitios que la fina colcha no ha logrado templar en toda la noche.

Me recuerdo que el dueño de esa voz sensual es el mismo que está en la puerta, exigiéndome cosas sin rastro de educación y sin agradecerme que lo ayudara anoche. Me gustaría saber dónde se ha dejado los «gracias» o los «hola, soy Miles, encantado de conocerte».

Pero no me llega nada de eso. El tipo está demasiado preocupado por su mano. Y por el móvil, al parecer. Demasiado preocupado por sus cosas como para pensar en que su comportamiento irresponsable pueda haber causado molestias a otras personas. Si este hombre va a ser mi vecino durante los próximos meses, más me vale dejarle un par de cosas claras, y cuanto antes mejor.

Aparto la colcha y me levanto. Me acerco a la puerta y lo miro a los ojos.

—Hazme el favor de dar un paso atrás.

Sorprendentemente, me hace caso. Sosteniéndole la mirada, le cierro la puerta en las narices y me quedo contemplando la madera con una sonrisa en la cara antes de regresar a la cama. Me tumbo y me cubro la cabeza con la colcha.

«He ganado.»

¿He mencionado ya que no estoy de buen humor por las mañanas?

La puerta vuelve a abrirse.

De manera violenta.

—¿Se puede saber cuál es tu problema? —me grita.

Gruñendo, me siento en la cama y lo miro. Vuelve a estar en la puerta, contemplándome como si le debiera algo.

—¡Tú eres mi problema! —respondo en el mismo tono.

Parece francamente sorprendido por mi respuesta, lo que me hace sentir un poco mal, pero es él quien se está comportando como un idiota.

«Creo.»

Ha empezado él.

«Creo.»

Me dirige una mirada severa durante unos segundos. Luego ladea la cabeza un poco y alza una ceja.

—¿Nosotros...? —Mueve el dedo varias veces entre los dos—. ¿Nos enrollamos anoche? ¿Por eso estás cabreada?

Me echo a reír al ver que mi teoría se confirma.

El idiota es él, no yo.

Pues menuda gracia. Voy a tener de vecino a un tipo que se emborracha entre semana y está tan acostumbrado a traerse chicas a casa que ni siquiera se acuerda de con cuáles se acostó y con cuáles no.

Abro la boca para responderle, pero me detengo al oír que se cierra la puerta y Corbin me llama:

—¿Tate?

Me levanto de la cama de un salto y corro hacia la entrada, pero Miles sigue bloqueándome el paso, fulminándome con la mirada mientras espera una respuesta. Alzo la cara para responderle, pero sus ojos me distraen un instante.

Son azules, del azul más claro que he visto nunca. No se parecen a los ojos entornados e inyectados en sangre de anoche. Esta mañana son tan claros que parecen incoloros. Sigo contemplándolos, porque tengo la sensación de que, si no aparto la mirada, acabaré viendo olas. Diría que son claros como el mar del Caribe, pero nunca he estado en el Caribe, así que no lo sé.

Él parpadea, alejándome del Caribe y devolviéndome a San Francisco. A este dormitorio. A la última pregunta que me ha hecho antes de que Corbin entrara.

—No estoy segura de que pueda llamarse enrollarse a lo que hicimos anoche —susurro.

Con la mirada, le exijo que se aparte de mi camino, pero él endereza la espalda levantando un muro entre los dos con su postura y su rígido lenguaje corporal.

Al parecer, por la mirada inflexible que me dirige, no le gusta imaginárselo. Parece hasta que le repugne la idea, lo que hace que me caiga todavía peor.

Permanezco firme, sin moverme, y ninguno de los dos rompe el contacto visual. Por fin se aparta y me permite pasar. Corbin está entrando en el pasillo cuando salgo de la habitación. Alterna la mirada entre Miles y yo, por lo que me apresuro a asegurarle con los ojos que no hay ni la más remota posibilidad.

—Hola, hermanita —me saluda tirando de mí para darme un abrazo.

Hacía seis meses que no lo veía. A veces es fácil olvidar lo mucho que echas de menos a alguien hasta que no vuelves a ver a esa persona. Con Corbin no me pasa. Lo echo de menos constantemente. Aunque a veces su actitud protectora me harta, no puede negarse que nuestra relación es muy estrecha.

Corbin me suelta y me tira de un mechón de pelo.

—Te ha crecido —me dice—. Me gusta.

Creo que esta es la vez que hemos pasado más tiempo sin vernos. Alzo la mano y le doy un golpecito en el pelo que le cae sobre la frente.

—A ti también. Y no me gusta.

Sonrío para que sepa que estoy bromeando. La verdad es que me gusta cómo le queda el look greñudo. La gente siempre nos dice que nos parecemos mucho, pero yo no lo veo. Él es mucho más moreno de piel que yo, cosa que siempre le he envidiado. Tenemos el pelo del mismo tono castaño, pero en los rasgos de la cara no nos parecemos, sobre todo en los ojos. Mamá solía decir que, si poníamos los ojos juntos, parecíamos un árbol, ya que los suyos son verdes como las hojas y los míos marrones como el tronco.

Siempre envidié que a él le hubieran tocado las hojas, porque el verde era mi color favorito de pequeña.

Corbin saluda a Miles con una inclinación de cabeza.

—Eh, tío. ¿Qué? ¿Mala noche? —le pregunta riendo, porque sabe exactamente cómo ha pasado la noche.

Miles se aleja de nosotros.

—No lo sé, no me acuerdo.

Entra en la cocina, abre un armarito y saca una taza, cómodo, como si estuviera en su casa.

Eso no me gusta.

No quiero que Miles se sienta aquí tan cómodo como en su propia casa.

El Miles que se siente demasiado cómodo abre otro armario y saca un bote de aspirinas. Llena la taza de agua y se mete dos en la boca.

—¿Has subido ya todas tus cosas? —me pregunta Corbin.

—Nop —respondo mirando a Miles—. Tu vecino me ha mantenido ocupada buena parte de la noche.

Miles se aclara la garganta, nervioso, mientras lava la taza y vuelve a dejarla en el armarito. Se le ve tan tenso por su falta de memoria que casi me echo a reír. Me gusta que no tenga ni idea de qué pasó anoche. Y tampoco me desagrada que la idea de enrollarse conmigo lo ponga nervioso. Tal vez mantenga la intriga un poco más, por pura diversión.

Corbin me observa como si hubiera adivinado lo que pretendo hacer. Miles sale de la cocina y me mira antes de volverse hacia Corbin.

—Habría vuelto ya a mi apartamento, pero no encuentro las llaves. ¿Tienes mi juego de repuesto?

Asintiendo, Corbin se dirige hacia un cajón de la cocina. Lo abre, saca una llave y se la lanza a Miles, que la caza al vuelo.

—¿Puedes volver dentro de una hora para ayudarme a descargar el coche de Tate? Antes quiero ducharme.

Miles asiente, pero me mira furtivamente de reojo cuando Corbin se dirige a su dormitorio.

—Ya nos pondremos al día cuando no sea tan temprano —me dice mi hermano.

Aunque ya hace siete años que no vivimos juntos, no se ha olvidado de que no soy persona por las mañanas. Lástima que Miles aún no lo sepa.

Cuando Corbin desaparece, me vuelvo hacia Miles. Él me mira expectante, como si siguiera esperando respuestas a las preguntas que me ha hecho antes. Yo lo único que quiero es que se largue, por eso se las respondo todas a la vez.

—Anoche, cuando llegué, estabas inconsciente en el pasillo. No sabía quién eras, así que, cuando trataste de colarte en el piso, tal vez te pillé la mano con la puerta. No está rota. La examiné y está magullada, pero nada más. Ponte hielo y véndala durante unas horas. Y no, no nos enrollamos. Te ayudé a entrar en el apartamento y luego me fui a la cama. El móvil lo tienes en el suelo, junto a la entrada, donde se te cayó anoche porque estabas tan borracho que no podías ni caminar. —Me doy la vuelta y me dirijo a mi habitación tratando de escapar de la intensidad de su mirada, pero me vuelvo hacia él antes de entrar—. Cuando regreses dentro de una hora y me haya dado tiempo a despertarme, podemos volver a intentarlo.

—Intentar ¿el qué? —me pregunta con la mandíbula apretada.

—Empezar con buen pie.

Cierro la puerta de la habitación, levantando una barrera para alejarme de esa voz.

De esa mirada.

—¿Cuántas cajas tienes? —me pregunta Corbin mientras se pone los zapatos en el recibidor.

Yo cojo las llaves que dejé en la barra de la cocina.

—Seis. Y también hay tres maletas y la ropa que va en los colgadores.

Corbin se acerca a la puerta de enfrente y llama dando golpes con el puño antes de dirigirse hacia los ascensores, donde pulsa el botón de descenso.

—¿Avisaste a mamá de que habías llegado?

—Sí, le escribí un mensaje anoche.

Oigo que se abre la puerta de su apartamento justo cuando llega el ascensor, pero no me vuelvo a mirarlo. Entro mientras Corbin aguanta la puerta.

En cuanto aparece en mi campo de visión, pierdo la batalla, una batalla que ni siquiera sabía que estaba luchando. No me sucede a menudo, pero, cuando un tío me resulta atractivo, prefiero que me pase con alguien que me apetezca que me pase.

Y no me apetece nada que me pase con Miles. No quiero sentirme atraída por un tipo que bebe hasta perder el sentido, llora por otras mujeres y no es capaz de recordar si folló contigo o no. Pero no es fácil ignorar su presencia cuando esta lo llena todo.

—Solo serán dos viajes —le dice Corbin a Miles mientras pulsa el botón de la planta baja.

Miles me está mirando. Me cuesta juzgar su comportamiento, pero parece que sigue enfadado. Le devuelvo la mirada, porque da igual lo bien que le siente ese aspecto cabreado, sigo esperando a que me dé las gracias por lo de anoche.

—Hola —me saluda al fin rompiendo la etiqueta de ascensor que obliga a no acercarse demasiado al resto de los ocupantes y alargando la mano—. Miles Archer. Vivo en el piso de enfrente.

«No entiendo nada.»

—Ya me había quedado claro. —Le miro la mano extendida.

—¿Volver a empezar? —me aclara él alzando una ceja—. ¿Con buen pie?

«Ah, es verdad, le he dicho eso.»

Acepto su mano y nos saludamos de un apretón.

—Tate Collins. Soy la hermana de Corbin.

Él da un paso atrás, pero me sostiene la mirada de un modo que me hacer sentir incómoda, ya que Corbin está muy cerca. Sin embargo, mi hermano está distraído con el teléfono y no parece darse cuenta de nada.

Al final, Miles rompe el contacto visual y se saca el móvil del bolsillo. Aprovecho la oportunidad para observarlo mientras no se percata.

Llego a la conclusión de que su aspecto es contradictorio. Es como si hubiera sido diseñado al mismo tiempo por dos creadores que no llegaron a un acuerdo. La fuerza que le otorga su estructura ósea contrasta con la apetecible suavidad de sus labios. Le dan un aspecto inocente y acogedor, que choca con la dureza de sus rasgos y de la cicatriz dentada que le recorre el lado derecho de la mandíbula. Su pelo parece incapaz de decidir si quiere ser rubio o castaño; ondulado o liso. Su personalidad fluctúa entre seductora y brutalmente insensible, lo que me dificulta hacerme a la idea de cómo es. Su postura relajada choca con la ferocidad que he visto en su mirada. Su compostura de esta mañana se contradice con la embriaguez de anoche. Sus ojos no son capaces de decidir si quieren enfocarse en el móvil o en mí, porque titubean varias veces antes de que se abran las puertas del ascensor.

Dejo de observarlo y salgo antes que ellos. Cap está sentado en su butaca, alerta como siempre. Al vernos salir del ascensor, se ayuda de los brazos del asiento para levantarse, lento y tembloroso. Corbin y Miles lo saludan con una inclinación de cabeza y siguen su camino.

—¿Qué tal la primera noche, Tate? —me pregunta sonriendo, haciendo que me detenga. No me sorprende demasiado que sepa mi nombre, teniendo en cuenta que anoche ya sabía a qué piso iba.

Miro hacia Miles mientras los dos siguen caminando sin mí.

—No demasiado tranquila, la verdad. Creo que mi hermano no ha acertado demasiado al elegir sus amistades.

Me vuelvo hacia Cap y veo que él también mira a Miles. Frunce los labios arrugados y niega ligeramente con la cabeza.

—Me temo que ese chico no puede evitarlo. —Le quita importancia a mi comentario. No sé si con «ese chico» se refiere a Corbin o a Miles, pero no se lo pregunto. Cap se da la vuelta y se dirige hacia los baños arrastrando los pies—. Creo que acabo de mearme encima —murmura.

Lo observo mientras entra en los baños, preguntándome en qué momento una persona se vuelve tan vieja que deja de filtrar lo que dice. Aunque tengo la sensación de que Cap nunca tuvo filtro, y eso me gusta.

—¡Tate, vamos! —me grita Corbin desde la otra punta del vestíbulo.

Les doy alcance y les muestro dónde aparqué el coche.

Nos lleva tres viajes subirlo todo. No dos, sino tres.

Tres viajes en los que Miles no vuelve a dirigirme la palabra.

4
MILES

Seis años atrás

Papá: ¿Dónde estás?

Yo: En casa de Ian.

Papá: Tenemos que hablar.

Yo: ¿No puede esperar a mañana? Llegaré tarde.

Papá: No. Y vuelve ya. Llevo esperándote desde la hora en que os sueltan del colegio.

Yo: Vale. Ya voy.

Esa ha sido la conversación que nos ha traído hasta este momento. Estoy sentado en el sofá, frente a mi padre, mientras él me cuenta algo que no me apetece nada oír.

—Te lo habría contado antes, Miles, pero es que...

—¿Te sentías culpable? —lo interrumpo—. ¿Como si estuvieras haciendo algo malo? —Cuando me mira a los ojos me arrepiento un poco de mis palabras, pero no hago caso e insisto—: No hace ni un año que murió.

En cuanto las palabras salen de mi boca, siento ganas de vomitar.

A mi padre no le gusta que lo juzgue nadie, y menos yo. Está acostumbrado a que apoye siempre sus decisiones. Joder, yo también estoy acostumbrado a apoyarlas. Hasta ahora, siempre había pensado que tomaba buenas decisiones.

—Mira, sé que para ti es duro aceptarlo, pero necesito que me apoyes. No te imaginas lo duro que ha sido seguir adelante con mi vida desde que murió.

—¿Duro? —Me levanto y alzo el tono de voz.

Estoy actuando como si me importara mucho, cuando en realidad no es así. No podría importarme menos que vuelva a salir con gente; que salga con quien quiera, que folle con quien quiera.

Creo que la razón que me impulsa a actuar así es que ella no puede hacerlo. Es difícil defender tu matrimonio cuando estás muerta; por eso lo hago yo por ella.

—Es obvio que no te está resultando duro en absoluto, papá.

Camino hasta el extremo más alejado del salón.

Deshago mis pasos.

Esta casa es demasiado pequeña para lo frustrado que me siento y toda esta decepción.

Vuelvo a mirarlo y me doy cuenta de que no se trata de que esté viéndose con otra persona. Lo que me saca de quicio es cómo se le ilumina la mirada al hablar de ella. Los ojos nunca le brillaban así cuando miraba a mi madre; por lo que sé que, sea quien sea, no es algo pasajero. Esta mujer está a punto de colarse en nuestra vida, entrelazándose alrededor de mi padre y de mí, interponiéndose entre nosotros como si fuera hiedra venenosa. No volveremos a ser nunca más mi padre y yo. A partir de ahora seremos mi padre, yo y Lisa. Y no me parece bien, teniendo en cuenta que mi madre sigue muy presente en cada rincón de la casa.

Mi padre está sentado, con las manos juntas entre las piernas y la vista clavada en el suelo.

—No sé si esto llegará a alguna parte, pero quiero intentarlo. Lisa me hace feliz. A veces, la única manera de tirar adelante en la vida es... tirar adelante.

Abro la boca para replicarle, pero me detengo al oír el timbre. Él me mira y se pone en pie, vacilante. Me parece más pequeño, menos heroico.

—No te estoy pidiendo que te guste, ni que pases tiempo con ella; solo te pido que seas amable.

Me dirige una mirada suplicante, lo que me hace sentir culpable por mostrarme tan opuesto a la idea. Asiento con la cabeza.

—Lo seré, papá. Ya lo sabes.

Cuando me abraza, me siento bien y mal a la vez. No siento que esté abrazando al hombre al que he tenido en un pedestal durante diecisiete años, siento que estoy abrazando a un colega.

Me pide que abra la puerta mientras él se dirige a la cocina para acabar de preparar la cena, y eso es lo que hago. Cierro los ojos y le digo a mi madre que voy a ser amable con Lisa, pero que ella siempre será simplemente Lisa, pase lo que pase entre mi padre y ella. Abro la puerta.

—¿Miles?

La miro a la cara, que no se parece en nada a la de mi madre. Me alegro. Es mucho más bajita que mi madre y no es tan guapa como ella. No hay nada en ella que pueda compararse a mi madre, por lo que ni siquiera lo intento. La acepto como lo que es: nuestra invitada a cenar.

Asintiendo en silencio, abro un poco más la puerta para dejarla entrar.

—Y tú debes de ser Lisa —la saludo—. Me alegro de conocerte. —Señalo a mi espalda—. Mi padre está en la cocina.

Lisa se inclina hacia delante y me da un abrazo; al tardar varios segundos de más en devolvérselo, logro que la situación sea un poco incómoda.

Mis ojos se encuentran con los de la chica que está a su espalda. Los ojos de la chica que está detrás de Lisa se encuentran con los míos.

Es Rachel.

La Rachel de

«Vas

a

enamorarte

de

mí».

Esa Rachel.

—¿Miles? —susurra con la voz rota.

Su voz se parece a la de su madre, pero suena más triste.

Lisa alterna la mirada entre los dos.

—¿Os conocéis?

Rachel no asiente con la cabeza.

Yo tampoco.

La decepción de los dos se funde y forma un único charco de lágrimas prematuras a nuestros pies.

—Él..., em..., él...

Al ver que Rachel balbucea, la ayudo a completar la frase.

—Vamos al mismo instituto.

Me arrepiento de decirlo en cuanto las palabras salen de mi boca, porque lo que quería decir en realidad es «Rachel es la chica de la que estoy a punto de enamorarme».

Pero no puedo decirlo, porque es evidente lo que está a punto de pasar. Rachel no es la chica de la que estoy a punto de enamorarme, porque Rachel es la chica que probablemente se convertirá en mi hermanastra.

Por segunda vez en un rato, siento náuseas.

Lisa sonríe y junta las manos.

—¡Es fantástico! —exclama—. Menudo alivio.

Mi padre entra en el salón. Abraza a Lisa. Saluda a Rachel y le dice que se alegra de volver a verla.

Mi padre ya conocía a Rachel.

Rachel ya conocía a mi padre.

Mi padre es el nuevo novio de Lisa.

Mi padre visita Phoenix a menudo.

Mi padre ha estado visitando Phoenix a menudo desde antes de que mi madre muriera.

«Mi padre es un cabrón.»

—Rachel y Miles ya se conocen —le explica Lisa a mi padre.

Él sonríe sin ocultar el alivio que siente.

—Bien. Bien. —Repite la palabra, como si eso fuera a mejorar las cosas. No. Mal. Mal—. Parece que la noche no va a ser tan incómoda —añade riendo.

Miro a Rachel.

Rachel me mira a mí.
«No puedo enamorarme de ti, Rachel.»
Sus ojos están tristes.
Aunque no tanto como mis pensamientos.
«Y tú no puedes enamorarte de mí.»
Ella entra en casa muy despacio, sin mirarme, con la vista clavada en sus pies a cada paso que da.
Son los pasos más tristes que he visto nunca.
Cierro la puerta.
Es la puerta más triste que he cerrado nunca.

5
TATE

—¿Estás libre por Acción de Gracias? —me pregunta mi madre.

Me cambio el móvil de oreja, meto la mano en el bolso y saco la llave del apartamento.

—Sí, pero no en Navidad. De momento solo trabajo los fines de semana.

—Bien. Dile a Corbin que todavía no nos hemos muerto, por si le da un ataque y le apetece llamarnos.

Me echo a reír.

—Se lo diré. Te quiero.

Cuelgo y me guardo el móvil en el bolsillo de la casaca del hospital. El trabajo que he conseguido es a tiempo parcial, pero es un comienzo. Anoche fue el último día de formación y mañana por la noche empiezo ya los turnos de fin de semana.

De momento, el trabajo me gusta. Para ser sincera, me sorprendió que me lo dieran ya en la primera entrevista. El horario me permite compaginarlo con los estudios, ya sean clases teóricas o prácticas, que tengo de lunes a viernes. Me han dado el segundo turno en el hospital los fines de semana. De momento, todo está saliendo bien, sin sobresaltos.

San Francisco también me gusta. Solo llevo dos semanas en la ciudad, pero no me cuesta imaginarme viviendo aquí cuando me gradúe en vez de volver a San Diego.

Sorprendentemente, Corbin y yo nos llevamos bien, aunque él pasa más tiempo trabajando que en casa. Seguro que eso tiene algo que ver.

Sonrío, pues siento que al fin he encontrado mi lugar en el mundo, y abro la puerta del apartamento. Pero la sonrisa se me hiela en la cara al encontrarme con tres tipos, de los que solo reconozco a dos. Miles está en la cocina, y el capullo casado del ascensor está sentado en el sofá.

¿Qué demonios hace Miles aquí?

¿Qué demonios hace cualquiera de los tres aquí?

Fulminando a Miles con la mirada, me quito los zapatos y dejo el bolso en la encimera. Corbin no regresa hasta dentro de dos días, y estaba deseosa de quedarme a solas en casa para poder estudiar tranquila y en paz.

—Es jueves —me dice él al verme la cara, como si informarme sobre el día de la semana fuera una explicación convincente.

—Efectivamente —replico molesta—. Y mañana, viernes. —Volviéndome hacia los dos tipos sentados en el sofá de Corbin, les pregunto—: ¿Qué hacéis en mi apartamento?

El tipo rubio y desgarbado se levanta y se acerca a mí con la mano extendida.

—¿Tate? Soy Ian. Soy amigo de tu hermano; nos conocemos desde hace mucho tiempo. —Señala al tipo del ascensor, que no se ha movido del sofá—. Él es Dillon.

Dillon me saluda con una inclinación de cabeza, pero no se molesta en hablar. Ni falta que hace. Con su sonrisa bobalicona me basta para saber en qué está pensando.

Miles entra en el salón y señala el televisor.

—Solemos reunirnos los jueves, cuando coincide que estamos en casa. Noche de partido.

Me da igual lo que suelan hacer los jueves, tengo mucho trabajo.

—Corbin no está. ¿No podéis ir a tu casa? Tengo que estudiar.

Miles le da una cerveza a Dillon antes de volverse hacia mí.

—No tengo cable.

«¡Cómo no!»

—Y la mujer de Dillon no nos deja reunirnos en su casa.

«¡Cómo no!»

Con una expresión exasperada, me dirijo a mi habitación y cierro dando un portazo involuntario.

Me quito el uniforme del hospital y me pongo unos vaqueros. Cojo la camiseta que usé anoche para dormir y, justo cuando acabo de ponérmela, llaman a la puerta. La abro con el mismo ímpetu con que la he cerrado hace un momento.

Es tan alto.

No me había dado cuenta de lo alto que es, pero ahora que está en la puerta —llenándola por completo— me parece francamente alto. Si le diera por abrazarme ahora mismo, las orejas me llegarían a la altura de su corazón. Y él podría apoyar la mejilla con comodidad en mi cabeza.

Si le diera por besarme, tendría que alzar la cara hacia la suya, pero sería agradable, porque probablemente me abrazaría por la parte baja de la espalda y me atraería hacia él hasta que nuestras bocas se unieran, como si fueran dos piezas de un puzle. Aunque no acabarían de encajar, porque es evidente que no formamos parte del mismo puzle.

No sé qué me pasa en el pecho, una especie de palpitaciones. Odio que haga eso porque sé lo que significa. Significa que a mi cuerpo empieza a gustarle Miles.

Espero que mi cerebro no le siga la corriente.

—Si necesitas tranquilidad, puedes ir a mi casa —me propone.

Me encojo por dentro al notar los nudos que se me forman en el estómago al oírlo. No debería afectarme tanto la posibilidad de entrar en su casa, pero me afecta.

—Estaremos por aquí un par de horas más o menos —añade.

En algún rincón de su voz se esconde arrepentimiento. Haría falta un equipo de rescate para encontrarlo, pero está ahí, oculto bajo toda esa sensualidad.

Suelto el aire en una especie de suspiro de rendición. Me estoy comportando como una arpía. Ni siquiera estoy en mi propia casa. Es evidente que es algo que llevan haciendo con regularidad desde hace tiempo. ¿Quién soy yo para tratar de evitarlo?

—Es que estoy cansada —admito—. No pasa nada. Siento haber sido tan borde con tus amigos.

—Amigo —me aclara él—. Dillon no es amigo mío.

No le pregunto qué quiere decir con eso. Él echa un vistazo al salón y vuelve a mirarme mientras se apoya en el quicio de la puerta, lo que me indica que el apartamento y el partido no van a ser los únicos temas de conversación. De reojo mira el uniforme que acabo de dejar sobre la cama.

—¿Has encontrado trabajo?

—Sí. —Me pregunto por qué de repente parece tener tantas ganas de charlar—. En urgencias. Soy enfermera.

Él frunce el ceño, aunque no sabría decir si está confundido o fascinado.

—¿No estabas estudiando todavía? ¿Ya puedes trabajar?

—Estoy haciendo estudios de posgrado, un máster para ser enfermera anestesista. El título para trabajar ya lo tengo.

Sigue observándome con expresión obstinada, lo que me impulsa a seguir hablando.

—Cuando termine, podré administrar anestesia.

Él me sigue contemplando unos cuantos segundos más antes de separarse de la puerta.

—Bien hecho —dice al fin, sin variar de expresión.

¿Por qué no sonríe nunca?

Cuando regresa al salón, yo me asomo al pasillo y lo sigo con la mirada. Miles se sienta en el sofá y dirige toda su atención al televisor.

Dillon me está dirigiendo a mí toda su atención, pero aparto la mirada y voy a la cocina en busca de algo de comer. No hay gran cosa, teniendo en cuenta que no he cocinado en toda la semana, así que saco de la nevera lo que necesito para prepararme un sándwich. Al darme la vuelta, Dillon me sigue observando, pero ahora lo hace desde unos treinta centímetros de distancia en vez de desde la otra punta del salón.

Sonriendo, sigue avanzando y alarga la mano hacia la nevera, a escasos centímetros de mi cara.

—¿Así que eres la hermanita de Corbin?

«Creo que estoy de acuerdo con Miles en esto. A mí tampoco me cae demasiado bien Dillon.»

Los ojos de Dillon no se parecen en nada a los de Miles. Cuando Miles me mira, no soy capaz de leer nada en sus ojos. Los de Dillon, en cambio, no ocultan nada, y ahora mismo es obvio que me están desnudando.

—Sí —me limito a responder sorteándolo.

Voy a la despensa y la abro. Cuando encuentro el pan de molde, lo dejo sobre la encimera y empiezo a prepararme un sándwich. Saco más pan para prepararle otro a Cap. Llevo aquí poco tiempo, pero le he cogido cariño. Sé que trabaja muchas horas, a veces hasta catorce, pero solo porque vive en el edificio y no tiene nada mejor que hacer. Parece que aprecia mi compañía, sobre todo cuando le llevo algo de comer, así que, al menos hasta que no tenga más amigos por aquí, creo que voy a seguir pasando mis ratos muertos con un octogenario.

Dillon se apoya en la encimera, adoptando una pose desenfadada.

—¿Eres enfermera o algo así? —Abre una cerveza y se la lleva a la boca, pero se detiene antes de dar un trago. Quiere que le responda antes.

—Sí —contesto en tono brusco.

Él sonríe antes de darle un trago a la cerveza. Sigo preparando los sándwiches marcando las distancias, pero Dillon no parece darse por enterado y no deja de observarme hasta que termino.

Si pretende que le prepare uno, lo lleva claro.

—Soy piloto —comenta. No es que use un tono particularmente engreído, pero, como nadie se lo ha preguntado, es la impresión que da—. Trabajo en la misma aerolínea que Corbin.

Sigue observándome como si esperara que me impresionara el hecho de que sea piloto. Lo que no sabe es que todos los hombres de mi vida lo son. Mi abuelo era piloto, mi padre fue piloto hasta que se retiró hace unos meses y mi hermano es piloto.

—Dillon, si pretendes impresionarme, vas por mal camino. Prefiero a los hombres que tienen más modestia y menos esposas. —Bajo la vista hacia el anillo que lleva en la mano izquierda.

—El juego acaba de empezar —nos informa Miles entrando en la cocina y dirigiéndose a Dillon.

Aunque sus palabras puedan parecer inocuas, su mirada le está diciendo a Dillon que debe volver al salón.

Este suspira, como si Miles acabara de estropearle la diversión.

—Me ha alegrado volver a verte, Tate —me dice actuando como si la conversación hubiera estado a punto de terminar ya, con o sin intervención de Miles—. Deberías unirte a nosotros —añade mirando a Miles de arriba abajo, aunque sigue hablándome a mí—. Al parecer, el juego acaba de empezar.

Endereza la espalda, aparta a Miles de su camino y regresa al salón.

Miles no hace caso de la demostración de enfado de Dillon. Se mete la mano en el bolsillo trasero de sus pantalones, saca una llave y me la ofrece.

—Ve a estudiar a mi casa.

No es un ofrecimiento.

Es una orden.

—Estoy bien aquí. —Dejo la llave sobre la encimera y tapo la mayonesa, porque me niego a dejarme avasallar por tres chicos en mi propia casa—. La tele no está tan alta.

Él da un paso adelante hasta que puede hablarme susurrando. Estoy segura de que estoy dejando los dedos marcados en el pan, porque acabo de tensarme de arriba abajo.

—No me quedaré tranquilo sabiendo que estás aquí hasta que se hayan marchado. Vete, y llévate esos sándwiches contigo.

Bajo la vista hacia los sándwiches. No sé por qué tengo la sensación de que acaba de insultarlos.

—No son los dos para mí. —Me pongo a la defensiva—. Uno es para Cap.

Cuando vuelvo a levantar la vista, él me está dirigiendo otra de esas miradas indescifrables. Con unos ojos como los suyos, esas miradas deberían ser delito. Alzo las cejas, expectante, porque me está haciendo sentir incómoda. No soy una pieza de museo, pero me hace sentir como si lo fuera.

—¿Le has preparado un sándwich a Cap?

Asiento con la cabeza.

—La comida le hace feliz —respondo encogiéndome de hombros.

Él sigue contemplándome un poco más. Se inclina hacia mí, coge la llave que queda a mi espalda y me la mete en el bolsillo delantero de los vaqueros.

No estoy segura de si ha llegado a rozarme con los dedos, pero inspiro bruscamente y bajo la vista mientras él retira la mano porque, joder, no me lo esperaba.

Me quedo petrificada mientras él regresa al salón, tan tranquilo. Tengo la sensación de que el bolsillo está en llamas.

Logro convencer a mis pies para que se muevan, porque necesito tiempo para procesar lo que acaba de pasar. Tras darle el sándwich a Cap, hago caso a Miles y me dirijo a su apartamento. Lo hago porque quiero. No porque él me lo haya pedido ni porque tenga muchos deberes, sino porque la idea de entrar en su casa sin que él esté presente me resulta excitante de un modo sádico. Es como si acabaran de regalarme un pase gratuito para acceder a todos sus secretos.

Debería haber supuesto que no encontraría nada en su apartamento que me diera alguna pista sobre cómo es Miles. Ni siquiera sus ojos son capaces de eso.

Hay mucha más tranquilidad aquí que en casa, eso está claro, por lo que he avanzado un montón en las tareas pendientes, ya que he podido trabajar dos horas sin que nada me distraiga.

Nada.

Absolutamente nada.

No hay cuadros en las paredes, blancas y estériles. No hay ningún objeto decorativo ni nada que aporte color a la vivienda. Incluso la mesa de roble macizo que separa la cocina del salón está vacía. Es tan distinta a la casa en la que crecí... La mesa de la cocina era el punto neurálgico de la casa de mi madre, donde no faltaba un camino de mesa, una lujosa lámpara de araña iluminándola y platos que siempre hacían juego con la estación del año.

Miles ni siquiera tiene un frutero.

Lo único impresionante de la casa es la estantería, llena de libros, lo que me pone más que cualquier otra cosa que pudiera adornar estas paredes desnudas. Me acerco a examinar su selección con la esperanza de hacerme una idea de cómo es basándome en sus gustos literarios.

Pero solo encuentro libros y más libros de temática aeronáutica.

Me decepciona un poco que, tras haber podido inspeccionar libremente su apartamento, la única conclusión a la que puedo llegar sea que tal vez esté ante un tío adicto al trabajo y con escaso o nulo gusto por la decoración.

Me rindo con el salón y me centro en la cocina. Abro la nevera, pero apenas guarda nada dentro, solo algunas cajas de comida para llevar, condimentos y zumo de naranja. Se parece a la nevera de Corbin, la clásica nevera vacía y triste de un soltero.

Abro un armarito, cojo una taza y me sirvo un poco de zumo. Cuando me lo acabo, lavo la taza. Veo que hay unos cuantos platos más apilados a la izquierda del fregadero y me pongo a lavarlos. Ni siquiera su vajilla tiene personalidad. Tanto los platos como las tazas son simples, blancos y tristes.

Me entran unas ganas súbitas de ir a buscar la tarjeta de crédito y salir a comprarle cortinas, platos alegres, unos cuantos cuadros y tal vez una planta o dos. Este piso necesita un poco de vida.

Me pregunto cuál será su historia. Creo que no tiene novia. De momento nunca lo he visto con nadie y la falta de un toque femenino en el piso refuerza mi teoría. No creo que una chica pudiera pasar tiempo aquí y no dejar su toque de alguna manera antes de irse, lo que me hace pensar que nunca trae chicas a su apartamento.

Y eso a su vez me hace pensar en Corbin. Hemos convivido muchos años, y nunca se ha mostrado comunicativo sobre sus relaciones. Estoy casi segura de que nunca ha tenido una. Cada vez que me ha presentado a una chica, nunca ha durado más de una semana con ella. No sé si es porque no le gusta estar ligado a nadie o porque no hay quien lo aguante, pero sospecho que es lo primero, por la cantidad de mujeres que lo llaman por teléfono a cualquier hora.

Teniendo en cuenta la cantidad de rollos de una noche que tiene y su aparente fobia al compromiso, no acabo de entender por qué se mostraba tan protector conmigo. O quizá sea precisamente por eso. Supongo que sabía de qué pie cojeaba, y no quería que saliera con tipos como él.

Me pregunto si Miles será uno de esos tipos.

—¿Me estás lavando los platos?

Su voz me pilla del todo por sorpresa, sobresaltándome. Al darme la vuelta, me encuentro a Miles, que se alza sobre mí, y a punto estoy de soltar el vaso que tengo en las manos. Se me resbala, pero logro sujetarlo antes de que caiga al suelo. Inspiro hondo para calmarme y lo dejo con cuidado en el fregadero.

—He terminado el trabajo que tenía que hacer —respondo después de tragar saliva, porque se me ha cerrado la garganta. Mirando hacia los platos que he dejado en el escurridor, añado—: Estaban sucios.

Él sonríe.

«Creo.»

No, justo cuando sus labios empezaban a curvarse, ha vuelto a enderezarlos, formando una fina línea.

«Falsa alarma.»

—Ya se han ido —me informa dándome permiso para abandonar sus dominios. Al darse cuenta de que el zumo de naranja sigue en la encimera, lo devuelve a la nevera.

—Perdona —murmuro—. Tenía sed.

Él se vuelve hacia mí y apoya el hombro en la nevera, con los brazos cruzados sobre el pecho.

—No me importa que te bebas mi zumo, Tate.

«Oh, vaya.»

Esa frase ha sonado extrañamente sexy, tanto como su actitud al pronunciarla.

Sigue sin sonreír ni que lo maten. Por favor, este hombre. ¿Acaso no sabe que las expresiones faciales se usan para acompañar el lenguaje hablado?

Como no quiero que vea que me ha decepcionado, me vuelvo hacia el fregadero. Uso el grifo rociador para limpiar los restos de espuma de jabón, que se van por el fregadero. Me parece una imagen muy adecuada, teniendo en cuenta las extrañas vibraciones que flotan en esta cocina.

—¿Cuánto tiempo hace que vives aquí? —le pregunto tratando de aligerar el silencio incómodo mientras me vuelvo una vez más hacia él.

—Cuatro años.

No sé por qué me echo a reír, pero lo hago. Él alza una ceja, ya que al parecer no entiende por qué su respuesta me ha hecho reír.

—Es que tu apartamento... —Echo un vistazo al comedor y vuelvo a mirarlo a los ojos—. Lo encuentro un poco soso. Pensaba que tal vez acababas de mudarte y no habías tenido tiempo de decorarlo.

No tenía intención de que sonara como un insulto, pero así es exactamente como ha sonado. Solo quería darle un poco de conversación, pero, si hace un momento el ambiente era incómodo, ahora lo es aún más.

Pasea la mirada despacio por el apartamento, procesando mi comentario. Me gustaría poder retirarlo, pero ni siquiera lo intento. Probablemente solo conseguiría empeorar las cosas.

—Trabajo mucho y nunca tengo compañía. Supongo que por eso nunca ha sido una prioridad.

Quiero preguntarle por qué nunca tiene compañía, pero con él hay algunos temas que parecen estar vetados.

—Hablando de compañía, ¿qué pasa con Dillon?

Él se encoge de hombros y apoya toda la espalda en la nevera.

—Dillon es un capullo que no muestra ningún respeto por su mujer —responde en tono neutro. Se da la vuelta y sale de la cocina en dirección a su habitación. Empuja la puerta para cerrarla, pero queda un poco abierta; lo suficiente para oírlo decir—: He pensado que sería mejor avisarte para que no te dejes engañar por su actuación.

—No me dejo engañar con actuaciones, y menos si son como las de Dillon.

—Bien.

¿Bien? ¡Ja! Miles no quiere que me guste Dillon. Me gusta que Miles no quiera que me guste Dillon.

—A Corbin no le gustaría que tuvieras algo con él —añade—. Odia a Dillon.

Oh. No quiere que me guste Dillon para no disgustar a Corbin. ¿Por qué me siento decepcionada?

Cuando sale del dormitorio ya no va en vaqueros y camiseta. Lleva unos pantalones que me resultan muy familiares y una camisa blanca, bien planchada... y desabrochada.

Se está poniendo un uniforme de piloto.

—¿Eres piloto? —le pregunto algo perpleja. El tono de la pregunta en mi voz hace que suene impresionada.

Él asiente mientras se dirige al lavadero que hay junto a la cocina.

—De eso conozco a Corbin; fuimos a la academia de pilotos juntos. —Regresa a la cocina con una cesta llena de ropa limpia, que deja sobre la encimera—. Es un buen tipo.

Lleva la camisa desabrochada.

Le estoy mirando el abdomen.

«¡Deja de mirárselo!»

Dios santo. Tiene la uve. Esas preciosas hendiduras que tienen los hombres en la parte externa de los abdominales y que desaparecen bajo los vaqueros como si estuvieran señalando una diana secreta.

«Por el amor de Dios, Tate. ¡Le estás mirando el paquete!»

Él se está abrochando la camisa, así que echo mano de mi fuerza sobrehumana y me obligo a levantar la mirada hasta sus ojos.

Ideas. Debería tener alguna en alguna parte, pero no logro encontrarla.

Tal vez sea porque acabo de enterarme de que es piloto, pero ¿por qué iba a impresionarme eso?

No me ha impresionado en absoluto que Dillon lo fuera, pero, claro, Dillon no me lo ha dicho mientras recogía la colada con los abdominales al aire. Un piloto alardeando de abdominales mientras dobla ropa es francamente impresionante.

Miles ha acabado de vestirse. Se está poniendo los zapatos y yo lo observo como si estuviera en el cine y él fuera el plato fuerte de la programación.

—¿Es seguro? —le pregunto cuando al fin se me ocurre algo coherente—. ¿Vas a ponerte a los mandos de un avión comercial después de haber estado bebiendo con los chicos?

Miles se sube la cremallera de la cazadora y recoge del suelo una bolsa de viaje que ya tenía preparada.

—Solo he bebido agua —me responde justo antes de salir de la cocina—. No suelo beber mucho. Y, por supuesto, no bebo cuando trabajo.

Me echo a reír y lo sigo hacia el comedor. Me acerco a la mesa y recojo mis cosas.

—Creo que te has olvidado de cómo nos conocimos. ¿El día de la mudanza? ¿El día en que alguien dormía borracho tirado en el pasillo?

Él abre la puerta y me invita a salir.

—No sé de qué me hablas, Tate. Nos conocimos en el ascensor, ¿te acuerdas?

No sé si está bromeando, porque no hay nada que me dé una pista: ni una sonrisa, ni brillo en sus ojos.

Le devuelvo la llave y él cierra la puerta. Tras cruzar el pasillo, abro la mía.

—¿Tate?

Estoy tentada de fingir que no lo he oído para que tenga que repetir mi nombre, pero no lo hago. Me vuelvo hacia él y hago ver que este hombre no me afecta en absoluto.

—La noche que me encontraste en el pasillo fue una excepción, algo muy poco habitual.

Detecto algo indefinible en sus ojos; quizá también en su voz.

Se ha quedado parado frente a su puerta, a punto de dirigirse hacia los ascensores, esperando a ver si tengo algo más que añadir. Debería decirle adiós. O tal vez desearle buen vuelo, aunque eso podría considerarse de mal agüero. Debería limitarme a darle las buenas noches.

—¿Y esa excepción se debió a lo que pasó con Rachel?

«Sí, eso es exactamente lo que elijo decirle.»

«¿POR QUÉ le he dicho esto?»

Cambia de postura y se queda paralizado, como si mis palabras fueran un rayo que acabara de alcanzarlo. Probablemente se siente confundido, ya que no recuerda nada de aquella noche.

«Rápido, Tate. Reacciona.»

—Esa noche creíste que yo era alguien llamado Rachel —trato de justificarme lo mejor que puedo—. He pensado que igual pasó algo entre vosotros y que por eso..., ya sabes.

Miles inspira hondo, aunque trata de disimularlo. Parece que he metido el dedo en la llaga.

Al parecer, el tema Rachel también está vetado.

—Buenas noches, Tate —se despide dándose la vuelta.

No sé qué acaba de pasar. ¿Se ha sentido avergonzado? ¿Se ha cabreado? ¿Está triste?

No sé lo que he hecho, pero lo odio. Odio esta sensación de incomodidad que se va extendiendo y llena el pasillo desde mi puerta hasta los ascensores.

Entro en mi apartamento y cierro la puerta, pero la incomodidad no se queda en el pasillo y decide seguirme a todas partes.

6
MILES

Seis años atrás

Cenamos, pero es muy incómodo.

Lisa y papá tratan de hacernos participar en la conversación, pero ninguno de los dos tiene ganas de hablar. Tenemos la vista fija en los platos y vamos moviendo la comida de sitio con el tenedor.

Tampoco nos apetece comer.

Papá le pregunta a Lisa si quiere salir al patio trasero. Lisa dice que sí, y le pide a Rachel que me ayude a recoger la mesa.

Rachel dice que vale.

Llevamos los platos a la cocina.

Permanecemos en silencio.

Rachel se apoya en la encimera mientras lleno el lavavajillas.

Me observa mientras yo trato de ignorarla lo mejor que puedo. No es consciente de que está en todas partes. Está en todo. Hasta las cosas más insignificantes se han convertido en Rachel.

Me estoy consumiendo.

Mis pensamientos ya no son míos.

Mis pensamientos son Rachel.
«No puedo enamorarme de ti, Rachel.»
Miro el fregadero.
«Aunque lo que quiero es mirar a Rachel.»
Respiro aire.
«Aunque lo que quiero es respirar a Rachel.»
Cierro los ojos.
«Solo veo a Rachel.»
Me lavo las manos.
«Aunque lo que quiero es tocar a Rachel.»
Me seco las manos en un trapo antes de volverme hacia ella, que está apoyada en la encimera que queda a su espalda. Yo tengo los brazos cruzados sobre el pecho.
—Son los peores padres del mundo —susurra.
Se le rompe la voz.
Y a mí se me rompe el corazón.
—Despreciables —corroboro.
Ella se echa a reír.
«No debería enamorarme de tu risa, Rachel.»
Cuando suspira, me enamoro de sus suspiros también.
—¿Cuánto tiempo hace que están juntos? —le pregunto.
Sé que me dirá la verdad.
Ella se encoge de hombros.
—Un año, más o menos. Era una relación a distancia hasta que mi madre decidió que nos mudáramos para estar más cerca de él.
Siento cómo se le rompe el corazón a mi madre.
Los dos lo odiamos.
—¿Un año? ¿Estás segura?
Ella asiente con la cabeza.

Sé que no sabe nada de mi madre; lo noto.

—¿Rachel? —pronuncio su nombre en voz alta, tal como he querido hacer desde el instante en que la conocí.

Ella me mira a los ojos. Traga saliva y luego responde en voz casi inaudible:

—¿Sí?

Camino hacia ella.

Su cuerpo reacciona. Endereza la espalda, pero no mucho. Respira con más intensidad, aunque no mucho. Se ruboriza, aunque no mucho.

Todo en su justa medida.

Como su cintura, que encaja perfectamente en mi mano.

Le busco la mirada.

No me dice que no, así que lo hago.

Cuando mis labios entran en contacto con los suyos, es... tantas cosas. Es bueno y malo. Es correcto e incorrecto.

Es... venganza.

Ella inspira hondo robándome el aliento. Respiro dentro de ella, dándole más. Las lenguas se encuentran y las culpas se entrelazan mientras hundo los dedos en ese pelo que Dios creó de forma específica para ella.

Mi nuevo sabor favorito es Rachel.

Mi nueva cosa favorita en el mundo es Rachel.

Me la pido por mi cumpleaños. Me la pido por Navidad. Me la pido como regalo de graduación.

«Rachel, Rachel, Rachel.»

«Voy a enamorarme de ti igualmente, Rachel.»

Se abre la puerta del patio.

Suelto a Rachel.

Ella me suelta a mí, pero solo físicamente. Sigo sintiéndola de todas las demás maneras.

Aparto la vista, pero todo sigue siendo Rachel.

Lisa entra en la cocina. Parece feliz.

Tiene derecho a ser feliz; no es ella la que murió.

Lisa le dice a Rachel que es hora de irse.

Les digo adiós, aunque mis palabras son solo para Rachel.

Ella lo sabe.

Acabo de recoger la cocina.

Le digo a mi padre que Lisa es maja.

No le digo que lo odio. Todavía no. Tal vez no lo haga nunca. No sé de qué serviría decirle que ya no lo veo de la misma forma.

Que ahora es simplemente... normal. Humano.

Tal vez se trate de un rito de paso necesario para convertirse en hombre, darte cuenta de que tu padre no sabe más de la vida que tú.

Voy a mi habitación, me saco el móvil del bolsillo y le envío un mensaje a Rachel.

Yo: ¿Qué hacemos con lo de mañana por la noche?

Rachel: ¿Les mentimos?

Yo: ¿Te va bien a las siete?

Rachel: Sí.

Yo: ¿Rachel?

Rachel: ¿Sí?

Yo: Buenas noches.

Rachel: Buenas noches, Miles.

Apago el teléfono, porque quiero que ese sea el último mensaje que me llegue hoy. Cierro los ojos.

«Me estoy pillando, Rachel.»

7
TATE

Llevo dos semanas sin ver a Miles, pero solo hace dos segundos desde que pensé en él por última vez. Al parecer, trabaja tanto como Corbin, y aunque me gusta tener el apartamento para mí sola, también me gusta tener a Corbin por casa para poder hablar con alguien. Diría que es agradable tener a Corbin y a Miles por aquí al mismo tiempo, pero es que eso todavía no ha vuelto a pasar desde la mudanza.

Hasta hoy.

—Su padre trabaja y él tiene fiesta hasta el lunes —comenta Corbin. No tenía ni idea de que había invitado a Miles a pasar Acción de Gracias con nosotros. Me acabo de enterar ahora, al verlo llamar a su puerta—. No tiene plan —añade mi hermano.

Estoy segura de que asiento en silencio al oírlo, pero me vuelvo y voy directamente hacia los ascensores sin esperarlo. Tengo miedo de que Miles abra la puerta y se dé cuenta de que la idea de que nos acompañe me entusiasma.

Estoy ya dentro del ascensor, apoyada en la pared del fondo, cuando entran. Al verme, Miles me saluda con la cabeza, pero eso es todo. La última vez que hablé con él, las cosas acabaron tensas entre nosotros por mi culpa, así que decido guardar silencio. Trato también de no quedarme embobada mirándolo, pero me resulta muy difícil centrarme en nada más. Va vestido de manera informal, con vaqueros, camiseta de los San Francisco 49ers y una gorra de béisbol. Supongo que por eso me resulta tan difícil apartar la mirada, ya que, cuanto menos se preocupan los hombres por su aspecto, más atractivos me parecen.

Cuando separo la vista de su ropa, me encuentro con su mirada concentrada. No sé si sonreír para disimular la vergüenza o si apartar los ojos, así que decido seguirle la corriente y esperar a ver qué hace él.

Pensaba que me rehuiría la mirada, pero no lo hace. Sigue observándome en silencio durante el resto del trayecto, y yo, que soy tozuda como la que más, hago lo mismo.

Cuando al fin llegamos a la planta baja, me alegra que él sea el primero en salir, porque necesito aspirar una gran bocanada de aire, teniendo en cuenta que llevo al menos un minuto sin respirar.

—¿Adónde vais los tres? —nos pregunta Cap al vernos salir del ascensor.

—Con la familia, a San Diego —responde Corbin—. ¿Y usted? ¿Tiene planes para Acción de Gracias?

—Va a ser un día de muchos vuelos —dice Cap—. Voy a tener que pasarme el día trabajando. —Me guiña el ojo y yo le devuelvo el guiño, antes de que él dirija su atención a Miles—. ¿Y tú, chico? ¿También vuelves a casa?

Miles lo observa en silencio, del mismo modo en que me observaba a mí en el ascensor. Es una gran decepción, porque en el ascensor he sentido una pizca de esperanza. He creído que tal vez me miraba porque se siente tan atraído por mí como yo por él. Pero ahora, al presenciar su duelo de miradas con Cap, estoy casi segura de que no es así. Al parecer, Miles no mira fijamente a las personas que le resultan atractivas: mira así a todo el mundo. Pasan cinco segundos de silencio incómodo, en los que ninguno de los dos habla. Tal vez a Miles no le gusta que lo llamen «chico».

—Que pase un buen día de Acción de Gracias, Cap —le desea Miles al fin, sin molestarse en responder a su pregunta.

Se da la vuelta y cruza el vestíbulo junto a Corbin.

Yo miro a Cap y me encojo de hombros.

—Deséeme suerte —digo en voz baja—. Parece que el señor Archer tiene otro mal día.

Cap sonríe.

—Qué va. —Retrocede un paso—. A algunas personas no les gustan las preguntas, sin más. —Se desploma en la butaca y me saluda militarmente a modo de despedida. Yo le devuelvo el saludo y me dirijo a la salida.

No sé si Cap está excusando los malos modales de Miles porque le cae bien o porque está acostumbrado a excusar a todo el mundo.

—Ya conduzco yo, si quieres —le ofrece Miles a Corbin cuando llegamos al coche—. Sé que no has dormido esta noche. Ya conducirás tú mañana, a la vuelta.

Corbin acepta y Miles abre la puerta del conductor. Yo me siento detrás, pero no sé si colocarme detrás de él, en el centro o detrás de mi hermano. En cualquiera de los tres sitios seré muy consciente de él, porque está en todas partes.

Todo es Miles.

Así son las cosas cuando una persona se siente atraída

por otra. Esa persona no existía y, de repente, está en todas partes y no puedes hacer nada por evitarlo.

Me pregunto si yo también estaré en alguna parte de su vida, pero lo descarto enseguida. Sé cuándo un tío se siente atraído por mí, y Miles, definitivamente, no entra en esa categoría. Por eso necesito encontrar la manera de poner barreras a lo que sea que siento cuando estoy a su lado. Lo último que necesito ahora mismo es pillarme como una boba de un tío cuando apenas me da la vida entre el trabajo y las clases.

Saco una novela del bolso y me pongo a leer. Miles enciende la radio y Corbin echa el asiento hacia atrás y sube los pies al salpicadero.

—No me despertéis hasta que lleguemos —nos pide cubriéndose los ojos con la gorra.

Miro a Miles, que está ajustando el retrovisor. Se vuelve y, al mirar detrás de mí para salir marcha atrás, nuestros ojos se encuentran brevemente.

—¿Estás cómoda? —me pregunta.

Se vuelve hacia delante sin esperar a mi respuesta y pone el coche en marcha. Luego me mira por el retrovisor.

—Sí —respondo.

Me aseguro de añadir una sonrisa al final de esa palabra, porque no quiero que piense que me molesta que venga con nosotros, pero me cuesta disimular que estoy marcando distancias mientras me esfuerzo en marcarlas.

Él mira al frente y yo bajo la vista hacia el libro.

Pasan treinta minutos. El movimiento del coche no es lo más adecuado para leer y me está empezando a doler la cabeza. Dejo el libro a mi lado y cambio de postura. Echo la cabeza hacia atrás y apoyo los pies en la bandeja que hay entre los dos asientos delanteros. Miles me mira por el espejo retrovisor y siento sus ojos como si fueran manos y me estuvieran acariciando de arriba abajo, sin saltarse ni un centímetro.

Me sostiene la mirada un par de segundos, no más, antes de volver a centrarse en la carretera.

«Odio esto.»

Odio no saber qué le pasa por la cabeza. Nunca sonríe ni se ríe. Tampoco coquetea. Es como si llevara un yelmo en la cabeza, tras el que oculta sus emociones del resto del mundo.

Siempre me han perdido los tíos silenciosos. Básicamente porque, en general, los hombres hablan demasiado y me agobia tener que aguantar que me cuenten todo lo que se les ocurre. Pero Miles me hace desear que no sea tan callado. Me gustaría saber todo lo que le pasa por la cabeza, sobre todo lo que está pensando ahora mismo, por mucho que lo oculte bajo esa expresión implacablemente estoica.

Sigo observándolo por el espejo retrovisor, tratando de leer en su interior, cuando él me mira de nuevo. Bajo la vista hacia el móvil, un poco avergonzada porque me ha pillado contemplándolo, pero ese espejo es como un imán y mis ojos no pueden mantenerse apartados de él, maldita sea.

En cuanto vuelvo a mirar por el retrovisor, él también me mira.

Bajo la vista.

«Mierda.»

Este viaje va a ser el más largo de mi vida.

Consigo reprimirme durante tres minutos y vuelvo a mirar.

«Mierda. Él también.»

Sonrío, divertida por este juego al que hemos empezado a jugar.

Él también sonríe.

Él.

También.

Sonríe.

Miles vuelve a concentrarse en la carretera, pero la sonrisa no se le borra del rostro durante varios segundos. Lo sé porque no puedo dejar de contemplarla. Me siento tentada de sacarle una foto antes de que desaparezca, pero sé que resultaría muy raro.

Él baja el brazo para apoyarlo en la bandeja, pero se encuentra con mis pies.

—Perdón —digo, y empiezo a apartarlos.

Él me agarra el pie desnudo, impidiéndolo.

—No molestas —me dice.

Sigue agarrándome el pie y yo no logro apartar la mirada.

Joder, acaba de mover el pulgar. Ha sido un movimiento deliberado, me ha acariciado el pie. Se me cierran los muslos, dejo de respirar y se me tensan las piernas. ¡Me acaba de acariciar el pie antes de apartar la mano!

Tengo que morderme la mejilla por dentro para que no se me escape una sonrisa.

«Creo que te sientes atraído por mí, Miles.»

En cuanto llegamos a casa de mis padres, mi padre encarga a Corbin y a Miles que cuelguen las luces de Navidad. Yo meto las bolsas en casa y les cedo a los chicos mi habitación, ya que es la única que tiene dos camas. Me instalo en el antiguo cuarto de Corbin y me dirijo a la cocina para ayudar a mi madre con los preparativos de la cena.

Acción de Gracias siempre ha sido una celebración íntima en casa. A mamá y a papá no les gusta tener que elegir entre familias. Además, muchas veces mi padre no está en casa, porque los pilotos tienen mucho trabajo durante los festivos. De ahí que mi madre decidiera que Acción de Gracias quedaba reservado para la familia más cercana, es decir, Corbin y yo, mamá y papá, siempre y cuando papá no esté trabajando. El año pasado lo celebramos mamá y yo solas, ya que tanto papá como Corbin trabajaban.

Este año estamos todos.

Y Miles.

Me resulta muy raro que esté aquí. Mamá parecía contenta al saludarlo, así que no creo que le importe mucho que haya venido. A mi padre le cae bien todo el mundo, y está encantado de tener más manos que ayuden con las luces de Navidad, por lo que me consta que su presencia no le incomoda lo más mínimo.

Mi madre me pasa la cacerola con los huevos duros. Empiezo a pelarlos para preparar los huevos rellenos cuando ella se inclina sobre la isleta de la cocina y apoya la cara en las manos.

—Ese Miles está tremendo, ¿eh? —comenta alzando una ceja.

Deja que te cuente algo sobre mi madre. Es una madre estupenda; fantástica, de verdad, pero nunca me he sentido cómoda hablando con ella sobre chicos. Todo empezó cuando yo tenía doce años y me vino la regla por primera vez. Se entusiasmó tanto que llamó a tres amigas para contárselo antes de explicarme siquiera qué demonios me estaba pasando. Aquel día aprendí que los secretos dejan de serlo cuando llegan a sus oídos.

—No está mal —le digo mintiendo con descaro, porque la verdad es que tiene razón: está tremendo. Ese pelo castaño claro combinado con los ojos azules, los anchos hombros, la barbita que le ensombrece la firme mandíbula cuando pasa un par de días sin trabajar, su olor, siempre delicioso, como si acabara de salir de la ducha y no le hubiera dado tiempo ni a secarse.

«Ay, Dios.»

«¿En quién demonios me he convertido?»

—¿Tiene novia?

Me encojo de hombros.

—Casi no lo conozco, mamá. —Llevo la cacerola al fregadero y hago correr agua sobre los huevos para aflojar las cáscaras—. ¿Qué tal lleva papá la jubilación? —Trato de cambiar de tema.

Mi madre sonríe. Es una sonrisa resabiada. ¡La odio! Nunca tengo que contarle nada, porque es mi madre y lo sabe todo antes de que se lo cuente.

Ruborizándome, le doy la espalda y acabo de pelar los puñeteros huevos.

8
MILES

Seis años atrás

—Esta noche voy a casa de Ian —le digo a mi padre, aunque a él le da igual.

Él va a salir con Lisa. Su mente está en Lisa.

Lisa lo es todo para él.

Antes, Carol lo era todo para él. A veces Carol y Miles eran su todo, pero ese espacio lo ha ocupado Lisa.

No pasa nada, porque antes mi todo solían ser Carol y él, pero ya no.

Le envío un mensaje a Rachel para saber si puede reunirse conmigo en alguna parte. Ella me dice que Lisa acaba de salir en dirección a mi casa. Dice que puedo ir a la suya a recogerla.

Cuando llego, no sé si bajar del coche.

No sé si quiere que lo haga.

Lo hago.

Me dirijo a la puerta y llamo. No sé qué decir cuando abre la puerta. Parte de mí quiere disculparse, decirle que no debí besarla.

Otra parte de mí quiere hacerle un millón de preguntas para averiguarlo todo sobre ella.

Pero hay una parte más grande que quiere volver a besarla, especialmente ahora que ha abierto la puerta y está delante de mí.

—¿Quieres entrar un rato? —me invita—. No volverá hasta dentro de unas horas, por lo menos.

Asiento con la cabeza. Me pregunto si a ella le gustará tanto mi manera de asentir como a mí la suya.

Cierra la puerta mientras yo miro a mi alrededor. El apartamento es pequeño. Nunca he vivido en un sitio tan pequeño. Creo que me gusta. Cuanto más pequeña es una vivienda, más obligada está una familia a quererse. No les queda sitio para no hacerlo. Me entran ganas de pedirle a mi padre que nos vayamos a vivir a una casa más pequeña. Una casa donde nos veamos forzados a interactuar; donde nos veamos obligados a admitir que mi madre dejó demasiado espacio vacío al morir.

Rachel entra en la cocina y me pregunta si quiero algo de beber.

La sigo y le pregunto qué tiene. Me responde que prácticamente de todo excepto leche, té, refrescos, café, zumo o alcohol.

—Espero que te guste el agua —comenta riéndose de su propio chiste.

Me uno a sus risas.

—Agua me va perfecto; es lo que habría elegido.

Nos sirve un vaso de agua a cada uno y nos apoyamos en la encimera de la cocina, uno frente al otro.

Nos observamos en silencio.

«No debí besarla anoche.»

—No debí besarte anoche, Rachel.

—No debí permitírtelo.

Nos contemplamos en silencio un rato más. Me pregunto si permitiría que volviera a besarla. Me pregunto si debería marcharme.

—Será fácil parar cuando queramos —comento.

«Estoy mintiendo.»

—No, no lo será —rebate ella.

«Rachel dice la verdad.»

—¿Crees que se casarán?

Esta vez, cuando ella asiente, no me gusta tanto. No me gusta la respuesta, y menos aún la pregunta a la que responde.

—¿Miles?

Se está mirando los pies. Pronuncia mi nombre como si fuera una pistola y estuviera lanzando un disparo de advertencia; como si yo debiera echar a correr.

Hago un esprint.

—¿Qué?

—Solo hemos alquilado el apartamento para un mes. La oí hablar con él por teléfono anoche. —Vuelve a mirarme a la cara—. Vamos a mudarnos a vuestra casa dentro de dos semanas.

«Tropiezo con una de las vallas.»

Vivirá conmigo.

Va a mudarse a mi casa.

Su madre va a llenar todos los espacios vacíos que dejó la mía.

Cierro los ojos. «Sigo viendo a Rachel.»

Abro los ojos. «Miro a Rachel.»

Me doy la vuelta, me agarro a la encimera y dejo caer la cabeza. No sé qué hacer. No quiero que me guste.

«No quiero enamorarme de ti, Rachel.»
No soy idiota. Ya sé cómo funciona la lujuria.
La lujuria desea lo que no puede tener.
Por eso desea que consiga a Rachel.
La razón, en cambio, quiere que desaparezca.
Me pongo del lado de la razón y me vuelvo hacia ella.
—Esto no nos va a llevar a ninguna parte —le digo—.
Esto, lo nuestro, no va a acabar bien.
—Lo sé —susurra.
—¿Cómo lo paramos?
Ella me mira, como esperando a que sea yo quien
responda a mi propia pregunta.
No puedo.
Silencio.
Silencio.
Silencio.
UN SILENCIO ESTRUENDOSO, ENSORDECEDOR.
Quiero taparme los oídos con las manos.
Quiero cubrirme el corazón con una armadura.
«Ni siquiera te conozco, Rachel.»
—Debería marcharme —le digo.
Ella responde que vale.
—No puedo —susurro.
Ella responde que vale.
Nos quedamos observándonos en silencio.
Tal vez, si la miro lo suficiente, me cansaré de mirarla.
Quiero volver a probarla.
Tal vez, si la pruebo lo suficiente, me cansaré de probarla.
No espera a que llegue a su lado; se reúne conmigo a
mitad de camino.
Le sujeto la cara mientras ella me agarra por los brazos y

nuestras culpas chocan al mismo tiempo que nuestras bocas.

Nos mentimos.

Nos decimos que lo tenemos controlado, cuando no controlamos una mierda.

Mi piel se siente mejor al tocar la suya. Mi pelo se siente mejor cuando sus manos se hunden en él. Mi boca se siente mejor con su lengua dentro de ella.

Ojalá pudiéramos respirar así.

Vivir así.

La vida sería mejor si pudiera vivirla así, con ella.

Ahora Rachel tiene la espalda apoyada en la nevera y yo he apoyado las manos a los lados de su cabeza. Me aparto un poco para mirarla.

—Quiero hacerte un millón de preguntas —le advierto.

Ella sonríe.

—Pues más te vale empezar ya.

—¿A qué universidad irás?

—A la de Michigan. ¿Y tú?

—Acabaré el bachillerato aquí y luego iré a la escuela de pilotos con mi amigo Ian. Quiero ser piloto. ¿Y tú? ¿Qué quieres ser?

—Feliz —me responde sonriendo.

Es la respuesta perfecta.

—¿Cuándo es tu cumpleaños? —sigo preguntando.

—El 3 de enero. Cumpliré dieciocho. ¿Y el tuyo?

—Mañana. Cumplo dieciocho también.

Ella no se cree que mi cumpleaños sea mañana, por lo que le enseño mi documentación.

Me desea feliz cumpleaños adelantado y me besa.

—¿Qué pasará si se casan? —le pregunto.

—Nunca aprobarán que estemos juntos, se casen o no. Tiene razón. Les resultaría incómodo explicárselo a sus amigos, y aún más al resto de la familia.

—Y entonces ¿por qué seguir con esto, sabiendo que no acabará bien? —insisto.

—Porque no sabemos cómo parar.

Tiene razón.

—Tú te irás a Michigan dentro de siete meses y yo me quedaré en San Francisco. Tal vez esa sea la respuesta.

Ella asiente con la cabeza.

—¿Siete meses?

Yo asiento ligeramente mientras le acaricio los labios con un dedo, porque sus labios son de esos que merecen ser admirados aunque no estén siendo besados.

—Nos lanzamos a esto durante siete meses. No se lo contamos a nadie y luego... —Me detengo, porque no sé cómo pronunciar la palabra *paramos*.

—Luego paramos —susurra ella.

—Luego paramos.

Cuando ella asiente es como si oyera el cronómetro ponerse en marcha.

La beso, y me sabe todavía mejor ahora que tenemos un plan.

—Está todo controlado, Rachel.

Ella sonríe y me da la razón.

—Está todo controlado, Miles.

Me centro en su boca para venerarla como se merece.

«Voy a amarte durante siete meses, Rachel.»

9
TATE

—¡Enfermera! —grita Corbin cuando entra en la cocina.

Se hace a un lado y señala a Miles, que lo sigue. Tiene la mano cubierta de sangre, que gotea por todo el suelo.

Miles me mira como si yo supiera lo que hay que hacer, pero esto no es una sala de urgencias, es la cocina de mi madre.

—¿Me echas una mano? —me pide Miles sujetándose con fuerza la muñeca mientras la sangre sigue manchando toda la cocina.

—¡Mamá! ¿Dónde está el botiquín? —grito abriendo todos los armaritos.

—¡En el baño de abajo, debajo del lavabo! —responde a gritos.

Señalo hacia el baño y Miles me sigue. Abro el armarito y saco el botiquín. Bajo la tapa del inodoro y le indico a Miles que se siente. Yo me siento en el borde de la bañera, le tomo la mano y la atraigo hacia mí.

—¿Qué has hecho? —Limpio la zona para inspeccionar la herida. Es un corte profundo, que le atraviesa la palma de la mano.

—He cogido la escalera; se estaba cayendo.

Niego con la cabeza.

—Tendrías que haberla dejado caer.

—No podía. Corbin estaba encima.

Me está observando con esos ojos tan intensos que tiene, por lo que vuelvo a bajar la vista hacia la mano herida.

—Necesitas que te den puntos.

—¿Estás segura?

—Sí, puedo llevarte a urgencias.

—¿No puedes cosérmelo aquí?

Niego con la cabeza.

—Me hace falta material para coser. Es un corte profundo.

Usando la mano buena, Miles rebusca en el botiquín, saca un carrete de hilo y me lo da.

—Haz lo que puedas.

—¡Esto no es como coser un puto botón, Miles!

—No pienso pasarme el día entero en urgencias por un corte. Haz lo que puedas. Estaré bien.

Yo tampoco quiero que se pase el día en urgencias, porque eso significaría que no estaría aquí.

—Si se te infecta la mano y te mueres, negaré haber tenido nada que ver en esto.

—Si se me infecta la mano y me muero, estaré demasiado muerto para echarte la culpa.

—Bien visto.

Vuelvo a limpiarle la herida, cojo el material que necesito y lo dejo sobre la encimera. Tal como estamos colocados, no puedo acceder a un buen ángulo, por lo que me levanto, apoyo la pierna en el borde de la bañera y coloco su mano sobre mi pierna.

«Le he apoyado la mano en mi pierna.»

«¡Mierda!»

Me va a ser imposible trabajar con su brazo colgando así de mi pierna. Si no quiero que me tiemblen las manos, voy a tener que cambiar de postura.

—Así no me va bien. —Me vuelvo a mirarlo. Le cojo la mano y la apoyo en la encimera. Luego me levanto y quedo frente a él. Me iba mejor de la otra manera, pero sé que no podré concentrarme si me toca la pierna—. Te va a doler —le advierto.

Él se echa a reír como si hubiera conocido el dolor y esto no entrara en esa categoría.

Cuando le atravieso la piel con la aguja, ni siquiera pestañea.

No hace ningún ruido.

Me observa trabajar en silencio. De vez en cuando aparta la mirada de la mano y me observa la cara. No hablamos, como de costumbre.

Trato de ignorarlo, concentrándome en su mano y en la herida que necesita que cierre urgentemente, pero nuestras caras están tan cerca que siento su aliento en la mejilla cada vez que respira.

Y empieza a respirar cada vez más deprisa.

—Te va a quedar cicatriz —le digo con un hilo de voz.

No sé adónde ha ido a parar el resto de mi voz.

Clavo la aguja por cuarta vez. Sé que tiene que dolerle, pero no lo demuestra. Cada vez que la aguja le perfora la piel, soy yo la que está a punto de encogerse.

Debería estar pendiente solo de la herida, pero lo único en lo que puedo pensar es en que nuestras rodillas se están rozando. Ha apoyado la mano que no le estoy cosiendo sobre su rodilla, y roza la mía con la punta de un dedo.

Aparentemente seguimos actuando como si nada, pero,

para mí, lo único que existe es ese dedo que roza mis vaqueros, y que siento tan caliente como un hierro de marcar al rojo vivo. Tengo delante un corte importante, una toalla empapada en sangre, una aguja clavada en su piel y en lo único que puedo pensar es en ese insignificante contacto entre mi rodilla y su dedo.

No puedo evitar preguntarme cómo sería notar ese contacto sin una capa de tela entre los dos.

Nuestros ojos se encuentran durante un par de segundos, y bajo la mirada hacia la mano a toda prisa. Él ya no se está mirando la mano, sino que me observa a mí. Cada vez me cuesta más ignorar su respiración. No sabría decir si se le ha acelerado por mi cercanía o porque le hago daño.

Ahora son dos los dedos que me rozan la rodilla.

Tres.

Inspiro hondo y trato de concentrarme en la sutura.

No lo consigo.

El roce de sus dedos no es accidental. Lo está haciendo a propósito. Me está tocando porque quiere tocarme. Me rodea la corva con los dedos y desliza la mano hasta mi pantorrilla. Suspirando, me apoya la frente en el hombro y me aprieta la pierna.

No sé cómo logro mantenerme en pie.

—Tate —susurra.

Pronuncia mi nombre como si le doliera, por lo que me detengo y espero, por si admite que le duele. Espero a que me diga si necesita que pare un momento. Es por eso por lo que me está tocando, ¿no? ¿Porque le duele?

Él no añade nada, así que acabo de darle el último punto y remato el nudo.

—Ya está —anuncio mientras dejo el material sobre la encimera.

Al ver que no me suelta, no me aparto.

Su mano asciende lentamente por la parte posterior de mi pierna; llega hasta el muslo y sigue, rodeando la cadera hasta alcanzar la cintura.

«Respira, Tate.»

Me agarra por la cintura y me acerca más a él, sin apartar la cabeza de mi hombro. Yo apoyo las manos en sus hombros, porque tengo que aguantarme en alguna parte para no caerme, ya que no hay ni un músculo de mi cuerpo que se acuerde de hacer su trabajo.

Sigo de pie y él sigue sentado, pero, ahora que me ha acercado más a él, me encuentro entre sus piernas. Despacio, alza la cara y tengo que cerrar los ojos, porque me está poniendo tan nerviosa que no soy capaz de mirarlo.

Noto que ladea la cabeza, aunque sigo sin abrir los ojos. Aprieto los párpados con más fuerza. No sé por qué. Ahora mismo, no sé nada; solo existe Miles.

Y ahora mismo, creo que Miles quiere besarme.

Y ahora mismo, si algo tengo claro es que quiero besar a Miles.

Me recorre con lentitud la espalda con la mano hasta detenerse en la nuca. Siento que su mano me ha dejado marcas en cada parte por donde ha pasado. Deja de acariciarme al alcanzar mi nuca. Sus labios están a un centímetro de distancia de los míos; tan cerca que no sé si es su piel o su aliento lo que noto.

Siento que estoy a punto de morirme, y no hay nada en este puñetero botiquín que pueda salvarme.

Me aprieta la nuca con más fuerza... y entonces me mata.

O me besa. No sé diferenciarlo, porque estoy segura de que sentiría lo mismo que estoy sintiendo ahora. Sus labios, pegados a los míos, lo abarcan todo.

Son la vida, la muerte y el renacer, todo a la vez.

«Dios santo, me está besando.»

Su lengua ya está en mi boca, acariciando la mía con delicadeza, y ni siquiera sé cómo ha llegado hasta ahí. No es que me importe. Me parece perfecto.

Él empieza a levantarse sin separar la boca de la mía. Me empuja hasta que la pared sustituye la mano con la que me sujetaba la nuca.

Y con la mano libre, me agarra por la cintura.

«Dios santo, su boca es tan posesiva.»

Separa los dedos y me los clava en la cadera.

«Madre mía. Acaba de gruñir.»

Aparta la mano de mi cintura y va descendiendo, deslizándose pierna abajo.

«Que alguien me remate de una vez.»

Me levanta la pierna y se rodea la cadera con ella. Luego se aferra a mí de un modo tan maravilloso que gimo en su boca. Y el beso se detiene en seco.

«¿Por qué se aparta? No pares, Miles.»

Me suelta la pierna y apoya la mano con fuerza en la pared, junto a mi cabeza, como si necesitara el apoyo para mantenerse en pie.

«No, no, no. Sigue. Vuelve a pegar la boca a la mía.»

Busco su mirada, pero ha cerrado los ojos.

Se está arrepintiendo de lo que ha pasado.

«No los abras, Miles. No quiero ver arrepentimiento en ellos.»

Apoya la frente en la pared, junto a mi cabeza. Su cuerpo sigue pegado al mío, y ambos tratamos de recuperar el aliento, quietos, en silencio.

Tras respirar hondo varias veces, se impulsa en la pared, se da la vuelta y se dirige a la encimera. Por suerte, no le he visto los ojos cuando los ha abierto. Ahora me está dando la espalda, por lo que no veo el arrepentimiento que es obvio que está sintiendo. Coge unas tijeras quirúrgicas y corta un trozo de gasa.

Yo sigo pegada a la pared. Creo que me quedaré aquí eternamente.

Me he convertido en papel pintado. Exacto, eso es lo que soy.

—No debería haberlo hecho —me dice en tono firme. Su voz suena dura, como el metal, como una espada.

—No me ha importado. —Mi voz no es firme; es líquida, se evapora.

Se venda la mano herida antes de volverse hacia mí.

Su mirada es tan firme como su voz. También es dura, como el metal. Como una espada cortando las cuerdas que sostenían la pequeña esperanza que tenía en lo nuestro tras ese beso.

—No me permitas que vuelva a hacer eso —me ordena.

Si me dan a elegir entre que vuelva a besarme o la cena de Acción de Gracias, me quedo con la primera opción, pero no se lo digo. No puedo hablar, porque su arrepentimiento se me ha quedado atascado en la garganta.

Abre la puerta del baño y sale.

Yo sigo pegada a la pared.

¿Qué

demonios
ha pasado?

Ya no estoy pegada a la pared del baño.

Ahora estoy pegada a la silla, oportunamente sentada al lado de Miles a la mesa del comedor.

Miles, con quien no he hablado desde que se ha referido a él y a mí, o, mejor dicho, a nuestro beso como «eso».

«No me permitas que vuelva a hacer eso.»

Pero no podría impedírselo, ni aunque quisiera, porque deseo tanto «eso» que no me apetece ni comer. Él no es consciente de lo mucho que me gusta la cena de Acción de Gracias, pero si lo supiera se daría cuenta de que «eso» me apetece una barbaridad, y cuando digo «eso», no me estoy refiriendo al plato que tengo delante. «Eso» significa Miles. Nosotros. Yo besando a Miles. Miles besándome a mí.

De repente tengo mucha sed. Cojo el vaso de agua y lo vacío de tres grandes sorbos.

—¿Tienes novia, Miles? —pregunta mi madre.

«Muy bien, mamá. Sigue preguntándole las cosas que yo no me atrevo a preguntarle.»

Él se aclara la garganta.

—No, señora —responde.

Corbin se ríe entre dientes, lo que levanta una polvareda de decepción en mi pecho. Al parecer, Miles tiene el mismo concepto de las relaciones que mi hermano, por eso le resulta divertido que mi madre asuma que es capaz de comprometerse.

De golpe, el beso de hace un rato me resulta mucho menos impresionante.

—Vaya, pues eres un partidazo, ¿no? —insiste mi madre—. Piloto de avión, soltero, guapo, educado...

Miles no responde. Le dirige una discreta sonrisa y se mete una cucharada de puré de patatas en la boca. Al parecer no le apetece hablar de él. Lástima.

—Hace mucho tiempo que Miles no tiene novia, mamá —comenta Corbin confirmando mi teoría—. Lo que no significa que esté soltero.

Mi madre ladea la cabeza, confundida. Yo también. Y Miles.

—¿Qué quieres decir? —pregunta, aunque, un instante después, abre los ojos como platos—. ¡Oh! Lo siento. Eso me pasa por meter las narices donde no me llaman. —Mi madre pronuncia la última frase como si hubiera llegado a alguna conclusión a la que yo todavía no he llegado.

Se está disculpando con Miles. Se siente avergonzada.

«No entiendo nada.»

—¿Me he perdido algo? —pregunta mi padre.

Mi madre señala a Miles con el tenedor.

—Es gay, cariño.

«Emm...»

—No lo es —responde mi padre con firmeza echándose a reír ante la presunción de mi madre.

Yo niego con la cabeza.

«Deja la cabeza quieta, Tate.»

—Miles no es gay —replico mirando a mi madre.

«¿Por qué he tenido que decirlo en voz alta?»

Ahora es Corbin quien parece confundido. Se vuelve hacia Miles, que se estaba llevando una cucharada de puré a la boca, pero se detiene a medio camino, con la ceja alzada, devolviéndole la mirada.

—Mierda —dice Corbin—. No sabía que fuera un secreto, tío. Lo siento mucho.

Miles deja la cuchara en el plato, sin dejar de observar a Corbin con perplejidad.

—No soy gay.

Asintiendo, Corbin alza las manos y se disculpa en voz casi inaudible, como si se arrepintiera de haber divulgado un secreto tan vital.

Miles sacude la cabeza.

—Corbin, no soy gay. Nunca lo he sido y estoy bastante seguro de que nunca lo seré. ¿Qué cojones, tío?

Corbin y Miles se siguen mirando fijamente mientras los demás tenemos la vista clavada en Miles.

—Pe..., Pero —titubea Corbin— una vez me dijiste...

Miles se tapa la boca con la mano, conteniendo una carcajada.

«¡Dios mío! Miles, ríe. Ríe, ríe, ríe. Por favor, piensa que esto es lo más divertido que te ha pasado en la vida, porque tu risa también es mucho mejor que la cena de Acción de Gracias.»

—¿Qué te dije para hacerte creer que era gay?

Corbin se echa hacia atrás en la silla.

—No me acuerdo exactamente. Algo así como que llevabas más de tres años sin estar con una chica. Pensé que era tu manera de contarme que eras gay.

Todo el mundo se ríe ahora, incluso yo.

—Pero ¡de eso hace más de tres años! ¿Durante todo este tiempo has pensado que era gay?

Corbin sigue confundido.

—Pero...

Lágrimas. Miles se está riendo con tantas ganas que ha empezado a llorar de risa.

Me parece algo precioso.

Me sabe mal por Corbin, que no parece saber dónde meterse. Aunque me gusta que a Miles le resulte divertido y no le parezca embarazoso.

—¿Tres años? —Mi padre se ha quedado atascado en la misma frase que yo.

—Han pasado tres años más desde entonces —rectifica Corbin, que al fin se está riendo también—. Es decir, que ya son seis.

Se hace un silencio sepulcral en la mesa y noto que, ahora sí, Miles se siente abochornado.

No puedo evitar pensar en ese beso en el cuarto de baño. Estoy convencida de que no lleva seis años sin tocar a una chica. Un tío con una boca tan posesiva como la suya habrá aprendido a usarla de alguna manera, y estoy segura de que la usa habitualmente.

No quiero pensar en ello.

No quiero que mi familia piense en ello.

—Estás sangrando otra vez —comento al bajar la vista hacia la gasa empapada en sangre—. ¿Tienes apósito líquido? —le pregunto a mi madre.

—No —responde—. No me fío de esa cosa.

Me vuelvo hacia Miles.

—Cuando acabemos de comer, te lo curo.

Él asiente con la cabeza sin mirarme. Mi madre me pregunta por el trabajo, y Miles deja de ser el centro de atención, lo que supongo que le resulta un alivio.

Apago la luz y me meto en la cama. No sé qué conclusión sacar del día. Miles y yo no hemos vuelto a dirigirnos la palabra, aunque pasé unos diez minutos curándole la herida en el salón.

Durante ese tiempo nos mantuvimos en silencio. Nuestras piernas no se rozaron, no me tocó la rodilla con el dedo y ni siquiera levantó la vista hacia mí. La mantuvo todo el tiempo clavada en la mano, como si fuera a caerse al suelo si dejaba de mirarla.

No sé qué pensar sobre Miles o sobre el beso. Es obvio que se siente atraído por mí, o no me habría besado. Por desgracia, con eso me basta. Ni siquiera me importa si le gusto o no. Solo quiero que se sienta atraído por mí, porque lo de gustarle puede llegar más adelante.

Cierro los ojos y trato de dormir por quinta vez, pero es inútil. Me pongo de lado, mirando hacia la puerta, y veo la sombra de unos pies que se acercan. Observo la puerta, esperando a que se abra, pero la sombra desaparece y los pasos se alejan por el pasillo.

Estoy casi segura de que se trata de Miles, supongo que porque es la única persona que ocupa mi mente ahora mismo. Respiro de manera controlada varias veces. Necesito calmarme para poder decidir si quiero seguirlo o no. Cuando aún no he terminado de soltar el aire por tercera vez, salto de la cama.

Me planteo cepillarme los dientes, pero solo hace veinte minutos que lo hice. Me miro en el espejo para ver cómo llevo el pelo, abro la puerta y me dirijo tan sigilosamente como puedo hacia la cocina.

Al doblar la esquina, lo veo. En todo su esplendor. Está apoyado en la barra de desayuno, de cara a mí, casi como si me estuviera esperando.

«Vaya, qué patético.»

Finjo que se trata de una coincidencia que hayamos acabado aquí los dos al mismo tiempo, aunque ya hayan dado las doce.

—¿No puedes dormir?

Paso por su lado de camino a la nevera, de donde saco el zumo de naranja. Me sirvo un vaso y me apoyo en la encimera, frente a él, que me observa, pero no me responde.

—¿Eres sonámbulo?

Él sonríe y sus ojos parecen empaparse de mí cuando me mira de arriba abajo.

—Pues sí que te gusta el zumo de naranja —comenta en tono divertido.

Bajo la vista hacia el vaso, vuelvo a mirarlo y me encojo de hombros. Él se acerca a mí y señala el vaso. Cuando se lo doy, él se lo lleva a los labios y da un sorbo lentamente, antes de devolvérmelo sin romper el contacto visual en ningún momento.

Pues no sé si antes me gustaba el zumo de naranja, pero ahora me encanta.

—A mí también me gusta —comenta él, aunque todavía no he respondido a su pregunta.

Dejo el vaso a mi lado, me apoyo en la encimera y me impulso para sentarme. Finjo que no está invadiendo mi espacio, pero lo hace. Invade todo mi ser. La cocina.

Toda la casa.

El silencio se alarga demasiado, por lo que me decido a dar el primer paso.

—¿En serio llevas seis años sin novia?

Él asiente sin dudar, lo que me deja asombrada y muy

satisfecha. No sé por qué me gusta tanto. Supongo que me parece preferible a cómo pensaba que era su vida.

—Caray. Pero ¿al menos te habrás...? —No sé cómo terminar la frase.

—¿Acostado con alguien?

Me alegro de que la única luz sea la de la lamparita que hay sobre la cocina, porque estoy roja como un tomate.

—No todo el mundo busca las mismas cosas en la vida —añade.

Su voz es suave como un edredón de plumas. Quiero dar vueltas sobre ella, envolverme en esa voz.

—Todo el mundo quiere amor, o, en su defecto, sexo; forma parte de la naturaleza humana.

No me creo que estemos teniendo esta conversación. Él se cruza de brazos al mismo tiempo que cruza los tobillos. Me he fijado en que es su forma de protegerse, su armadura personal. Levanta una barrera invisible para impedir revelar demasiado.

—La mayoría de la gente no concibe lo uno sin lo otro —me dice—, por eso me resulta más fácil renunciar a ambas cosas. —Me observa con detenimiento, evaluando mi reacción, así que me esfuerzo por no reaccionar de ninguna manera.

—¿Qué es lo que no quieres tú, Miles? —Mi voz suena embarazosamente débil—. ¿El amor o el sexo?

Sus ojos permanecen impasibles, pero la boca no. Sus labios se curvan en una sonrisa casi imperceptible.

—Creo que ya conoces la respuesta a esa pregunta, Tate.

«Uau.»

Suelto el aire despacio, sin importarme si se da cuenta

de que sus palabras me han afectado más de la cuenta. Su modo de pronunciar mi nombre me ha alterado tanto como el beso de antes. Me cruzo de piernas y espero que no se dé cuenta de que, al hacerlo, yo también estoy alzando un escudo protector.

Baja la vista hacia mis piernas y veo que inspira levemente.

«Seis años. Increíble.»

Yo también bajo la vista hacia mis piernas. Quiero hacerle otra pregunta, pero no me atrevo a mirarlo mientras lo hago.

—¿Cuánto tiempo hace que no besas a una chica?

—Ocho horas —responde él sin dudarlo. Cuando alzo la mirada, él sonríe, porque sabe a la perfección lo que le estoy preguntando—. Lo mismo —murmura—. Seis años.

No sé qué me pasa, pero algo dentro de mí cambia, se derrite. Una parte dura o fría o escondida en mi escudo de protección se está fundiendo y volviéndose líquida al darse cuenta de la trascendencia de ese beso. Siento que me estoy licuando por completo, y a los líquidos no se les da bien levantarse ni marcharse, por lo que me quedo donde estoy.

—¿Me tomas el pelo? —le pregunto, porque me cuesta creérmelo.

Me parece que ahora es él quien se ruboriza.

Sigo confundida. No entiendo por qué me hice una idea tan equivocada de él. Aunque más me cuesta entender cómo es posible que sea verdad lo que dice. Es guapo, tiene un buen trabajo y es obvio que sabe besar. ¿Por qué no lo hace a menudo?

—¿Cuál es el problema, entonces? —pregunta la enfermera que hay en mí—. ¿Tienes alguna enfermedad de transmisión sexual? —No tengo filtro en los temas médicos.

Él se echa a reír.

—Estoy limpio. Más limpio imposible —responde, aunque no me da ninguna explicación.

—Si has pasado seis años sin besar a una chica, ¿por qué me has besado a mí? Tenía la sensación de que ni siquiera te gustaba. No es fácil saber lo que piensas.

No me pregunta de dónde he sacado esa impresión.

Cada vez tengo más claro que se comporta de un modo distinto cuando yo estoy cerca, y que lo hace de manera intencionada.

—No es que no me gustes, Tate. —Suspira profundamente, hunde las manos en su pelo y se sujeta la nuca—. Es que no quiero que me gustes. No quiero que me guste nadie. No quiero salir con nadie, ni amar a nadie. Yo solo... —Baja la vista al suelo y vuelve a cruzarse de brazos.

—Tú solo, ¿qué? —lo animo a completar la frase.

Cuando alza la mirada lentamente, tengo que hacer un esfuerzo titánico para permanecer sentada, porque me está contemplando... como si yo fuera la cena de Acción de Gracias.

—Me siento atraído por ti, Tate —admite en voz baja—. Te deseo, pero sin las complicaciones que eso conlleva.

Me he quedado sin la capacidad de pensar.

Cerebro = Líquido.

Corazón = Mantequilla.

Cuando suspiro, compruebo que conservo la capacidad de suspirar.

Espero hasta que recupero la capacidad de pensar y entonces no puedo parar. Pienso mucho.

Acaba de admitir que quiere acostarse conmigo; lo que no quiere es que eso nos lleve a nada serio. No sé por qué esa idea me halaga. Sé que debería sentir ganas de darle un puñetazo, pero el hecho de que haya elegido besarme a mí después de pasarse seis años sin besar a nadie hace que me sienta como si acabara de ganar un Pulitzer.

Nos miramos en silencio de nuevo. Esta vez es él quien parece un poco nervioso. Probablemente se esté preguntando si me he enfadado con él. No quiero que lo piense, porque, con franqueza, lo que me apetece es ponerme a gritar «He ganado» a todo pulmón.

No sé qué decir. Nuestras conversaciones han sido de lo más raras e incómodas desde que nos conocimos, pero esta se lleva la palma, sin dudarlo.

—Nuestras conversaciones son tan raras... —comento.

Él se echa a reír, aliviado.

—Sí.

La palabra *sí* se vuelve mucho más hermosa cuando sale de su boca, bañada en esa voz. Con toda probabilidad lograría que cualquier palabra sonara hermosa. Trato de pensar en alguna palabra que odie. Le tengo manía a *buey*. Me parece fea, tan corta y con tantas vocales juntas. Me pregunto si en su voz me sonaría distinta, si lograría que me gustara.

—Di la palabra *buey*.

Él alza las cejas como si se estuviera preguntando si me ha oído bien. Piensa que soy rara.

«Me da igual.»

—Dilo, sin más.

—Buey —repite él dudando un poco.

Sonrío.

«Me gusta la palabra *buey*. Es mi nueva palabra favorita.»

—Eres muy rara —comenta divertido.

Descruzo las piernas y él se fija.

—Bueno, Miles. Vamos a ver si lo he entendido bien. No te has acostado con nadie desde hace seis años. Durante ese tiempo, no has tenido novia ni te has besado con nadie, aparte de conmigo hace ocho horas. Es obvio que no te gustan las relaciones ni el amor, pero eres un hombre, y los hombres tienen necesidades.

Él sigue contemplándome, divertido.

—Sigue hablando —me anima con esa sonrisa que le sale sexy sin pretenderlo.

—No quieres sentirte atraído por mí, pero es lo que hay. Quieres acostarte conmigo, pero no quieres que salgamos ni quieres enamorarte de mí. Y tampoco quieres que yo me enamore de ti.

Sigue resultándole divertido lo que digo, porque sigue sonriendo.

—No sabía que fuera tan transparente.

«No lo eres, Miles. Créeme.»

—Si nos lanzamos, creo que deberíamos tomárnoslo con calma —propongo en tono burlón—. No quiero presionarte a hacer algo para lo que no estés preparado. Eres casi virgen.

La sonrisa se le borra de la cara. Da tres pasos hacia mí, deliberadamente lentos. Yo dejo de sonreír también, porque su aspecto es en verdad intimidante. Cuando llega a mi lado, apoya las manos a ambos lados sobre la encimera y se inclina sobre mi cuello.

—Han pasado seis años, Tate. Créeme cuando te digo que... estoy preparado.

Todas esas palabras han empezado a formar parte de mi lista de palabras favoritas. *Créeme* y *cuando* y *te* y *digo* y *que* y *estoy* y *preparado*.

Son mis palabras favoritas, todas ellas.

Se aparta y puedo afirmar que no estoy respirando ahora mismo. Regresa al lugar que ocupaba, frente a mí. Niega con la cabeza como si no se pudiera creer lo que acaba de pasar.

—No me creo que acabe de pedirte sexo. ¿Qué clase de hombre hace esto?

Trago saliva.

—Básicamente, todos.

Él se echa a reír, pero noto que sigue sintiéndose culpable. Tal vez tenga miedo de que yo no sea capaz de manejar la situación. Y tal vez tenga razón, pero no pienso admitirlo. Si cree que no lo llevaré bien, retirará todo lo que ha dicho. Y si lo retira, me quedaré sin más besos como el que me ha dado antes.

Accedería a cualquier cosa con tal de que él volviera a besarme. Sobre todo si consigo probar algo más que sus besos.

Solo de pensarlo se me seca la garganta. Cojo el vaso y, muy despacio, doy otro trago mientras coloco las piezas de este puzle en la cabeza.

Él me quiere por el sexo.

Yo echo de menos el sexo, ha pasado bastante tiempo.

Estoy más que segura de que me siento atraída por él. No se me ocurre nadie con quien me apetezca más tener un rollo sin ataduras que con mi vecino piloto de avión y doblador de ropa limpia.

Dejo el vaso de zumo, apoyo las manos en la encimera y me inclino un poco hacia delante.

—Escúchame, Miles. Estás soltero, igual que yo. Tú trabajas demasiado y yo estoy tan centrada en mi carrera que me estoy dejando la salud. Aunque quisiéramos mantener una relación, no funcionaría. No tenemos tiempo para relaciones en nuestra vida. Tampoco somos amigos, por lo que no necesitamos preocuparnos por arruinar nuestra amistad. ¿Quieres acostarte conmigo? Pues te lo voy a permitir. Mucho.

Él me mira fijamente la boca, como si las palabras que salen de ella se estuvieran convirtiendo en sus nuevas palabras favoritas.

—¿Mucho? —repite.

Asiento con la cabeza.

—Sí, mucho.

Él me dirige una mirada retadora.

—Vale —dice en tono desafiante.

—Vale.

Estamos a varios metros de distancia. Acabo de decirle a este tipo que accedo a acostarme con él sin más expectativas, y él sigue ahí, y yo sigo aquí. Está claro que me equivoqué al catalogarlo. Miles está más nervioso que yo, aunque creo que nuestros nervios tienen orígenes distintos. Él está nervioso porque no quiere que esto se convierta en nada serio. Yo estoy nerviosa porque no estoy segura de que vaya a ser capaz de limitarme solo al sexo. Teniendo en cuenta el grado de atracción que siento, tengo la impresión de que el sexo será el menor de nuestros problemas. Y, sin embargo, aquí sigo, fingiendo que me parece estupendo limitarnos al sexo. Tal vez si empezamos por ahí, acabe convirtiéndose en algo más.

—Bueno, ahora mismo no puede ser —dice al fin.

«Mierda.»

—¿Por qué no?

—Porque el único condón que llevo en la cartera probablemente se haya desintegrado a estas alturas.

Me echo a reír. Me gusta que sepa reírse de sí mismo.

—Pero me encantaría volver a besarte —añade con una sonrisa esperanzada.

Lo que me sorprende es que no me esté besando ya.

—Claro.

Él se acerca con lentitud a mí hasta que mis rodillas quedan a los lados de su cintura. Lo miro a los ojos y veo que me observa como si esperara que fuera a cambiar de idea, pero no pienso hacerlo; es muy probable que yo tenga más ganas que él.

Alza las manos y me las hunde en el pelo mientras me acaricia las mejillas con los pulgares. Inspira entrecortadamente mientras me mira la boca.

—Haces que me cueste respirar.

Le pone el punto a la frase con un beso al sellar nuestros labios. Las pocas partes de mí que aún no se habían licuado en su presencia lo hacen ahora. Trato de recordar la última vez que disfruté tanto al sentir la boca de un hombre junto a la mía. Su lengua se desliza sobre mis labios antes de hundirse entre ellos, probándome, llenándome, reclamándome.

Dios santo.

Me.

Encanta.

Su.

Boca.

Ladeo la cabeza para poder disfrutar más de su sabor. Él ladea la cabeza para disfrutar más del mío. Su lengua tiene una memoria prodigiosa, porque recuerda perfectamente lo que tiene que hacer. Deja caer la mano herida y me la apoya en el muslo, mientras me sujeta la nuca con la otra mano y me aplasta los labios con los suyos. Yo lo he agarrado por la camisa, pero la suelto para poder explorarle los brazos, la nuca, la espalda, el pelo.

Gimo débilmente, y mi gemido lo impulsa a pegarse a mí, mientras me atrae hacia él, dejándome sentada casi al borde de la encimera.

—Está claro que no eres gay. Confirmado —comenta alguien a nuestra espalda.

«¡Ay, Dios santo!»

«Es papá.»

«¡Papá!»

Mierda.

Miles: Se aparta.

Yo: Bajo al suelo de un salto.

Papá: Pasa a nuestro lado.

Abre la nevera y coge una botella de agua, como si lo de encontrarse a un invitado metiéndole mano a su hija en la cocina fuera lo más normal del mundo. Se vuelve hacia nosotros y da un largo trago. Cuando acaba, enrosca el tapón y deja la botella en la nevera. Cierra la puerta y esta vez pasa entre los dos, poniendo distancia entre nosotros.

—A la cama, Tate —me dice mientras sale de la cocina.

Me tapo la boca con la mano. Miles se cubre la cara con la suya. No sé cuál de los dos se siente más avergonzado, juraría que él.

—Tendríamos que ir a dormir —murmura.

Estoy de acuerdo.

Salimos de la cocina sin tocarnos. Llegamos primero a mi habitación, donde me detengo y me vuelvo hacia él.

Miles también se detiene.

Mira a la izquierda y luego brevemente a la derecha para asegurarse de que estamos solos en el pasillo. Da un paso adelante y me roba otro beso. Choco contra la puerta, pero él consigue romper el beso antes de que vaya demasiado lejos.

—¿Estás segura de que te parece bien? —me pregunta buscando algún atisbo de duda en mis ojos.

No tengo ni idea de si esto está bien o mal, pero me hace sentir bien, y él sabe bien, y no se me ocurre nada que me apetezca más que estar con él. Sin embargo, me preocupan los motivos que lo han llevado a estos seis años de abstinencia.

—Te preocupas demasiado —le digo—. ¿Te sería más fácil si estableciéramos reglas?

Él me observa en silencio antes de dar un paso atrás.

—Tal vez. Aunque ahora mismo solo se me ocurren dos.

—¿Cuáles?

Clava los ojos en los míos durante unos segundos.

—No me preguntes por el pasado —responde en tono firme—. Y no esperes que tengamos futuro.

No me gustan sus reglas, en absoluto. Tanto la una como la otra hacen que me entren ganas de cambiar de idea y de salir de aquí corriendo, pero no lo hago. Asiento con la cabeza, porque aceptaré lo que me dé. No soy Tate cuando estoy cerca de Miles. Soy líquido, y el líquido no sabe cómo mantenerse firme ni hacerse valer. El líquido fluye y eso es todo lo que quiero hacer cuando estoy con él.

Fluir.

—Bueno. Yo solo tengo una regla —murmuro. Él espera mi respuesta, pero sigue sin ocurrírseme nada porque no tengo reglas. ¿Por qué no tengo reglas? Miles sigue esperando—. Aún no sé cuál es, pero cuando se me ocurra tendrás que cumplirla.

Miles se echa a reír. Se inclina hacia mí y me besa en la frente antes de dirigirse a su habitación. Abre la puerta, pero se vuelve hacia mí un instante antes de desaparecer dentro.

No estoy segura, pero creo que la expresión que he visto en su cara era de miedo. Ojalá supiera a qué le teme él, porque tengo muy claro a qué le temo yo.

Me aterra pensar en cómo va a acabar esto.

10
MILES

Seis años atrás

Ian lo sabe.

Tuve que contárselo. Tras la primera semana de clase, se dio cuenta de que Rachel se había convertido en todo mi mundo.

Rachel sabe que Ian lo sabe y también sabe que no dirá nada.

Cuando Rachel se muda a mi casa, le cedo mi dormitorio y yo me instalo en el cuarto de invitados, porque mi dormitorio tiene su propio baño y quiero que Rachel tenga la mejor habitación.

—¿Pongo esta caja aquí? —le pregunta Ian a Rachel. Cuando ella le pregunta qué hay dentro, él responde que sujetadores y ropa interior variada—. He pensado en dejarla directamente en el cuarto de Miles.

Ella pone los ojos en blanco.

—Cállate —le ordena haciéndolo reír.

A él le encanta estar al corriente de nuestro secreto; por eso sé que nunca dirá nada. Conoce el poder de los secretos.

Ian se marcha cuando acabamos de descargar las cajas.

Cuando mi padre se cruza conmigo en el pasillo, se detiene. Sé que eso significa que yo también debo detenerme.

—Gracias, Miles.

Piensa que la nueva situación me parece bien; que estoy de acuerdo con el hecho de que haya permitido que otra mujer expulse de casa los últimos vestigios de mi madre.

No, no me parece bien, en absoluto.

Solo finjo estar de acuerdo porque ya nada tiene importancia. Lo único que importa es Rachel.

Ni siquiera mi padre importa.

—No hay de qué.

Sigue caminando, pero vuelve a detenerse. Me dice que me agradece que esté siendo amable con Rachel. Me dice que a mi madre y a él les habría gustado darme un hermano cuando era más pequeño.

Me dice que soy muy buen hermano.

Sus palabras me resultan odiosas.

Vuelvo a la habitación de Rachel y cierro la puerta.

Estamos los dos solos.

Sonreímos.

Me acerco a ella y la abrazo antes de bajar la cabeza para besarla en el cuello. Han pasado tres semanas desde la primera vez que la besé.

Puedo contar las veces que la he besado desde entonces. En el colegio no podemos actuar así, ni en público, ni cuando nuestros padres están delante. Solo puedo tocarla cuando estamos solos, y no ha sido fácil quedarnos a solas durante estas tres últimas semanas.

¿Y ahora?

Ahora la beso.

—Necesitamos unas cuantas normas para no meternos en líos —me dice separándose de mí. Se sienta frente a su escritorio y yo me siento en su cama—. La primera, nada de meterse mano en casa. Es demasiado arriesgado.

No quiero acceder a esa regla, pero asiento con la cabeza.

—La segunda, nada de sexo.

Esta vez no asiento.

—¿Nunca?

Ahora es ella la que asiente con la cabeza.

Oh, cómo odio que haga eso.

—¿Por qué?

Ella suspira resignada.

—El sexo hará que todo sea más duro cuando llegue la hora de separarnos. Ya lo sabes.

Tiene razón, aunque también está totalmente equivocada. Tengo la sensación de que ya se dará cuenta por sí sola más adelante.

—¿Puedo saber cuál es la regla número tres antes de aprobar la número dos?

Ella sonríe.

—No hay regla número tres.

Le devuelvo la sonrisa.

—Entonces ¿el sexo es lo único que no está permitido? Y estamos hablando de penetración, ¿no? El sexo oral no cuenta.

Ella se cubre la cara con las manos.

—¡Por favor! ¿Tienes que ser tan específico?

Qué mona es cuando siente vergüenza.

—Solo quería dejar las cosas claras. Tengo una lista tan larga de cosas que quiero hacerte que no me daría tiempo a acabarla en una vida, y solo tengo seis meses para hacerlas.

—No entremos en detalles —insiste.

—Me parece bien —replico admirando el precioso rubor de sus mejillas—. Rachel, ¿eres virgen?

Se pone todavía más roja. Niega con la cabeza y me dice que no, antes de preguntarme si me importa.

—En absoluto —respondo, porque es la verdad.

Ella me pregunta si yo soy virgen, aunque no puede ocultar la timidez al hacerlo.

—No, pero, ahora que te he conocido, creo que me gustaría serlo.

A ella le gusta mi respuesta.

Me levanto, dispuesto a dirigirme a mi nueva habitación para colocar mis cosas. Antes de salir, cierro la puerta del dormitorio por dentro y me vuelvo hacia ella con una sonrisa en la cara.

Me acerco lentamente.

Le tomo las manos y la ayudo a levantarse.

La abrazo por la parte baja de la espalda y tiro de ella hacia mí.

Y la beso.

11
TATE

—Tengo que hacer pis.

Corbin suelta un gruñido.

—¿Otra vez? —refunfuña.

—Hace dos horas que no voy —replico a la defensiva.

La verdad es que no necesito ir al baño; lo que necesito es salir del coche. Tras la conversación nocturna con Miles, el ambiente se ha alterado por completo. Es como si él ocupara más espacio en el coche y, a cada minuto que pasa sin hablar, más me pregunto qué se le debe de estar pasando por la cabeza. Me pregunto si se arrepiente de lo que hablamos; si fingirá que nunca sucedió.

Ojalá mi padre hubiese hecho como si no hubiese ocurrido. Pero no. Antes de irnos esta mañana, estaba sentada a la mesa de la cocina con él cuando Miles ha entrado.

—¿Has dormido bien, Miles? —le ha preguntado mi padre mientras él se sentaba a la mesa.

Pensaba que se iba a ruborizar, avergonzado, pero ha mirado a mi padre negando con la cabeza y le ha respondido:

—No demasiado. Tu hijo habla en sueños.

Mi padre ha cogido el vaso y lo ha alzado en dirección a Miles.

—Me alegra saber que has pasado la noche en la habitación de Corbin.

Por suerte, mi hermano todavía no se había sentado a la mesa con nosotros y no lo ha oído. Miles ha permanecido en silencio el resto del tiempo que hemos pasado en casa. Solo he vuelto a oírle la voz cuando Corbin y yo ya estábamos en el coche. Miles se ha acercado a mi padre y, mientras le estrechaba la mano, le ha dicho algo que solo ha oído él. He tratado de interpretar la expresión de mi padre, pero él se ha mantenido impasible. A mi padre se le da casi tan bien como a Miles esconder lo que piensa.

Pagaría por saber qué le ha dicho Miles a mi padre esta mañana antes de irnos.

Y, bueno, hay varias preguntas más sobre Miles que pagaría por que alguien me respondiera.

Cuando éramos pequeños, Corbin y yo siempre coincidíamos en que, si nos dieran a elegir un superpoder, escogeríamos poder volar. Pero ahora que he conocido a Miles, he cambiado de idea. Si pudiera, elegiría el poder de la infiltración. Me infiltraría en su mente para poder leer todos y cada uno de sus pensamientos.

Mi infiltraría en su corazón y me extendería a su alrededor como si fuera un virus.

Mi nombre de superheroína sería la Infiltradora.

Sí, me gusta cómo suena.

—Ve a mear —me dice Corbin con impaciencia mientras aparca.

Ahora mismo me gustaría que estuviéramos aún en el instituto para poder llamarlo «gilipollas», pero los adultos no llaman así a sus hermanos.

Salgo del coche y siento que puedo respirar un poco

mejor..., hasta que Miles abre la portezuela, sale del coche y entra en el mundo. Ahora Miles me parece todavía más grande, y mis pulmones parecen encogerse. Nos dirigimos juntos al interior de la gasolinera, pero no hablamos.

Es muy curioso. A veces, los silencios son más elocuentes que todas las palabras del mundo. A veces, mi silencio dice: «No sé cómo hablar contigo. No sé lo que estás pensando. Habla conmigo. Dime todas las palabras que has pronunciado en la vida, empezando por la primera».

Me pregunto qué estará diciendo su silencio.

Una vez dentro, él es el primero en localizar el cartel de los baños. Asiente con la cabeza en esa dirección y pasa delante de mí. Él abre camino y yo se lo permito, porque él es sólido y yo soy líquida y, ahora mismo, no soy más que su estela.

Al llegar a la entrada de los baños, él entra en el de caballeros sin detenerse. No se vuelve a mirarme ni espera a que yo entre primero en el de señoras. Abro la puerta, aunque en realidad no necesito usar el baño. Solo quería respirar, pero él no me deja. Está invadiendo mi espacio. No creo que lo haga de manera intencionada, pero me está invadiendo los pensamientos, el estómago, los pulmones; todo mi mundo.

Ese es su superpoder: la invasión.

El Invasor y la Infiltradora. Ambas palabras vienen a significar más o menos lo mismo, así que supongo que formamos un equipo, uno bien jodido.

Me lavo las manos y dejo pasar el tiempo para que parezca que la parada estaba justificada. Cuando abro la puerta para salir, me está invadiendo de nuevo. Se ha interpuesto en mi camino y me espera delante de la puerta por la que pretendo salir.

No se mueve a pesar de estar invadiéndome. Aunque en realidad no quiero que se aparte, por lo que no hago nada por evitarlo.

—¿Te apetece beber algo? —me pregunta.

Niego con la cabeza.

—Tengo agua en el coche.

—¿Tienes hambre?

Cuando le digo que no, parece un poco decepcionado. Tal vez no quiera regresar aún al coche.

—Pero me apetecen chuches.

Una de sus escasas y valiosas sonrisas hace su aparición poco a poco.

—Pues te invito a chuches.

Se da la vuelta y se dirige al pasillo de las golosinas. Me detengo a su lado y examino las opciones. Pasamos demasiado tiempo frente a los expositores. No me apetece nada, pero ambos lo observamos todo igualmente, como si estuviéramos muy interesados.

—Esto es muy raro —susurro.

—¿El qué? ¿Elegir chuches o tener que fingir que a los dos nos gustaría compartir el asiento trasero ahora mismo?

Caramba. Siento que, de algún modo, he logrado infiltrarme en sus pensamientos. Aunque los ha compartido conmigo de manera voluntaria, y eso me hace sentir muy bien.

—Las dos cosas —admito sin dudar, y me vuelvo hacia él—. ¿Fumas?

Él me dirige otra vez esa mirada con la que me informa de que le parezco rara.

Me da igual.

—No —responde con tranquilidad.

—¿Te acuerdas de aquellos cigarrillos de chocolate que vendían cuando éramos pequeños?

—Sí. Qué mal rollo, ahora que lo pienso.

Le doy la razón asintiendo con la cabeza.

—Corbin y yo los comprábamos a menudo, pero nunca permitiría que mis hijos los compraran.

—No creo que los sigan fabricando —opina Miles.

Nos volvemos de nuevo hacia los dulces.

—¿Y tú?

—Yo, ¿qué?

—Si fumas.

Niego con la cabeza.

—No.

—Bien. —Contemplamos las chucherías un rato más. Él se vuelve hacia mí y yo levanto la mirada—. ¿De verdad quieres chuches, Tate?

—No.

Él se echa a reír.

—En ese caso, supongo que deberíamos volver al coche.

Estoy de acuerdo con él, pero permanecemos inmóviles. Miles me busca la mano y la roza con delicadeza, como si fuera consciente de que él está hecho de lava y yo no. Me coge dos dedos, como si no se atreviera a cogerme la mano entera, y tira de mí ligeramente.

—Espera —le pido tirando de él.

Él me mira por encima del hombro antes de volverse por completo hacia mí.

—¿Qué le has dicho a mi padre esta mañana, antes de irnos?

Él me aprieta los dedos con más fuerza, pero su mirada permanece igual, no pierde esa intensidad que domina a la perfección.

—Le he pedido disculpas.

Vuelve a dirigirse hacia la puerta y esta vez lo sigo. No me suelta la mano hasta que llegamos cerca de la puerta. Cuando al fin la deja caer, vuelvo a evaporarme. Lo sigo hacia el coche y me digo que no debo creerme capaz de infiltrarme en sus pensamientos. Me recuerdo que nunca se quita la armadura.

Es impenetrable.

«No sé si podré hacerlo, Miles. No sé si podré seguir la regla número dos, porque las ganas que me han entrado de repente de colarme de un salto en tu futuro son mucho más grandes que las ganas que tengo de quedarme a solas en el asiento trasero contigo.»

—Había mucha cola —comenta Miles cuando subimos al coche.

Corbin pone el coche en marcha y cambia de emisora. Le da igual si había cola o no. No sospecha nada, o habría hecho algún comentario. Además, de momento aún no hay nada de lo que deba sospechar.

Conducimos durante unos quince minutos antes de darme cuenta de que ya no estoy pensando en Miles. Durante el último cuarto de hora he estado perdida en los recuerdos.

—¿Te acuerdas de cuando éramos pequeños y queríamos tener el superpoder de volar?

—Sí —responde Corbin—. Me acuerdo.

—Pues lo has conseguido; ahora puedes volar.

Corbin me sonríe por el espejo retrovisor.

—Sí, supongo que eso me convierte en un superhéroe.

Me reclino hacia atrás en el asiento y miro por la ventanilla, un poco celosa de los dos, de las cosas que han visto, de los lugares a los que han viajado.

—¿Cómo es ver amanecer desde ahí arriba?

Corbin se encoge de hombros.

—No me fijo demasiado. Estoy ocupado trabajando cuando vuelo.

Sus palabras me entristecen.

«Deberías darle el valor que se merece, Corbin.»

—Yo sí lo contemplo siempre —comenta Miles. Está mirando por la ventana y habla en voz tan baja que casi no distingo sus palabras—. Cada vez que vuelo, contemplo el amanecer.

Sin embargo, no me dice cómo es. Su voz suena distante, como si no quisiera compartir esos momentos conmigo ni con nadie. No insisto.

—Alteráis las leyes del universo al volar —les digo—. Es impresionante. Desafiáis la gravedad y contempláis amaneceres y puestas de sol desde lugares que la madre naturaleza no creó para nosotros. Si lo pensáis bien, sí que sois superhéroes.

Mi hermano vuelve a mirarme por el espejo retrovisor y se echa a reír.

«Valóralo como se merece, Corbin.»

Miles, en cambio, no se ríe. Sin dejar de mirar por la ventanilla, me dice:

—Tú salvas vidas. Me parece mucho más impresionante.

Mi corazón absorbe el impacto de sus palabras.

«Lo de cumplir la regla número dos cada vez pinta peor, Miles.»

12
MILES

Seis años atrás

La regla número uno, la de no meternos mano cuando nuestros padres estén en casa, ha sufrido una enmienda. Ahora consiste en meternos mano solo cuando estemos protegidos por una puerta cerrada.

Por desgracia, la regla número dos se mantiene firme. Nada de sexo, de momento.

Y recientemente hemos añadido una tercera regla: nada de colarse en la habitación del otro por las noches. Lisa va de vez en cuando a ver cómo está su hija en mitad de la noche, porque es la madre de una adolescente y siente que debe hacerlo.

Aunque odio que lo haga.

Llevamos un mes conviviendo en la misma casa. Nunca hablamos sobre el hecho de que nos quedan poco más de cinco meses. No hablamos de lo que pasará cuando mi padre se case con su madre. Nunca comentamos que, cuando lo hagan, seguiremos conectados durante mucho tiempo.

«Las fiestas.»

«Los fines de semana.»

«Las reuniones familiares.»

Tendremos que asistir los dos, pero en calidad de parientes.

Nunca hablamos sobre ello porque nos hace sentir que lo que estamos haciendo está mal.

Y tampoco hablamos sobre ello porque es duro.

Cuando pienso en el día en que ella se marche a Michigan y yo permanezca en San Francisco, me quedo en blanco. No soy capaz de imaginarme nada más allá. No logro visualizar nada en lo que ella no sea mi todo.

—Volveremos el domingo —dice mi padre—. Tendrás la casa para ti solo. Rachel se va a casa de una amiga. Deberías invitar a Ian.

—Ya lo he hecho —miento.

Rachel también ha mentido; pasará el fin de semana aquí, pero no queríamos que sospecharan nada. Ya es bastante duro tener que ignorarla delante de ellos. Me cuesta horrores fingir que no tengo nada en común con ella cuando quiero reírme de todo lo que dice. Quiero chocar la mano con ella en señal de apoyo cada vez que hace algo. Quiero presumir de ella delante de mi padre; hablarle de lo lista que es, de las buenas notas que saca, de lo amable e ingeniosa que es. Quiero contarle que tengo una novia increíble, a la que quiero que conozca porque sé que la va a querer.

Ya la quiere, pero no de la manera en que a mí me gustaría.

Quiero que la quiera para mí.

Nos despedimos de nuestros padres. Lisa le dice a su hija que se porte bien, pero en realidad no está preocupada porque está convencida de que su hija es buena chica. Rachel siempre se porta bien, nunca rompe las reglas. Excepto la número tres. Sé que Rachel va a romper la regla número tres este fin de semana.

Jugamos a las casitas.

Fingimos que estamos en nuestra casa, en nuestra cocina, y ella cocina para mí. Finjo que es mi mujer y la sigo por todas partes mientras prepara la comida y la abrazo de vez en cuando; la toco, le beso el cuello.

Tiro de ella impidiéndole acabar las tareas que trata de terminar para notar su cuerpo pegado al mío. A ella le gusta, pero finge que no y me riñe.

Cuando acabamos de comer, se sienta a mi lado en el sofá. Ponemos una película, pero no nos enteramos de nada porque no podemos parar de besarnos. Nos besamos tanto que nos duelen los labios. Y las manos. Hasta el estómago nos duele, porque nos morimos de ganas de romper la regla número dos.

El fin de semana se nos va a hacer eterno.

Decido darme una ducha para no tener que rogarle una enmienda a la regla número dos.

Me ducho en su baño. Me gusta esta ducha. Me gusta más ahora que cuando era simplemente mi ducha, porque me encanta ver sus cosas ahí. Me gusta ver su maquinilla de depilar e imaginármela usándola. Me encanta ver sus botellas de champú y pensar en ella, con la cabeza echada hacia atrás bajo el chorro de agua mientras se aclara la espuma.

Me gusta que su ducha sea mi ducha.

—¿Miles?

Está llamando a la puerta, pero ya ha entrado en el baño.

El agua me calienta la piel, pero su voz me la calienta mucho más. Descorro la cortina de la ducha. Tal vez la descorro un poco más de la cuenta, porque quiero que desee romper la regla número dos. Conteniendo el aliento, baja la vista hacia donde quiero que la dirija.

—Rachel. —Sonrío al ver su expresión avergonzada.

Ella me mira a los ojos. Quiere ducharse conmigo, pero es tímida y no se atreve a proponerlo.

—Entra —la invito. Tengo la voz ronca, como si hubiera estado gritando, y eso que estaba perfectamente hace cinco segundos.

Corro la cortina para ocultar el efecto que ha causado en mí, pero también para darle privacidad mientras se desnuda. Todavía no la he visto desnuda, aunque sí he colado la mano bajo su ropa.

De pronto me pongo muy nervioso.

Ella apaga la luz.

—¿Te parece bien? —me pregunta con timidez.

Le digo que sí, pero me gustaría que tuviera más confianza en sí misma. Necesito conseguir que su confianza crezca.

Descorre la cortina y lo primero que aparece es una de sus piernas. Trago saliva mientras entra el resto de su cuerpo.

Por suerte, la lucecita que se queda siempre encendida por las noches la ilumina, aunque sea débilmente.

La veo lo suficiente.

La veo a la perfección.

Vuelve a mirarme a los ojos y da un paso hacia mí. Siento curiosidad por saber si habrá compartido la ducha con alguien alguna vez, pero no se lo pregunto. Esta vez soy yo quien da un paso hacia ella, porque parece asustada, y no quiero que se sienta asustada.

Yo estoy asustado.

La sujeto suavemente por los hombros y tiro de ella para que se coloque bajo el chorro de agua.

No me pego a su cuerpo, aunque el mío me lo está pidiendo a gritos. Mantengo la distancia porque sé que tengo que hacerlo.

Nuestras bocas son la única parte que entra en contacto. La beso con delicadeza, casi sin rozarle los labios, pero igualmente duele muchísimo. Duele más que cualquiera de los besos que nos hemos dado, más incluso que los besos violentos, esos en los que chocan las bocas, los dientes; besos frenéticos, urgentes, chapuceros; besos que terminan con un mordisco por su parte o por la mía.

Ninguno de esos besos me ha dolido tanto como este, y no sabría decir cuál es la razón.

Tengo que separarme de ella. Le digo que necesito un minuto y ella asiente con la cabeza y me apoya la mejilla en el pecho. Me echo hacia atrás, apoyando la espalda en la pared, y la atraigo hacia mí, con los ojos cerrados.

Las palabras vuelven a intentar romper el muro que he construido a su alrededor. Cada vez que estoy con ella, luchan por liberarse, pero yo añado más y más cemento al muro para impedirlo.

Ella no tiene por qué escucharlas.

Yo no tengo por qué decirlas.

Pero están aporreando la muralla. Golpean sin descanso cada vez que nos besamos, y siempre acabamos así: yo necesitando un minuto y ella concediéndomelo. Esta vez están tratando de salir con más desesperación que nunca.

Necesitan aire. Exigen ser escuchadas.

No voy a poder resistir mucho más antes de que la muralla se venga abajo.

Llegará un momento en que mis labios no podrán tocar los suyos sin que las palabras se derramen por encima del muro, colándose entre las grietas y ascendiendo por mi pecho hasta que sostenga su cara entre mis manos, la mire a los ojos y deje caer todas las barreras que aún se alzan entre nosotros y nuestros corazones rotos.

LAS PALABRAS SE ESCAPAN IGUALMENTE.

—No veo nada —le digo. Sé que no sabe de qué le estoy hablando. No quiero darle explicaciones, pero LAS PALABRAS SE ESCAPAN IGUALMENTE, pues han tomado las riendas de la situación—. ¿Después de que te marches a Michigan y yo me quede en San Francisco? No veo nada después de ese momento. Antes podía visualizar cualquier tipo de futuro, el que quisiera, pero ahora no veo nada. —Beso la lágrima que le cae por la mejilla—. No puedo con esto —confieso—. Lo único que quiero es verte a ti; si no puedo lograrlo..., lo demás no vale la pena. Tú haces que todo sea mejor, Rachel. Todo. —La beso bruscamente en la boca, pero ahora que las palabras se han liberado, ya no duele en absoluto—. Te quiero —le confieso acabando de liberarme del todo.

Vuelvo a besarla, sin darle la oportunidad de hablar. No necesito que me diga nada si no está preparada. Y no quiero que me diga que mis sentimientos no son correctos.

Noto sus manos en mi espalda, tirando de mí para

acercarme a ella. Me está rodeando con las piernas, como si quisiera incrustarse en mi interior.

No hace falta; ya está ahí.

Todo vuelve a descontrolarse. Hay dientes chocando, labios mordidos, prisas, urgencia, jadeos, caricias.

Ella está gimiendo. Noto que trata de separarse de mi boca, pero tengo la mano enredada en su pelo, y me aferro a su boca desesperadamente, con la esperanza de que no necesite respirar nunca más.

Ella me obliga a soltarla.

Dejo caer la cabeza y apoyo la frente en la suya. Contengo el aliento, esforzándome por evitar que las emociones me desborden.

—Miles —me dice sin aliento—. Te quiero. Tengo tanto miedo. No quiero que lo nuestro termine.

«Me quieres, Rachel.»

Levanto la cabeza y la miro a los ojos.

Está llorando.

No quiero que tenga miedo. Le digo que todo saldrá bien. Le digo que esperaremos a la graduación y luego se lo contaremos. Le digo que tendrán que aceptarlo. Cuando ya no vivamos bajo su techo, las cosas serán distintas. Todo saldrá bien. Tendrán que entenderlo.

Le digo que lo tenemos todo controlado.

Ella asiente frenéticamente.

—Todo controlado —repite ella dándome la razón.

Vuelvo a apoyar la frente en la suya.

—Podemos con esto, Rachel —le aseguro—. Lo que no puedo es dejarte. De ninguna manera.

Ella me toma la cara entre las manos y me besa.

«Te has enamorado de mí, Rachel.»

Su beso me quita un peso que me aplastaba el pecho; un peso tan grande que siento que floto. Y siento que ella flota a mi lado.

Le doy la vuelta hasta apoyarle la espalda en la pared. Le levanto los brazos por encima de la cabeza, entrelazo nuestros dedos y le apoyo las manos en los azulejos de la pared.

Nos miramos a los ojos... y hacemos añicos la regla número dos.

13
TATE

—Gracias por obligarme a ir —le dice Miles a Corbin—. Me llevo otra herida en la mano y he descubierto que pensabas que era gay, pero, aparte de eso, me lo he pasado muy bien.

Corbin se ríe y se vuelve hacia la puerta para abrirla.

—No puedes culparme por pensarlo. Nunca hablas de chicas y, al parecer, has borrado el sexo de tu agenda durante los últimos seis años.

Corbin entra en el piso y se dirige a su habitación mientras yo me quedo en la puerta, mirando a Miles.

Él me devuelve la mirada, invadiéndome.

—Ya vuelve a estar en la agenda —me dice sonriendo.

Estoy en su agenda, pero no es eso lo que quiero. Quiero ser un plan, un mapa. Quiero formar parte del mapa de su futuro.

Pero eso rompe la regla número dos.

Miles entra en su apartamento tras abrir la puerta y señala con la cabeza en dirección a su dormitorio.

—¿Después de que se acueste? —susurra.

«Vale, Miles. Puedes dejar de rogar. Me anoto en tu agenda.»

Asiento en silencio antes de cerrar la puerta.

Me ducho, me depilo y me cepillo los dientes. Canturreando, me maquillo un poco, lo justo para que parezca que no voy maquillada. Y me peino lo justo para que parezca que no me he peinado. Luego me pongo la misma ropa que llevaba, para que no parezca que me he cambiado; aunque me cambio las bragas y el sujetador, porque no combinaban. Ahora sí que combinan. Y por último me asalta un ataque de pánico porque Miles está a punto de verme las bragas y el sujetador.

Y, probablemente, los tocará.

Si forma parte de su agenda, tal vez sea él quien me los quite.

Me sobresalto al oír el aviso de un mensaje de texto entrante, porque no esperaba recibir un mensaje a las once de la noche. Me lo envía un número desconocido y dice:

Número desconocido: ¿Está ya
en su habitación?

Yo: ¿De dónde has sacado mi número?

Miles: Del móvil de Corbin. Se lo robé
mientras volvíamos.

Una vocecita absurda empieza a canturrear en mi cabeza: «Na-na-na-na-na-oh-oh-oh. Ha robado mi número».

Sí, soy una niñata, ya lo sé.

Yo: No, está viendo la tele.

Miles: Bien. Voy a hacer un recado.
Vuelvo en veinte minutos. Cierro
sin llave por si se va a la cama antes.

¿Quién hace recados a las once de la noche?

Yo: Hasta ahora.

Leo mi último mensaje y hago una mueca. Es demasiado desenfadado. Se va a pensar que hago esto todo el tiempo. Se va a pensar que mi día a día es algo así como:

Tipo cualquiera: Tate,
¿te apetece follar?

Yo: Claro. Deja que acabe con estos
dos tíos y me paso por ahí.
Por cierto, no tengo reglas, así que
cualquier cosa me vale.

Tipo cualquiera: De puta madre.

Pasan quince minutos y oigo que al fin se apaga la tele.

En cuanto oigo cerrarse la puerta de Corbin, abro la mía. Cruzo el salón y me escabullo al pasillo de la escalera, donde me encuentro con Miles, que acaba de volver.

—Justo a tiempo —comenta.

Lleva una bolsa en la mano. Al verme, se la cambia de mano para ocultármela.

—Después de ti, Tate —me invita a pasar sosteniendo la puerta.

«No, Miles. Yo te sigo. Nosotros funcionamos así. Tú eres sólido y yo líquida. Tú separas las aguas y yo soy tu estela.»

—¿Quieres tomar algo?

Se dirige hacia la cocina, pero esta vez no sé si voy a ser capaz de seguirlo. No sé cómo hacer esto y me da miedo que se dé cuenta de que nunca he tenido reglas hasta ahora. Si el pasado y el futuro no se pueden tocar, solo nos queda el presente, y no tengo ni idea de qué hacer con el presente.

Entro en la cocina en el presente.

—¿Qué tienes?

Ha dejado la bolsa sobre la encimera. Cuando se da cuenta de que la estoy mirando, la aparta.

—Dime qué te apetece y veré si lo tengo.

—Zumo de naranja.

Sonriendo, coge la bolsa y saca una botella de zumo de naranja. El hecho de que haya pensado en ello me parece una prueba de su generosidad. También me parece una prueba de que no hace falta gran cosa para lograr que me derrita.

Debería decirle que ya he encontrado mi regla: «No hacer cosas que me provoquen ganas de romper tus normas».

Sonriendo, acepto el zumo de naranja.

—¿Qué más hay en la bolsa?

Él se encoge de hombros.

—Cosas.

Me observa mientras abro el tapón del zumo y le doy un trago. No me pierde de vista mientras vuelvo a tapar el envase y lo dejo sobre la encimera, pero no está lo bastante atento para evitar que me abalance sobre la bolsa.

La alcanzo justo antes de que él me aprisione por la cintura.

—Déjala, Tate —me dice riendo.

La abro y miro dentro.

Condones.

Riendo, vuelvo a dejar la bolsa en la encimera. Cuando me doy la vuelta, él no me suelta la cintura.

—Me encantaría decir algo picante o que te hiciera sentirte avergonzado, pero no se me ocurre nada ahora mismo. Haz ver que lo he dicho y ríete igualmente.

Él no se ríe, y sigue sin soltarme la cintura.

—Eres muy rara.

—Me da igual.

Él sonríe.

—Todo esto es muy raro.

Por mucho que insista, a mí me parece todo muy bien. No sé qué le parecerá a él.

—¿Raro para bien o para mal?

—Las dos cosas. O ninguna.

—Tú sí que eres raro.

—Me da igual —replica sonriendo.

Sube la mano hacia mi espalda, la lleva hasta los hombros y desciende por los brazos hasta que me alcanza las manos.

Al acordarme de su mano lastimada, tiro de ella hacia arriba.

—¿Cómo tienes la mano?

—Bien.

—Debería revisártela mañana.

—No estaré aquí mañana; me iré dentro de unas horas.

Dos ideas me cruzan la mente al mismo tiempo. La primera: «Se va esta noche, qué decepción».

Y la segunda: «Si se marcha esta noche, ¿qué hago yo aquí?».

—¿No deberías estar durmiendo?

Él niega con la cabeza.

—Sería incapaz de dormirme ahora.

—Ni siquiera lo has intentado. No puedes pilotar un avión sin haber dormido, Miles.

—El primer vuelo es corto. Además, voy de copiloto. Ya dormiré en el avión.

Dormir no está apuntado en su agenda. Tate sí.

Tate pasa por delante de dormir en su agenda.

Me pregunto por delante de qué otras cosas pasaré.

—Pues... —susurro soltándole la mano. Me detengo, porque no se me ocurre qué decir después de «pues». Nada. Ni siquiera «pues... ta de sol».

El silencio se impone.

El ambiente se está enrareciendo.

—Pues... —repite él entrelazando los dedos con los míos y separándolos un poco. A mis dedos les gustan sus dedos.

—¿Quieres que te cuente cuánto tiempo llevo yo sin hacer esto, ya que yo conozco ese detalle tan íntimo de tu vida? —le pregunto.

«Me parece justo, teniendo en cuenta que mi familia al completo está al corriente de cuánto tiempo lleva él en el dique seco.»

—No —responde tranquilamente—, pero quiero besarte.

Mmm. No sé cómo tomármelo, pero no pienso ponerme a analizar ese «no» cuando va seguido de una declaración de intenciones como la suya.

—Pues bésame.

Me suelta los dedos y me sujeta la cabeza con las dos manos.

—Espero que hoy también sepas a zumo de naranja.

«Una, dos, tres, cuatro, cinco, seis, siete, ocho, nueve.»

Cuento las palabras de su última frase y luego les busco un sitio en mi cabeza para almacenarlas para siempre. Quiero esconderlas en un cajón de la mente y etiquetarlas como «Cosas que releer cuando su absurda regla número dos se convierta en un triste y solitario presente».

Miles está en mi boca. Ha vuelto a invadirme. Cierro el cajón mental, salgo de mi cabeza y regreso a su lado.

«Invádeme, invádeme, invádeme.»

Debo de saber a zumo de naranja, porque ciertamente está actuando como si le gustara mi sabor. Y, por lo que parece, a mí me gusta el suyo, porque estoy atrayéndolo hacia mí, besándolo, tratando de infiltrarlo de Tate por completo.

Cuando se aparta para recuperar el resuello, dice:

—Me había olvidado de lo mucho que me gustaba esto.

Me está comparando con alguien. No quiero que me compare con quien fuera que lo hacía sentirse así.

—¿Quieres saber algo? —me pregunta.

Sí. Quiero saberlo todo, pero, por alguna razón, escojo este momento para vengarme de él por su brusca respuesta de antes.

—No.

Tiro de él y lo beso. Él no me devuelve el beso inmediatamente, porque tarda en asimilar lo que ha pasado, pero enseguida se pone al día.

Creo que mi respuesta le ha gustado tan poco como a mí la suya, y al parecer está usando las manos para vengarse. No soy capaz de decir dónde me está tocando, porque en cuanto una mano llega a un sitio, la otra se mueve hacia otro lugar. Me está tocando por todas partes, en ninguna parte, en absoluto y por completo al mismo tiempo.

Lo que más me gusta de besar a Miles es el sonido. El de sus labios al cerrarse sobre los míos; el de nuestra respiración, cuando uno se traga el aliento del otro. Me encanta cómo gruñe cuando nuestros cuerpos se juntan. Los hombres suelen contener los ruidos que hacen mucho más que las chicas.

Pero Miles no. Miles me desea y quiere que lo sepa. Me encanta.

Dios, ¡cómo me gusta!

—Tate —murmura con la boca pegada a mis labios—. Vamos a mi habitación.

Cuando asiento en silencio, él se aparta de mi boca. Alarga el brazo para hacerse con la caja de condones. Se dirige hacia el dormitorio, a mi lado, pero regresa a la cocina con rapidez y coge también el zumo de naranja. Al pasar por mi lado, rozándome el hombro para entrar primero en su dormitorio, me guiña el ojo.

El efecto que me causa ese guiño me aterroriza, porque no me quiero ni imaginar lo que va a ser notarlo en mi interior. No sé si voy a sobrevivir.

Ya dentro del dormitorio, me noto un poco ansiosa. Sobre todo porque estamos en su casa, siguiendo básicamente sus reglas, y eso hace que me sienta un poco en desventaja.

—¿Qué pasa? —me pregunta mientras se quita los zapatos.

Se acerca al baño para apagar la luz y cerrar la puerta.

—Me he puesto un poco nerviosa —murmuro.

Estoy quieta en medio de la habitación, y sé exactamente lo que está a punto de suceder. Por lo general estas cosas no se hablan ni se organizan así. Son espontáneas, fruto de un arrebato acalorado, y ninguna de las dos partes sabe lo que va a pasar hasta que pasa.

Pero tanto Miles como yo sabemos lo que va a pasar.

Se dirige a la cama y se sienta en el borde.

—Ven aquí —me invita.

Sonriendo, doy los pasos que me separan de él. Me sujeta por la parte trasera de los muslos y me besa a la altura del estómago, por encima de la camiseta.

Le apoyo las manos en los hombros y lo miro a los ojos. Él me está devolviendo la mirada, y la calma que veo en sus ojos logra tranquilizarme.

—Podemos ir despacio —me dice—. No tenemos por qué hacer nada esta noche. No fue una de tus reglas.

Me echo a reír, pero niego con la cabeza al mismo tiempo.

—No, está bien. Te vas dentro de unas horas y no volverás hasta dentro de... ¿qué? ¿Cinco días?

—Esta vez serán nueve.

«Odio ese número.»

—No quiero hacerte esperar nueve días después de que te hayas hecho ilusiones —le digo.

Sus manos ascienden por mis muslos y me rodean las caderas hasta detenerse en el botón de mis vaqueros, botón que desabrocha con facilidad.

—Imaginarme que estoy haciendo esto contigo no sería una tortura para mí —admite rozando la cremallera con los dedos.

Cuando empieza a bajarla, el corazón me martillea el pecho con fuerza, como si estuviera construyendo algo. Tal vez se está construyendo una escalera con la que poder subir al cielo, ya que tiene claro que explotará y morirá en cuanto me haya quitado los vaqueros.

—Pero para mí sí —susurro.

Cuando acaba de bajarme la cremallera, desliza la mano en el interior de los vaqueros. Lleva la mano hasta mi cadera y empuja los pantalones hacia el suelo.

Cierro los ojos y trato de no tambalearme, lo que no es fácil, porque me ha levantado la camiseta con la otra mano; no mucho, lo justo para besarme a la altura del estómago. Es abrumador.

Me ha metido la otra mano dentro de los vaqueros y las lleva las dos hasta mi culo. Lentamente me empuja los vaqueros hacia abajo hasta la altura de las rodillas. Al notar su lengua en la piel, hundo las manos en su pelo.

Cuando los vaqueros me llegan al fin a la altura de los tobillos, me los quito, también los zapatos. Él me acaricia los muslos mientras asciende por mis piernas hasta llegar a la cintura. Me atrae hacia él y quedo sentada sobre su regazo. Coloca mis piernas a los lados de sus caderas, me agarra por las nalgas y tira de mí hasta que entramos en contacto. Contengo el aliento.

No sé por qué parece que sea yo la inexperta. Supongo que esperaba que fuera un poco menos autoritario, pero no tengo ninguna queja.

En absoluto.

Levanto los brazos cuando él empieza a subirme la camiseta.

La tira al suelo, a mi espalda, y sus labios se reencuentran con los míos mientras me desabrocha el sujetador.

No es justo. Me voy a quedar cubierta solo por una pieza de ropa y él todavía no se ha quitado nada.

—Eres preciosa —susurra apartándose para quitarme el sujetador. Cuela los dedos bajo los tirantes y lo hace deslizar despacio por mis brazos. Contengo el aliento, esperando a que se libre de él. Tengo tantas ganas de sentir su boca en mis pechos que no pienso con claridad. Cuando al fin la tela ya no los cubre, él suelta el aire entrecortadamente—. Uau.

Tira el sujetador al suelo y me busca la mirada. Sonriendo, me besa con suavidad en los labios. Luego me apoya las manos en las mejillas y me pregunta mirándome a los ojos:

—¿Te lo estás pasando bien?

Me muerdo el labio inferior para que no se me escape la sonrisa amplia que trata de abrirse camino en mi cara. Inclinándose hacia delante, Miles se apodera de mi labio y hace que lo suelte. Tras besarlo durante unos segundos, lo libera.

—No vuelvas a mordértelo. Me gusta verte sonreír.

Sonrío, por supuesto.

Tengo las manos apoyadas en sus hombros. Las bajo un poco para agarrarlo por la camiseta y tirar de ella hacia arriba. Él me suelta la cara y levanta los brazos, permitiendo que se la quite. Me echo hacia atrás y me lo como con los ojos, igual que él está haciendo conmigo. Le recorro el pecho con las dos manos, el contorno de cada uno de sus músculos.

—Tú también eres precioso.

Él me apoya las manos en la espalda para que me siente más derecha. Cuando lo hago, agacha la cara hacia mi pecho y me acaricia un pezón con la lengua. Gimo, y entonces él lo cubre por completo con la boca.

Dirige una mano a mi cadera y se cuela bajo las bragas.

—Quiero tumbarte en la cama —susurra.

Sosteniéndome por la espalda con una mano, cambia de postura como si no le supusiera ningún esfuerzo. Dejo de estar sentada sobre su regazo; ahora estoy tumbada en la cama. Él se inclina sobre mí y me tira de las bragas mientras hunde la lengua en mi boca.

Le busco el botón de los vaqueros y se los desabrocho, pero él me aparta la mano.

—No te recomiendo que hagas eso —me advierte— si no quieres que esto termine antes de empezar.

Lo cierto es que me importa poco lo que dure; lo único que quiero es quitarle la ropa.

Empieza a bajarme las bragas. Me dobla una rodilla y me saca las bragas por un pie y luego por el otro. Ahora mismo no me está mirando a los ojos.

Deja que mis piernas vuelvan a caer sobre la cama mientras se levanta y da dos pasos hacia atrás.

—Uau —susurra contemplándome. No hace nada más, solo me observa, desnuda en su cama, mientras él sigue ahí, tan pancho con los vaqueros.

—Esto me parece un poco injusto —protesto.

Negando con la cabeza, se lleva el puño a la boca y se muerde los nudillos. Se vuelve hasta darme la espalda e inspira hondo. Se da la vuelta y me contempla de abajo arriba hasta llegar a mis ojos.

—Es demasiado, Tate.

Sigue negando con la cabeza, lo que me causa una gran decepción, igual que sus palabras. Pero luego se dirige a la mesita de noche, coge la caja de condones y la abre. Saca un preservativo, se lo pone en la boca y lo abre con los dientes.

—Lo siento —se excusa quitándose los vaqueros a toda prisa—. Quería que fuera una experiencia memorable para ti. —Se ha quitado los pantalones. Me está mirando a los ojos, pero me cuesta sostenerle la mirada, porque los bóxers siguen el mismo camino que los vaqueros—. Pero si no entro en ti en menos de dos segundos, la situación va a volverse de lo más embarazosa.

Se dirige con rapidez hacia mí y no sé cómo lo hace para ponerse el condón con una mano mientras me separa las rodillas con la otra.

—Te lo compensaré dentro de unos minutos, te lo prometo. —Se ha quedado quieto entre mis piernas, esperando mi aprobación.

—Miles. Todo eso me da igual; lo único que quiero es tenerte dentro.

—Gracias a Dios. —Suspira.

Me sujeta una pierna por detrás de la rodilla y me besa. Se clava en mí de manera inesperada, tan bruscamente que grito en su boca. Él no se detiene ni me pregunta si me hace daño. No afloja el ritmo. Embiste cada vez con más fuerza, cada vez más profundamente, hasta que es imposible estar más pegados.

Me duele, pero es el mejor dolor posible.

Gimo en su boca y él gruñe contra mi cuello. Sus labios

están en todas partes, igual que sus manos. No es un encuentro delicado. Es rudo, carnal, intenso, apasionado y ruidoso. Es rápido, y por el modo en que se le tensa la espalda, es evidente que no estaba exagerando, no va a durar mucho.

—Tate —jadea—. Dios, Tate. —Se le tensan los músculos de las piernas y empieza a temblar—. Joder —gruñe.

Pega los labios a los míos con brusquedad y se queda muy quieto, a pesar de los espasmos que le sacuden la espalda y las piernas. Cuando aparta la boca, exhala con profundidad mientras deja caer la frente sobre un lado de mi cabeza.

—Joder. Por Dios, joder —dice, aún tenso, aún temblando, aún clavado en lo más hondo de mí.

Cuando sale de mi interior, me besa el cuello y sigue descendiendo hasta llegar a mis pechos. Los besa, pero sin entretenerse, y vuelve a subir para preguntarme, con la boca pegada a mis labios:

—Quiero probarte. ¿Te parece bien?

Asiento con la cabeza.

Vigorosamente.

Él se levanta de la cama, va a librarse del preservativo y regresa a mi lado. No lo pierdo de vista porque, aunque no ha querido saber cuánto tiempo llevaba sin acostarme con nadie, ha pasado casi un año.

Ya sé que no es comparable a los seis años que lleva él en el dique seco, pero es tiempo suficiente para no querer perderme detalle por tener los ojos cerrados. En especial ahora que puedo observarle la uve a placer, sin tener que preocuparme por no poder quitarle los ojos de encima.

Él contempla mi cuerpo con la misma admiración mientras me acaricia el torso y sigue descendiendo hasta llegar a mis muslos. Me separa las piernas mientras me mira con tanta fascinación que tengo que mantener los ojos abiertos para poder verlo mientras me observa. Ser testigo del efecto que causo en él me excita sin necesidad de que me ponga un dedo encima.

Cuando desliza dos dedos en mi interior, me resulta mucho más difícil seguir mirándolo. El pulgar permanece fuera, provocándome con sus caricias, que reparte hasta donde alcanza. Gimiendo, cierro los ojos y dejo caer las manos por encima de la cabeza.

Rezo para que no pare. No quiero que pare.

Me busca la boca y me besa con delicadeza. La caricia de sus labios contrasta con la contundencia de su mano. Su boca inicia un lento descenso por mi barbilla hasta llegar al cuello. Una vez allí, sigue bajando hasta el pecho. Se detiene brevemente en un pezón, pero sigue recorriéndome el torso y más abajo, más, más abajo... ¡Joder! Más abajo.

Sin retirar los dedos de mi interior en ningún momento, se sitúa entre mis piernas. Con la lengua me separa los pliegues, haciendo que arquee la espalda y que mi mente salga volando.

La dejo volar con toda libertad.

Me da igual si despierto a los vecinos con el ruido que hago.

Me da igual si clavo los talones en el colchón, tratando de alejarme de él porque las sensaciones son demasiado intensas.

Me da igual si saca los dedos de mi interior para agarrarme por las caderas, atraerme hacia su boca e impedir que me aparte de él, gracias a Dios.

Me da igual si le estoy haciendo daño al tirarle del pelo, al empujar o hacer lo que sea para alcanzar un nivel de excitación tan alto que hasta ahora me resultaba desconocido.

Me tiemblan las piernas y, cuando vuelve a meter los dedos en mi interior, cojo la almohada y casi me asfixio con ella porque no quiero que lo echen del edificio por gritar tan fuerte como tengo que gritar ahora mismo.

De repente vuelvo a estar en el aire, volando. Siento que podría mirar hacia abajo y vería el amanecer a mis pies. Estoy flotando.

Estoy...

«Oh, Dios mío.»

Estoy...

«Ay, Dios.»

Estoy...

Dios santo.

Yo..., esto..., él.

Estoy cayendo.

Estoy flotando.

«Uau.»

«Uau, uau, uau.»

No quiero volver a tocar el suelo nunca más.

Estoy deshecha, fundida con la cama, mientras él me devora al ascender de nuevo por mi cuerpo. Al llegar arriba, aparta la almohada y la echa a un lado antes de besarme brevemente.

—Una vez más —me dice.

Se levanta de la cama y regresa en cuestión de segundos. Vuelve a estar dentro de mí, pero esta vez ni siquiera intento abrir los ojos. Tengo los brazos extendidos por encima de la cabeza. Ha entrelazado los dedos con los míos y se está clavando en mí, empujando, viviendo dentro de mí. Tenemos las mejillas pegadas y él ha apoyado la frente en la almohada. Esta vez, ninguno de los dos hace ruido; no nos quedan fuerzas.

Ladea la cabeza hasta pegar los labios a mi oreja y afloja el ritmo. Entra lentamente y se retira casi por completo. Se queda parado unos segundos y vuelve a empezar. Repite el proceso varias veces, y yo permanezco inmóvil, limitándome a sentir.

—Tate —me susurra al oído. Se retira y se queda quieto—. Ya puedo decir esto con un cien por cien de certeza.

«Se clava en mí.»

—La.

«Se retira y repite el movimiento.»

—Mejor.

«Otra vez.»

—Experiencia.

«Otra vez.»

—Que.

«Otra vez.»

—He.

«Otra vez.»

—Tenido.

«Otra vez.»

—Nunca.

Se mantiene inmóvil, jadeándome con fuerza en el oído y agarrándome las manos con tanta fuerza que me lastima, pero no emite el menor ruido cuando se corre por segunda vez.

Ninguno de los dos se mueve.

Permanecemos inmóviles mucho rato.

No logro borrar mi sonrisa agotada de la cara. Creo que se me va a volver permanente.

Miles se echa hacia atrás para mirarme. Sonríe al ver mi cara. Al mirarlo, me doy cuenta de que no ha mantenido contacto visual mientras estaba en mi interior. No puedo evitar preguntarme si ha sido coincidencia o algo intencionado.

—¿Comentarios? —bromea—. ¿Sugerencias?

Me echo a reír.

—Lo siento... Yo... No puedo... Palabras. —Niego con la cabeza, haciéndole saber que necesito un poco más de tiempo antes de poder hablar.

—Te he dejado sin palabras; mejor aún.

Me besa en la mejilla, se levanta y se mete en el baño. Yo cierro los ojos y me pregunto si es posible que esto acabe bien.

Imposible.

Lo sé porque ya no quiero hacer esto con nadie más. Solo con Miles.

Regresa al dormitorio y se agacha para recoger los bóxers. Recoge también mis bragas y vaqueros y me los deja sobre la cama.

¿Estará queriendo decirme que es hora de que me vista?

Me siento y lo observo mientras él recoge el sujetador y la camiseta y me los da. Cada vez que establecemos contacto visual, me sonríe, pero a mí cada vez me cuesta más.

Cuando acabo de vestirme, él tira de mí y me besa antes de abrazarme.

—He cambiado de idea —me dice—. Después de esto, me temo que los próximos nueve días van a ser una tortura.

Contengo una sonrisa, aunque él no se da cuenta porque sigue abrazándome.

—Sí.

Me da un beso en la frente.

—¿Puedes cerrar la puerta al salir?

Me trago la decepción y saco fuerzas de algún sitio para sonreírle cuando me suelta.

—Claro.

Mientras me dirijo a la puerta del dormitorio, lo oigo desplomarse sobre la cama.

Me voy sin saber qué sentir. Él no me había prometido nada más de lo que ha pasado entre nosotros. Hemos hecho lo que acordamos hacer: sexo, nada más.

Pero no esperaba notar esta abrumadora sensación de vergüenza. Y no por su modo de despedirme inmediatamente después del polvo, sino por cómo eso me ha hecho sentir. De hecho, pensaba que deseaba mantener esto a nivel simplemente sexual tanto como él, pero no. Siento como si durante los dos últimos minutos a mi corazón le hubieran dado una paliza, por lo que dudo que pueda mantener con él nada que sea sencillo.

Hay una vocecita en mi cabeza que me advierte que debería retirarme antes de que las cosas se compliquen aún más. Por desgracia, una voz mucho más estruendosa la acalla, animándome a seguir por esta vía, diciéndome que me merezco un poco de diversión para compensar lo mucho que trabajo.

Pensar en cuánto he disfrutado esta noche es suficiente para que acepte, e incluso agradezca, su despedida informal. Tal vez con un poco más de práctica seré capaz de actuar como él.

Me dirijo a mi apartamento, pero no abro la puerta porque oigo que alguien está charlando dentro. Es Corbin, que habla con alguien en el salón, supongo que por teléfono.

No puedo entrar ahora; él cree que estoy en la cama.

Miro hacia la puerta de Miles, pero no pienso llamar; no solo porque sería incómodo, sino porque eso implicaría todavía menos horas de sueño para él. Me dirijo hacia el ascensor y decido pasar la próxima media hora en el vestíbulo, con la esperanza de que Corbin regrese pronto a su habitación.

Sé que es ridículo sentir que debo ocultarle esta parte de mi vida a mi hermano, pero lo último que quiero es que se enfade con Miles. Y eso es lo que pasaría si se enterara.

Al llegar abajo, salgo del ascensor sin tener muy claro lo que estoy haciendo. Tal vez podría esperar en el coche.

—¿Te has perdido? —me pregunta Cap, que está sentado en su lugar habitual, a pesar de que es casi medianoche. Con unos golpecitos en la butaca que tiene al lado, me invita a acompañarlo—. Siéntate un rato.

Paso por delante de él para ocupar el asiento vacío.

—Esta vez no traigo nada de comer. Lo siento.

Él niega con la cabeza.

—No me gustas por la comida, Tate. No eres tan buena cocinera.

Me echo a reír, lo que me hace sentir mejor. Las cosas se han vuelto muy intensas los últimos dos días.

—¿Qué tal ha ido Acción de Gracias? —me pregunta—. ¿Se lo ha pasado bien el chico?

Lo miro ladeando la cabeza.

—¿El chico?

Él asiente.

—El señor Archer. ¿No fue a cenar contigo y con tu hermano?

Asiento al entender la pregunta al fin.

—Sí. —Me gustaría añadir que el señor Archer ha pasado el mejor fin de semana de Acción de Gracias en seis años, pero me reprimo—. El señor Archer se lo ha pasado muy bien, creo.

—Y esa sonrisa, ¿a qué viene?

Borro de inmediato la sonrisa que se me había quedado pegada en la cara sin darme cuenta. Arrugo la nariz antes de replicar:

—¿Qué sonrisa?

Cap se echa a reír.

—¡Oh, demonios! —exclama—. ¿El chico y tú? ¿Te estás enamorando, Tate?

Niego con la cabeza.

—No —respondo al momento—. No es eso.

—¿Qué es, entonces?

Aparto la mirada en cuanto noto que se me está ruborizando el cuello. Cap se echa a reír cuando ve que se me han puesto las mejillas tan rojas como los asientos en los que estamos sentados.

—Que sea viejo no significa que no reconozca el lenguaje corporal —comenta—. O sea que el chico y tú..., ¿cómo lo llamáis ahora? ¿Os habéis enrollado? ¿Os lo estáis montando?

Me echo hacia delante y oculto la cara entre las manos. No me puedo creer que esté teniendo esta conversación con un hombre de ochenta años.

Niego con la cabeza con decisión.

—No pienso responder a eso.

—Ajá. —Cap asiente lentamente. Permanecemos callados durante un instante mientras procesamos lo que acabo más o menos de reconocer—. Pues vale, muy bien. Tal vez a partir de ahora ese chico sonría de vez en cuando.

Asiento, porque estoy por completo de acuerdo con él. Yo también agradecería verlo sonreír más.

—¿Podemos cambiar ya de tema?

Cap se vuelve hacia mí despacio y alza una de sus espesas cejas grises.

—¿Te he hablado alguna vez de cuando encontré un cadáver en el tercero?

Niego con la cabeza, aliviada por el cambio de tema, aunque luego me pregunto si está bien sentir alivio gracias al cadáver de alguien.

Creo que soy igual de morbosa que Cap.

14
MILES

Seis años atrás

—¿Crees que saber que no deberíamos seguir con esto es lo que hace que nos apetezca tanto? —me pregunta Rachel.

Se refiere a besarme.

Nos besamos mucho.

Cada vez que encontramos un momento y, a veces, si no lo encontramos, lo creamos.

—Cuando dices que no deberíamos, ¿es porque nuestros padres están juntos?

Ella responde que sí, casi sin aliento, porque la estoy besando en el cuello.

Me gusta ser capaz de robarle el aliento.

—¿Recuerdas la primera vez que te vi, Rachel?

Ella suelta un gemido que significa que sí.

—Y ¿te acuerdas de cuando te acompañé a la clase del señor Clayton?

Ella vuelve a asentir sin palabras.

—Ese día ya quería besarte. —Regreso a su boca ascendiendo por su cuello y la miro a los ojos—. ¿Y tú? ¿Querías besarme ya entonces?

Ella dice que sí, y en sus ojos veo que está recordando aquel día.

El día en que se convirtió

en

mi

todo.

—Ese día todavía no sabíamos lo de nuestros padres —especifico— y, sin embargo, ya deseábamos hacer esto. Así que no, no creo que esa sea la razón por la que lo disfrutamos tanto.

Ella sonríe.

—¿Lo ves? —susurro rozándole la boca con mis labios para demostrarle una vez más lo agradable que es.

Ella se incorpora y se apoya en el codo.

—¿Y si lo que nos gusta es la acción de besar en general? —me pregunta—. ¿Y si no tiene nada que ver con que seamos tú y yo en particular?

Siempre hace lo mismo. Yo le digo que debería estudiar Derecho, porque nada le gusta más que hacer de abogada del diablo. Y a mí me encanta que lo haga, por lo que siempre le sigo el juego.

—Bien visto —admito—. Me gusta besar; no conozco a nadie a quien no le guste. Pero hay una diferencia entre que a uno le guste besar y esto.

Ella me mira con curiosidad.

—¿Cuál?

Uno mi boca a la suya una vez más.

—Tú —susurro—. Me gusta besarte a ti.

Mi respuesta le sirve, porque deja de debatir y vuelve a besarme.

Me gusta que Rachel se lo cuestione todo.

Hace que me plantee las cosas de un modo distinto.

En el pasado siempre he disfrutado de los besos que he dado a otras chicas, pero solo porque me sentía atraído por ellas. En realidad, no tenía nada que ver con ellas como persona.

Cuando besaba a esas otras chicas sentía placer. Esa es la razón por la que a la gente le gusta besar, porque es muy agradable.

Pero, cuando besas a una persona por ser quien es, la cosa cambia. Lo importante no es el placer.

Lo importante es el dolor que sientes cuando no la besas.

No me duele no besar a ninguna de las otras chicas a las que he besado en el pasado.

Solo me duele cuando no beso a Rachel.

Tal vez esto explique por qué enamorarse duele tanto.

«Me gusta besarte, Rachel.»

15
TATE

Miles: ¿Ocupada?

Yo: Como siempre. ¿Qué pasa?

Miles: Necesito tu ayuda.
Será un momento.

Yo: Voy en cinco minutos.

Debería haberme tomado diez minutos en vez de cinco, porque hoy todavía no me he duchado y, tras el turno de diez horas de ayer, sé que me hace falta. Si hubiera sabido que estaba en casa, la ducha habría sido mi prioridad, pero pensaba que no volvía hasta mañana.

Me recojo el pelo en un moño flojo y me cambio los pantalones del pijama por unos vaqueros. Son casi las doce, pero me temo que todavía estaba en la cama.

Cuando llamo a la puerta, él me grita que pase. Entro y lo veo subido en una silla, al lado de una de las ventanas del salón. Me mira y señala con la cabeza hacia otra de las sillas.

—Cógela y ponla allí —me pide indicando un punto

cerca de él—. Estoy tratando de tomar las medidas para unas cortinas, pero no sé si tengo que medir el marco o solo la ventana.

«Caramba. Va a poner cortinas.»

Llevo la silla hasta el otro lado de la ventana y me subo a ella. Él me ofrece un extremo de la cinta métrica y empieza a tirar.

—Eso depende del tipo de cortinas que quieras, por lo que yo tomaría medidas de las dos cosas —sugiero.

Vuelve a ir vestido de manera informal, con vaqueros y una camiseta azul oscuro. Ese color hace que sus ojos parezcan menos azules. Hace que parezcan claros, casi transparentes, aunque sé que es imposible. De hecho, son todo lo contrario a transparentes, con ese muro que alza tras ellos.

Miles anota las medidas en su móvil y volvemos a medir la ventana con marco. Una vez que ha anotado las dos medidas, bajamos de las sillas y las volvemos a colocar bajo la mesa.

—¿Qué me dices de una alfombra? —me pregunta bajando la vista hacia el suelo de debajo de la mesa—. ¿Crees que debería comprarme una?

Me encojo de hombros.

—Depende de lo que te guste.

Él asiente lentamente con la cabeza sin apartar la vista del suelo desnudo.

—Es que ya no sé lo que me gusta —admite en voz baja. Suelta la cinta métrica en el sofá y me mira—. ¿Quieres venir?

Tengo que contenerme para no asentir de inmediato.

—¿Adónde?

Se aparta el pelo de la frente y coge la cazadora que había dejado sobre el respaldo del sofá.

—Adonde sea que vaya la gente a comprar cortinas.

Debería decirle que no. Elegir cortinas es algo que hacen las parejas, o los amigos; es algo que Miles y Tate no deberían hacer si quieren atenerse a sus reglas. Pero cierta, absoluta y definitivamente no hay nada que me apetezca más hacer.

Me encojo de hombros para que parezca que mi respuesta es mucho menos trascendente de lo que es.

—Claro. Voy a cerrar la puerta.

—¿Cuál es tu color favorito? —le pregunto mientras bajamos en el ascensor.

Trato de concentrarme en la misión que nos ocupa, pero no puedo negar las ganas que tengo de que se acerque a mí y me toque. Que me dé un beso, un abrazo..., cualquier cosa. Pero estamos en extremos opuestos del ascensor. No hemos vuelto a tocarnos desde la noche en que nos acostamos por primera vez. Tampoco hemos hablado ni nos hemos enviado mensajes.

—¿El negro? —responde en tono inseguro—. Me gusta el negro.

Niego con la cabeza.

—No puedes poner cortinas negras. Necesitas un toque de color. Puedes elegir algo parecido al negro, pero que no sea negro.

—¿Azul marino? —me pregunta.

Me fijo en que ya no me está mirando a los ojos. Está paseando la mirada lentamente por mi cuerpo, desde el cuello hasta los pies. En cada punto donde posa sus ojos, mi cuerpo lo nota.

—Azul marino podría quedar bien —respondo en voz baja.

Estoy convencida de que estamos manteniendo esta conversación por no estar callados. Por su modo de mirarme, sé que ninguno de los dos estamos pensando en colores, cortinas o alfombras ahora mismo.

—¿Trabajas esta noche, Tate?

Asiento con la cabeza. Me gusta que esté pensando en esta noche y me encanta que añada mi nombre al final de casi todas sus preguntas. Me encanta cómo pronuncia mi nombre. Debería exigirle que lo pronunciara cada vez que se dirija a mí.

—Pero no entro hasta las diez.

Cuando el ascensor llega a la planta baja, ambos nos dirigimos hacia las puertas al mismo tiempo. Me apoya la mano en la parte baja de la espalda y noto que me pasa la corriente. No es la primera vez que me cuelgo de un tío. Incluso he llegado a estar enamorada, pero ninguno de ellos había sido capaz de provocarme las reacciones que él me provoca.

En cuanto salimos del ascensor, aparta la mano. Ahora que me ha tocado, añoro su contacto mucho más que antes. Cada vez que consigo un poco de él, tengo antojo de mucho más.

Cap no se encuentra en su lugar habitual, lo que no es de extrañar porque no es una persona madrugadora; supongo que por eso nos entendemos tan bien.

—¿Te apetece caminar? —me pregunta.

Respondo que sí, a pesar de que hace frío fuera. Hay varias tiendas cerca de aquí que podrían servirle para lo que busca, así que prefiero ir andando. Le sugiero una tienda que vi hace un par de semanas y que se encuentra solo a dos manzanas de aquí.

—Después de ti. —Me sostiene la puerta.

Salgo y me cierro el abrigo con más fuerza. Dudo que Miles sea de los que van por la calle cogidos de la mano, así que ni siquiera me molesto en ponérsela a tiro. Me abrazo para darme calor mientras caminamos. Vamos en silencio casi todo el rato, pero no me molesta. No soy de esas personas que necesitan hablar constantemente, y creo que eso es algo que tenemos en común.

—Es ahí —le indico señalando hacia la derecha cuando llegamos a un cruce.

Bajo la vista al pasar junto a un anciano sentado en la acera, envuelto en una manta fina y hecha jirones. Tiene los ojos cerrados y agujeros en los guantes que le cubren las manos temblorosas.

Siempre he sentido compasión por las personas que no tienen nada, ni siquiera un sitio adonde ir. A Corbin le da mucha rabia que no pueda pasar junto a una persona sintecho sin darle dinero o comida. Dice que la mayor parte de ellos están así porque son adictos, y que, si les doy dinero, estaré alimentando esas adicciones.

Si ese es el caso, la verdad es que me da igual. Si alguien no tiene hogar porque su necesidad por una sustancia es mayor a su necesidad de tener un techo sobre la cabeza, no voy a dejar de ayudarlo por eso. Tal vez se deba a que soy enfermera, pero no creo que nadie sea adicto por elección. La adicción es una enfermedad, y me duele ver a personas obligadas a vivir en estas condiciones, porque no pueden evitarlo.

Le daría dinero si hubiera cogido el monedero.

Noto que he dejado de caminar cuando Miles se detiene y se vuelve a mirarme. Me está observando observar al anciano, y, al darme cuenta, reanudo la marcha y me apresuro a ponerme a su altura. No trato de justificar mi expresión disgustada. No sirve de nada. Lo he vivido demasiadas veces con Corbin y no me quedan ganas de seguir intentando que la gente cambie de opinión.

—Aquí es.

Me detengo al llegar frente a la tienda. Miles deja de caminar e inspecciona el escaparate.

—¿Te gusta eso? —me pregunta.

Me acerco a él y examino el interior del escaparate. Aunque se trata de un dormitorio, hay elementos que encajan con lo que Miles tiene en mente. La alfombra es gris, con motivos geométricos en varios tonos de azul y negro. Parece bastante de su estilo.

Las cortinas no son azul marino. Son de color gris pizarra y tienen una franja blanca que las recorre verticalmente en uno de los lados.

—Pues sí, me gusta.

Él abre la puerta y espera a que yo entre primero.

Una dependienta se dirige hacia nosotros antes de que la puerta acabe de cerrarse, y nos pregunta si puede ayudarnos en algo.

Miles señala hacia el escaparate.

—Quiero cuatro cortinas como esas. Y la alfombra.

Sonriendo, la dependienta nos indica que la sigamos.

—¿Qué altura y ancho necesitan?

Miles se saca el móvil del bolsillo y le lee las medidas. Ella lo ayuda a elegir barras para las cortinas y nos dice que la esperemos un momento. Se dirige a la trastienda y nos deja solos junto a la caja registradora.

Miro a mi alrededor, porque me han entrado ganas de comprar algo para mí. Mi idea es quedarme en casa de Corbin un par de meses, pero no está de más ir reuniendo ideas para cuando me mude al fin. Espero que, cuando llegue el día, me resulte tan fácil elegir como le ha resultado a Miles hoy.

—Nunca había visto a nadie comprar tan deprisa —comento.

—¿Decepcionada?

Niego con la cabeza rápidamente. Si hay algo que suele considerarse de chicas, pero que a mí no me gusta, es ir de compras. Es un alivio que haya tardado un minuto en decidirse.

—¿Crees que debería mirar algo más? —Está apoyado en el mostrador observándome. Me gusta su modo de mirarme, como si fuera el artículo más interesante de la tienda.

—Si te gusta lo que has elegido, no seguiría buscando. Cuando aciertas, lo sabes.

En cuanto nuestros ojos se encuentran, se me seca la boca. Me está mirando fijamente, muy serio, y la intensidad de su mirada me hace sentir incómoda, nerviosa e interesante al mismo tiempo. Se aparta del mostrador y da un paso hacia mí.

—Ven aquí. —Me toma de la mano y tira de mí mientras se aleja.

El pulso se me ha disparado de una manera escandalosa. Qué triste.

«Solo son dedos, Tate. No dejes que te afecte de esta manera.»

Sigue andando hasta que llega a un biombo con tres paneles de madera, decorado con motivos asiáticos, de esos que la gente pone en un rincón del dormitorio. Nunca los he entendido. Mi madre tiene uno y dudo que lo haya usado para cambiarse ni una sola vez.

—¿Qué estás haciendo? —le pregunto.

Él se vuelve a mirarme sin soltarme la mano. Sonriendo, se cuela tras el biombo y tira de mí hasta que quedamos ocultos del resto de la tienda. Se me escapa la risa, porque siento como si estuviéramos en el instituto, escapándonos del profesor.

Me apoya un dedo en los labios y chista para hacerme callar, sin dejar de sonreír ni de mirarme fijamente la boca.

Dejo de reír al instante. Y no porque la situación haya dejado de parecerme divertida, sino porque en cuanto su dedo ha entrado en contacto con mis labios me he olvidado de cómo se ríe.

Se me olvida todo.

Ahora mismo, lo único en lo que puedo concentrarme es en el dedo que se desliza poco a poco hacia abajo. Él lo sigue con los ojos mientras me recorre la barbilla y continúa descendiendo delicadamente por el cuello, el pecho y más abajo, hasta llegar a la altura del estómago.

Ese único dedo me provoca unas sensaciones tan intensas como mil manos. Mis pulmones y su incapacidad para funcionar con normalidad dan fe de ello.

Él sigue sin apartar la vista de su dedo, que se ha detenido al llegar a mis vaqueros, justo encima del botón. Su dedo ni siquiera ha entrado en contacto con mi piel, pero nadie lo diría teniendo en cuenta cómo se me ha disparado el pulso. El resto de su mano entra en acción. Me acaricia con delicadeza por encima de la camiseta, se cuela por debajo y entra en contacto con mi cintura. Me sujeta por las caderas con ambas manos y me atrae hacia él, sin dejar que me aparte.

Cierra los ojos durante un instante y, cuando vuelve a abrirlos, ya no está mirando hacia abajo, sino que me mira fijamente a los ojos.

—Estoy deseando besarte desde que has entrado por la puerta de casa —admite.

Su confesión me provoca una sonrisa.

—Tienes una paciencia increíble.

Aparta una mano de mi cadera y la alza para acariciarme el pelo con toda la delicadeza de la que es capaz. Niega con la cabeza despacio, mostrando su disconformidad.

—Si tuviera una paciencia increíble, no estarías conmigo ahora mismo.

La frase me llama la atención. De inmediato trato de descifrar lo que ha querido decir, pero en cuanto su boca roza mis labios, el tema deja de interesarme. Lo único que me interesa es su boca y las sensaciones que me despierta al invadir la mía.

Su beso es lento y sosegado, todo lo contrario que mi pulso. Con una mano me sujeta la nuca mientras la otra desciende por mi espalda. Me explora la boca sin prisa, como si pensara quedarse detrás de este biombo todo el día.

Tengo que echar mano de toda mi fuerza de voluntad para no saltar sobre él y rodearlo con brazos y piernas. Estoy tratando de imitar la paciencia que él demuestra, lo que no es fácil, teniendo en cuenta la intensidad de las reacciones físicas que me provocan sus dedos, sus manos y sus labios.

Oigo abrirse la puerta de la trastienda, y luego los tacones de la dependienta. Miles deja de besarme y mi corazón grita de añoranza. Por suerte es un grito que se siente, pero no se oye.

En vez de apartarse de mí para regresar junto al mostrador, Miles me sujeta la cara con las dos manos y permanece inmóvil mientras me observa en silencio unos segundos. Me acaricia la mandíbula con delicadeza y suelta el aire con suavidad. Cierra los ojos, frunce el ceño y apoya su frente en la mía sin soltarme la cara. Antes de que hable, noto su lucha interna.

—Tate. —Pronuncia mi nombre en voz tan baja que siento sus remordimientos antes de que acabe la frase—. Me gusta... —Abre los ojos y me mira—. Me gusta besarte, Tate.

No sé por qué le ha costado tanto pronunciar esa frase, solo sé que le ha temblado la voz al final, como si se estuviera resistiendo a terminarla.

En cuanto las palabras salen de su boca, me suelta y sale a toda prisa de detrás del biombo, como si tratara de escapar de su propia confesión.

«Me gusta besarte, Tate.»

A pesar de los remordimientos que ha sentido al pronunciar esas palabras, creo que voy a estar repitiéndomelas en silencio durante el resto del día.

Mientras espero a que él acabe de comprar, paso unos diez minutos echando un vistazo a los artículos de la tienda con sus palabras resonando en mi cabeza una y otra vez. Cuando regreso al mostrador, él le está dando la tarjeta de crédito a la dependienta.

—Se lo entregaremos dentro de una hora —le asegura

la dependienta, que le devuelve la tarjeta y retira las bolsas del mostrador para guardarlas.

Él le quita una de las bolsas de las manos.

—Esta me la llevo yo —le dice. Y volviéndose hacia mí, añade—: ¿Lista?

Cuando salimos, tengo la sensación de que la temperatura ha bajado casi diez grados en ese rato. Tal vez se deba a que Miles ha conseguido que las cosas se calentaran mucho en la tienda.

Al llegar a la esquina tomo la dirección del bloque de apartamentos, pero me doy cuenta de que él ha dejado de caminar. Me doy la vuelta y veo que saca algo de la bolsa. Rompe una etiqueta y la manta se desdobla.

«No puede ser.»

Le entrega la manta al anciano, que sigue ovillado en la acera. El hombre lo mira y acepta la manta. Ninguno de los dos dice ni una palabra.

Miles se acerca a una papelera y tira la bolsa dentro antes de volver a mi lado sin levantar la vista del suelo. No me mira a los ojos mientras regresamos a los apartamentos.

Quiero darle las gracias, pero no lo hago. Si le doy las gracias, parecerá que pienso que lo ha hecho por mí.

Sé que no lo ha hecho por mí.

Lo ha hecho por el hombre que tenía frío.

Cuando llegamos al edificio, Miles me ha dicho que me fuera a casa, que no quería que viera nada hasta que no lo tuviera todo montado. Me ha parecido estupendo, porque tengo un montón de trabajo que hacer para el máster. Hoy no había previsto sacar tiempo para colgar cortinas, así que he agradecido que no esperara mi ayuda.

Me ha parecido que la idea de colgar las cortinas nuevas le hacía ilusión. Tampoco hay que exagerar, al fin y al cabo estamos hablando de Miles.

De eso ya hace un buen rato. Tengo que entrar a trabajar dentro de tres horas. Justo cuando me estoy preguntando si tendrá previsto volver a llamarme o no, recibo un mensaje suyo.

Miles: ¿Has cenado ya?

Yo: Sí.

De repente me arrepiento de haber cenado, pero es que me he cansado de esperarlo. Además, no me dijo nada sobre cenar juntos.

Yo: Corbin hizo un pastel de carne anoche antes de irse. ¿Quieres que te lleve un trozo?

Miles: Me encantaría. Me muero de hambre. Ven a ver las novedades.

Le preparo un plato y lo cubro con papel de aluminio antes de cruzar el pasillo. Él me abre la puerta sin darme tiempo a llamar y me quita el plato de las manos.

—Espera aquí —me indica. Entra en el apartamento y vuelve a la puerta al cabo de un momento, ya sin el plato—. ¿Lista?

No tengo ni idea de cómo sé que está ilusionado, porque no sonríe, pero lo noto igualmente. Es algo en su voz, es distinta. Es un cambio muy sutil, pero me hace sonreír que algo tan sencillo como poner unas cortinas lo haga feliz. No sé la razón, pero parece como si tuviera pocos motivos en la vida para estar contento. Me alegra que se alegre.

Cuando me abre la puerta del todo, entro en el piso. Las cortinas ya están colgadas y, aunque es un cambio pequeño, el impacto es enorme. Saber que lleva cuatro años viviendo aquí y que hasta ahora no ha sentido la necesidad de tener cortinas hace que todo cobre otra dimensión.

—Has elegido muy bien —le digo admirando cómo las cortinas casan con lo poco que conozco de su personalidad.

Al bajar la vista hacia la alfombra, me siento confundida, y él se da cuenta.

—Ya sé que se supone que debería colocarla debajo de la mesa —comenta mirando la alfombra—. Y ya la pondré ahí en algún momento. —La ha colocado en un sitio muy raro. No está en el centro de la sala, ni siquiera frente al sofá. Me extraña que haya elegido este sitio sabiendo que quedaría mejor en otro—. La he dejado ahí porque esperaba que la bautizáramos antes.

Cuando me vuelvo hacia él, sonrío al ver su adorable expresión esperanzada.

—Me gusta la idea. —Vuelvo a bajar la vista hacia la alfombra.

Se hace el silencio entre nosotros. No sé si pretende bautizarla inmediatamente o si querrá comer antes. Cualquiera de las dos opciones me parece bien, siempre y cuando su plan encaje dentro de las tres horas de tiempo libre que me quedan.

Los dos seguimos con la vista clavada en la alfombra cuando vuelve a hablar.

—Comeré más tarde —anuncia respondiendo a la pregunta muda que daba vueltas por mi cabeza.

Él se quita la camiseta, yo me quito los zapatos y, poco después, el resto de la ropa de los dos acaba amontonada y junta, al lado de la alfombra.

16
MILES

Seis años atrás

Todo es mejor desde que tengo a Rachel.

Dormirse es mejor sabiendo que Rachel se está quedando dormida al otro lado del pasillo.

Despertarse por la mañana es mejor sabiendo que Rachel se está despertando al otro lado del pasillo.

Ir al instituto es mejor ahora que vamos juntos.

—Saltémonos las clases hoy —le propongo a Rachel cuando llegamos al aparcamiento del instituto.

«Estoy seguro de que faltar a clase es mejor si es con Rachel.»

—¿Y si nos pillan?

No suena como si le preocupara mucho que nos descubran.

—Espero que nos pillen. Así nos castigarán y nos enviarán a casa. Juntos. A la misma casa.

Mi respuesta la hace sonreír. Se inclina hacia mí, que estoy en el asiento del conductor, y me sujeta por la nuca. Me encanta que lo haga.

—Estar castigada contigo suena muy divertido. Hagámoslo. —Se acerca más y me da un beso en los labios, un pico rápido y sencillo.

Los besos sencillos son mejores si son con Rachel.

—Haces que todo sea mejor —le confieso—. Mi vida. Mi vida es mejor cuando estás en ella.

Mis palabras consiguen que vuelva a sonreír. Rachel no lo sabe, pero cada palabra que pronuncio tiene una única finalidad.

«Hacerla sonreír.»

Salgo del aparcamiento y le digo que nos vamos a la playa. Ella me dice que necesita el bañador, así que pasamos por casa a buscar los bañadores. También nos llevamos algo de comer y una manta.

«Vamos a la playa.»

Rachel quiere tomar el sol mientras lee.

Yo quiero contemplar a Rachel leyendo mientras toma el sol.

Está tumbada boca abajo, apoyada en los codos. Yo la observo con la cabeza apoyada en los brazos.

Resigo con la vista la suave curva de sus hombros, la ondulación de su espalda, su modo de doblar las rodillas y levantar los pies, que tiene cruzados a la altura de los tobillos.

Rachel es feliz.

Hago feliz a Rachel.

Hago que la vida de Rachel sea mejor.

«Su vida es mejor porque estoy en ella.»

—Rachel —susurro.

Ella pone el marcapáginas en el libro y lo cierra, pero no me mira.

—Quiero que sepas algo.

Ella asiente con la cabeza, pero cierra los ojos, como si quisiera concentrarse en mi voz y nada más.

—Cuando mi madre murió, dejé de creer en Dios.

Ella apoya la cabeza en los brazos y permanece con los ojos cerrados.

—No creía que Dios fuera capaz de someter a alguien a tanto dolor. No podía creer que Dios hiciera sufrir a alguien como ella sufrió. No quería creer que Dios hiciera pasar a alguien por algo tan feo.

A Rachel le cae una lágrima de sus ojos cerrados.

—Pero, cuando te conocí, y todos los días desde entonces, me he preguntado cómo podría existir alguien tan hermoso si no existiera un Dios. Me pregunto cómo alguien podría hacerme tan increíblemente feliz si no existiera Dios. Y me he dado cuenta..., acabo de darme cuenta..., de que Dios nos envía la fealdad para que sepamos apreciar la belleza en lo que vale.

Esta vez mis palabras no la hacen sonreír.

Mis palabras hacen que frunza el ceño.

Mis palabras la hacen llorar.

—Miles —susurra en voz tan baja que parece que no quiera que lo oiga.

Cuando me mira, me doy cuenta de que, a diferencia de mí, para ella este no es uno de los momentos hermosos de la vida.

—Miles..., tengo un retraso.

17
TATE

Corbin: ¿Te apetece cenar algo?
¿Cuándo sales del trabajo?

Yo: En diez minutos. ¿Dónde quedamos?

Corbin: Estamos cerca. Te esperamos en la puerta.

«¿Estamos? ¿Esperamos? ¿Tú y quién más?»

No puedo ignorar la emoción que me embarga al leer su mensaje. Estoy casi segura de que se refiere a él y a Miles. No se me ocurre a quién más podría referirse. Además, sé que Miles regresó anoche.

Termino con el papeleo y hago una parada en el baño para comprobar que llevo bien el pelo (odio que me importe) antes de salir a reunirme con ellos.

Cuando salgo, los veo a los tres cerca de la puerta. Ian y Miles acompañan a Corbin. Ian sonríe al verme, ya que es el único que está de cara a la puerta. Corbin se da la vuelta cuando llego a su lado.

—¿Lista? Vamos al Jack's.

Forman un buen equipo. Los tres son guapos, cada uno a su manera, pero impresionan más cuando llevan el uniforme de piloto y van en grupo, como ahora. No negaré que me siento un poco en desventaja, vestida con mi ropa de enfermera.

—Vamos —respondo—. Me muero de hambre.

Miro a Miles, que me dirige una ligera inclinación de cabeza, pero no me sonríe. Tiene las manos hundidas en los bolsillos de la chaqueta y mira hacia otro lado mientras nos ponemos en marcha. Camina un paso por delante de mí, lo que me deja junto a Corbin.

—¿Qué celebramos? —pregunto de camino al restaurante—. ¿Festejamos que los tres tenéis la noche libre al mismo tiempo?

Noto que se comunican en silencio entre ellos. Ian mira a Miles. Corbin mira a Ian. Miles no mira a nadie; mantiene la vista al frente, clavada en la acera.

—¿Te acuerdas de cuando éramos niños y mamá y papá nos llevaron a La Caprese? —me pregunta Corbin.

Recuerdo aquella noche. Nunca había visto a mis padres tan felices. Yo no tendría más de cinco o seis años; es uno de los recuerdos más antiguos que conservo. Fue el día en que ascendieron a mi padre a capitán en su compañía aérea.

Me detengo en seco y me vuelvo hacia Corbin.

—¿Te han hecho capitán? No puede ser, eres demasiado joven.

Sé perfectamente lo duro que es llegar a ser capitán y cuántas horas tiene que volar un piloto para que lo consideren digno del cargo. Casi todos los pilotos menores de treinta son copilotos.

Corbin niega con la cabeza.

—No, yo no lo he conseguido; he cambiado demasiadas veces de aerolínea. —Mira a Miles de reojo—. Pero aquí mi amigo el señor-anótenme-para-hacer-más-horas ha logrado un bonito ascenso hoy. Ha roto el récord de la compañía.

Me vuelvo hacia Miles, que está mirando a Corbin, y niega con la cabeza. Se nota que está incómodo, que no le apetecía que mi hermano sacara el tema, pero su modestia es una de las cosas que me gustan de él. Tengo la sensación de que, si su amigo Dillon llegara a capitán alguna vez, sería el primero en subirse a la barra de algún local, micrófono en mano, para gritarlo a los cuatro vientos.

—No es para tanto —comenta Miles—. Es una aerolínea regional. No hay tantos candidatos a los que puedan ascender.

Ian niega con la cabeza.

—A mí no me han ascendido, ni a Corbin ni a Dillon. Llevas en la compañía un año menos que nosotros, y eso sin mencionar que solo tienes veinticuatro años. —Se da la vuelta y camina de espaldas, mirándonos—. Olvídate de la modestia por una vez, tío. Restriéganoslo por la cara un poco. Nosotros lo haríamos si fuera al revés.

No sé cuánto tiempo hace que se conocen, pero Ian me cae bien. Se nota que Miles y él son buenos amigos, porque está orgulloso de él, no puede disimularlo. Y no está celoso en absoluto. Me gusta que Corbin tenga amigos así, capaces de apoyarlo. Siempre que pensaba en él, me lo imaginaba trabajando demasiado, solo y lejos de casa. Aunque no sé por qué. Nuestro padre era piloto y pasaba en casa bastante tiempo, así que no debería hacerme ideas equivocadas sobre la vida de Corbin. Siempre digo que se preocupa demasiado por mí; supongo que no es el único.

Cuando llegamos al restaurante, Corbin aguanta la puerta para que entremos. Ian entra primero, pero Miles da un paso atrás, dejándome pasar antes que él.

—Voy al lavabo —comenta Ian—. Ya os buscaré.

Cuando Corbin se acerca al atril de recepción del restaurante, Miles y yo permanecemos a su espalda. Miro a Miles de reojo.

—Felicidades, capitán.

No sé por qué lo felicito entre dientes. Corbin no sospecharía nada si me oyera felicitar a Miles. Supongo que siento que, si lo digo en un tono que solo pueda escuchar él, será más significativo.

Miles me mira y sonríe. Luego mira a Corbin y, cuando está seguro de que sigue dándonos la espalda, se inclina hacia mí y me da un beso rápido en la cabeza.

Debería sentirme avergonzada de mi debilidad. No debería concederle a ningún hombre el poder de hacerme sentir lo que su beso robado me hace sentir. Es como si de repente flotara, o me sumergiera en el mar, o volara. Cualquier actividad que no requiera que mis piernas aguanten mi peso, porque acaban de volverse inútiles.

—Gracias —susurra sin perder la sonrisa, preciosa, pero aún modesta. Dándome un empujón en el hombro con el suyo, se mira los pies y me dice—: Estás guapa, Tate.

Quiero pegar esas cuatro palabras en un anuncio y obligarme a pasar por delante cada día al ir al trabajo. Así nunca querría tener un día libre.

Por mucho que me gustaría creer que está siendo sincero al piropearme, frunzo el ceño al bajar la vista hacia la ropa que llevo puesta desde hace doce horas.

—Llevo un uniforme de Minnie Mouse.

Él vuelve a inclinarse hacia mí hasta que nuestros hombros se tocan.

—Siempre he tenido debilidad por Minnie Mouse —me dice en voz baja.

Corbin se vuelve hacia nosotros, por lo que me obligo a borrar la sonrisilla idiota de la cara.

—¿Mesa normal o con bancos corridos?

Miles y yo nos encogemos de hombros.

—Da igual —responde él.

Ian regresa cuando la jefa de sala echa a andar para mostrarnos la mesa. Corbin e Ian van delante. Miles me sigue de cerca. Muy de cerca. Me sujeta la cintura con una mano mientras se inclina hacia delante y me susurra al oído:

—También tengo debilidad por las enfermeras.

Alzo el hombro para frotarme la oreja donde acaba de susurrarme, porque siento escalofríos y se me ha puesto la piel de gallina. Me suelta la cintura y pone distancia entre los dos cuando llegamos a la mesa. Corbin e Ian se sientan cada uno en uno de los bancos corridos. Miles se sienta junto a Ian, por lo que yo me siento junto a mi hermano, enfrente de Miles.

Miles y yo pedimos refrescos, mientras que Ian y Corbin se piden una cerveza. Su elección de bebida me llama la atención. Hace varias semanas me contó que no suele beber, pero, teniendo en cuenta que me lo encontré borracho perdido la noche que lo conocí, pensaba que al menos hoy se tomaría una copa. Motivos para celebrar no le faltan. Cuando llegan las bebidas, Ian alza su vaso para brindar.

—Por ponernos en evidencia.

—Una vez más —añade Corbin.

—Por haber trabajado el doble de horas que vosotros —les sigue la corriente Miles, fingiendo ponerse a la defensiva.

—Corbin y yo tenemos una vida sexual que nos impide hacer esos horarios —lo pica Ian.

Corbin niega con la cabeza.

—No pienso hablar de mi vida sexual delante de mi hermana.

—¿Por qué no? —lo interrumpo alegremente—. ¿Acaso te crees que no me doy cuenta de las noches que no vienes a dormir a casa, aunque no estés trabajando?

Corbin suelta un gruñido.

—Lo digo en serio. Cambio de tema.

Le concedo su deseo encantada.

—¿Cuánto tiempo hace que os conocéis?

Aunque lanzo la pregunta al aire sin mirar a nadie en particular, la única respuesta que me interesa es la que se refiere a Miles.

—Miles y yo conocimos a tu hermano en la escuela de aviación, hace unos años. Pero a Miles lo conozco desde que tenía nueve o diez años —responde Ian.

—Teníamos once años —lo corrige Miles—. Íbamos a quinto.

No tengo ni idea de si esta conversación está rompiendo la regla número uno, la de no preguntar sobre el pasado, pero Miles no parece incómodo de momento.

La camarera nos trae una cesta de pan de cortesía, pero

ni siquiera hemos abierto las cartas, así que nos dice que volverá en un rato a tomarnos nota.

—Aún me cuesta creer que no seas gay —le dice Corbin a Miles volviendo a cambiar bruscamente de tema mientras abre la carta.

Miles le dirige una mirada por encima de la suya.

—Pensaba que no íbamos a hablar sobre nuestras vidas sexuales.

—No. He dicho que no íbamos a hablar de la mía —le rebate Corbin—. Además, tú no tienes una vida sexual de la que podamos hablar. —Deja la carta sobre la mesa y se dirige a Miles directamente—. En serio, tío. ¿Por qué no sales nunca con nadie?

Miles se encoge de hombros, más interesado en la bebida que tiene en las manos que en entrar en un duelo de miradas con mi hermano.

—Personalmente, las relaciones no me compensan para el final que tienen.

Algo se me rompe en el corazón. Por un momento me preocupa que alguno de los chicos lo haya oído fragmentarse en el silencio que sigue a sus palabras.

Corbin se echa hacia atrás en el asiento.

—Joder. Debe de haber sido una zorra del quince.

No puedo apartar los ojos de Miles mientras espero su reacción, por si consigo alguna información sobre su pasado. Él niega sutilmente con la cabeza, rechazando en silencio la suposición de Corbin. Ian se aclara la garganta. Al mirarlo, veo que ha perdido esa sonrisa que no suele abandonarlo. Por su reacción parece obvio que, sean cuales sean los conflictos que Miles arrastra del pasado, él está al corriente de todo.

Ian endereza la espalda y alza el vaso, dirigiéndonos una sonrisa forzada.

—Miles no tiene tiempo para chicas. Está demasiado ocupado rompiendo el récord de la compañía y convirtiéndose en el capitán más joven de nuestra aerolínea.

Nos tomamos la interrupción de Ian como lo que es y levantamos los vasos. Brindamos y bebemos a la vez.

No se me pasa por alto la mirada de agradecimiento que Miles dirige a Ian, aunque Corbin no parece darse cuenta de nada. El pasado de Miles cada vez me despierta más curiosidad, tanta como preocupación. Me preocupa implicarme demasiado en esta relación, porque, cuanto más tiempo paso con Miles, más ganas tengo de averiguarlo todo sobre él.

—Deberíamos salir a celebrarlo —dice Corbin.

Miles baja la carta.

—Pensaba que eso era lo que estábamos haciendo.

—Me refiero a cuando salgamos de aquí. Esta noche se sale. Vamos a encontrar a una chica que te saque del dique seco —insiste mi hermano.

Casi escupo el refresco, pero, por suerte, logro contener la risa. Miles se da cuenta de mi reacción y me da una patadita en el tobillo por debajo de la mesa. Y deja el pie junto al mío.

—Estoy bien —replica—. Además, este capitán necesita descansar.

Las letras de la carta empiezan a bailar ante mis ojos, formando palabras como *sacar*, *dique seco* y *descansar*.

Ian mira a Corbin y asiente con la cabeza.

—Voy contigo. Dejemos que el capitán vuelva a casa a dormir la mona que le va a provocar este refresco de cola.

Miles me atrapa con la mirada y cambia sutilmente de postura para rozarme las rodillas con las suyas. Me rodea el tobillo con el pie y dice:

—Eso de dormir suena muy bien. —Baja la vista hacia la carta—. Pidamos rápido para poder volver a casa a dormir. Tengo la sensación de que no he pegado ojo desde hace nueve días; no puedo pensar en nada más.

Las mejillas me arden, y no es la única parte de mi cuerpo que ha prendido en llamas.

—De hecho, me muero de ganas de dormir ahora mismo —sigue diciendo, y alza la mirada hacia mí—. Aquí mismo, sobre la mesa.

Y la temperatura de mi cuerpo alcanza el nivel de mis mejillas.

—Por favor, menudo pringado —exclama Corbin riendo—. Deberíamos haber invitado a Dillon en tu lugar.

—Ni hablar —replica Ian poniendo los ojos en blanco.

—¿Qué pasa con Dillon? —pregunto—. ¿Por qué lo odiáis todos?

Corbin se encoge de hombros.

—No lo odiamos. Simplemente no lo soportamos, pero no nos dimos cuenta hasta después de haberlo invitado a ver los partidos con nosotros. Es un capullo. —Mi hermano me dirige esa mirada que conozco tan bien—. No quiero que te quedes a solas con él nunca. Estar casado no le impide ser un gilipollas.

Ahí está otra vez ese posesivo amor fraternal que tanto echaba de menos.

—¿Es peligroso?

—No —responde—. Pero sé cómo se comporta en su matrimonio y no quiero que te veas envuelta en eso.

Aunque ya me he encargado de advertirle que no se acerque a ti.

Me echo a reír ante lo absurdo de la situación.

—Tengo veintitrés años, Corbin. Puedes dejar ya de comportarte como papá.

Hace una mueca y, durante un instante, veo a mi padre en él.

—Y una mierda —refunfuña—. Eres mi hermana pequeña. Tengo expectativas para tu pareja y Dillon no se acerca ni a la suela de los zapatos de esas expectativas.

Sigue siendo el mismo de siempre. Aunque en el instituto me resultaba de lo más molesto —y sigue siendo un poco molesto—, me gusta que quiera lo mejor para mí. Lo único que me preocupa es que su versión de lo que es mejor para mí no exista en la vida real.

—Corbin, nadie va a cumplir nunca tus expectativas.

Él asiente, como si estuviera cargado de razón.

—Precisamente.

Si le ha advertido a Dillon que se mantenga alejado de mí, me pregunto si habrá hecho lo mismo con Ian y con Miles. Aunque, pensándolo bien, pensaba que Miles era gay, así que tal vez no vio la necesidad de hacerlo.

Me pregunto también si Miles cumpliría sus expectativas.

Me muero de ganas de mirar a Miles a los ojos, pero tengo miedo de resultar demasiado transparente. En vez de eso, me fuerzo a sonreír y niego con la cabeza.

—¿Por qué no habré nacido antes que tú?

—No habría cambiado nada —me asegura Corbin.

Ian sonríe a la camarera y le pide la cuenta.

—Hoy invito yo. —Deja en la mesa suficiente dinero para cubrir la cena y la propina.

Nos levantamos y nos estiramos antes de salir.

—Bueno, ¿hacia dónde tiramos? —pregunta Miles.

—¡Al bar! —responde Corbin inmediatamente, como si alguien se lo fuera a arrebatar.

—Yo acabo de hacer un turno de doce horas. Estoy reventada.

—¿Te importa llevarme a casa? —me pregunta Miles mientras nos dirigimos afuera—. No me apetece salir esta noche. Lo único que quiero es dormir.

Me gusta que no se corte delante de Corbin y enfatice tanto la palabra *dormir*. Es como si quisiera dejarme claro que no tiene ninguna intención de dormir esta noche.

—Claro, tengo el coche en el hospital. —Señalo en esa dirección.

—Pues ya está. —Corbin junta las manos dando una palmada—. Vosotros dos, pringados, a dormir. Ian y yo salimos esta noche. —Se da la vuelta y se aleja sin perder tiempo junto a Ian en dirección contraria. Al cabo de un momento se gira y añade, caminando de espaldas—: ¡Nos tomaremos un chupito a tu salud, oh, capitán, mi capitán!

Miles y yo permanecemos quietos, enmarcados en un círculo de luz que proviene de una farola mientras los observamos alejarse. Bajo la vista hacia la acera y acerco un pie al borde del círculo de luz para ver cómo desaparece en la oscuridad. Levanto la mirada hacia la farola, preguntándome por qué nos está iluminando como si fuera un foco.

—Parece como si estuviéramos en un escenario —comento sin apartar la vista de la farola.

Él echa la cabeza hacia atrás, uniéndose a mi exploración de la extraña luz.

—*El paciente inglés* —aporta. Cuando le dirijo una mirada de curiosidad, sigue hablando—. Si estuviéramos en un escenario, probablemente se estaría representando *El paciente inglés.* —Nos señala con la mano—. Ya vamos vestidos para la ocasión. Una enfermera y un piloto.

Me quedo dando vueltas a sus palabras, probablemente demasiado. Él se ha otorgado el papel de piloto, pero, si de verdad estuviéramos representando *El paciente inglés*, creo que él sería el soldado, ya que es el personaje que se lía con la enfermera, y no el piloto. Aunque el piloto es el que tiene un pasado misterioso...

—¿Sabes que me hice enfermera por esa película? —le pregunto muy seria.

Él se mete las manos en los bolsillos de la chaqueta y baja la vista para mirarme a los ojos.

—¿En serio?

Se me escapa la risa.

—No.

Miles sonríe, y su sonrisa es como una fresca brisa. «Eso rima.»

Nos volvemos los dos al mismo tiempo y echamos a andar hacia el hospital. Aprovecho la pausa en la conversación para inventarme un poema malísimo.

Miles me sonríe así.
Y su sonrisa,
como una fresca brisa,
es solo para mí.

—¿Por qué sonríes? —me pregunta.

«Porque estoy recitando poemas propios de una niña de primaria sobre ti.»

Frunzo los labios, forzándolos a dejar de sonreír. Cuando lo consigo, le respondo:

—Pensaba en lo cansada que estoy. —Mirándolo de reojo, añado—: Estoy deseando meterme en la cama para poder echarme un buen... sueñecito.

Ahora es él quien sonríe.

—Cómo te entiendo. Creo que nunca me había sentido tan cansado. Es posible que me quede dormido en cuanto entremos en tu coche.

«Eso estaría bien.»

Sonrío, pero me retiro de la conversación cargada de metáforas y dobles sentidos. Ha sido un día largo y estoy francamente cansada. Mientras caminamos en silencio, me fijo en que lleva las manos hundidas en los bolsillos de la chaqueta, como si quisiera protegerme de ellas. O tal vez las protege a ellas de mí.

Cuando estamos tan solo a una manzana del aparcamiento, afloja el paso hasta detenerse por completo. Dejo de andar y me vuelvo para ver qué le ha llamado la atención. Está mirando al cielo, y la vista se me va hacia la cicatriz que le recorre toda la mandíbula. Quiero preguntarle cómo se la hizo. Quiero saberlo todo. Quiero hacerle un millón de preguntas, empezando por cuándo es su cumpleaños y cómo fue su primer beso. Y después le preguntaría por sus padres y por su infancia entera y por su primer amor.

Quiero preguntarle por Rachel. Quiero saber qué pasó entre ellos y por qué eso hizo que renunciara a las relaciones íntimas durante más de seis años.

Y, sobre todo, quiero saber qué vio en mí que le hizo poner fin a esa racha.

—Miles —digo notando cómo las preguntas se me amontonan en la punta de la lengua.

—Me ha caído una gota.

Antes de que acabe de pronunciar la frase, yo también noto una. Los dos permanecemos mirando al cielo y me voy tragando las preguntas junto al nudo que se me ha formado en la garganta. Las gotas empiezan a caer con más fuerza, pero nosotros seguimos quietos contemplando el cielo. Las gotas esporádicas se convierten en llovizna, que pronto se convierte en un chaparrón, pero no nos movemos. Ninguno de los dos echa a correr hacia el coche. La lluvia se desliza por mi piel, me baja por el cuello, me empapa el pelo y el uniforme. Sigo con la cara alzada hacia el cielo, pero he cerrado los ojos.

No hay nada en el mundo comparable a la sensación y al olor de la lluvia recién caída.

En cuanto este pensamiento me cruza la mente, noto unas manos cálidas que me acarician las mejillas y se deslizan hasta agarrarme por la nuca, robándome la fuerza de las rodillas y el aire de los pulmones. Su altura me protege de la lluvia, pero mantengo los ojos cerrados y la cara vuelta hacia el cielo. Cuando me besa con delicadeza, no puedo evitar comparar la sensación y el olor de la lluvia con su beso.

Su beso es mucho, muchísimo mejor.

Tiene los labios húmedos por la lluvia, y también un poco fríos, pero lo compensa con la cálida caricia de su lengua, que se ha encontrado con la mía. La lluvia que cae, la oscuridad que nos envuelve y su forma de besarme hacen que sienta que estoy encima de un escenario y que nuestra historia ha alcanzado el clímax. Es como si mi corazón, mi estómago y mi alma lucharan por salir de mí para entrar en él. Si alguien dibujara un gráfico de mis veintitrés años de vida, este momento sería el pico de mi curva de campana.

Probablemente esa conclusión debería apenarme un poco. He mantenido varias relaciones serias en el pasado, pero no logro recordar un solo beso con ninguno de ellos que me despertara sensaciones tan intensas.

El hecho de que Miles me altere tanto sin estar tan siquiera en una relación con él debería decirme algo, pero estoy demasiado concentrada en su boca para ponerme a analizar nada.

La lluvia se ha convertido en un diluvio, pero a ninguno de los dos parece afectarnos. Baja las manos hasta la parte baja de mi espalda mientras yo lo agarro por la camisa, atrayéndolo hacia mí. Su boca encaja con la mía como si fueran dos piezas del mismo puzle.

Lo único que podría separarme de él ahora mismo sería un relámpago.

O tal vez la intensidad de la lluvia. Está lloviendo con tantas ganas que no puedo respirar. Se me ha pegado la ropa en sitios donde no sabía que podía pegarse, y tengo el pelo tan empapado que no puede absorber ni una gota más de agua.

Lo empujo hasta que se aparta de mi boca y luego escondo la cabeza bajo su barbilla y miro hacia abajo para respirar sin ahogarme. Él me rodea los hombros con un brazo y me guía hacia el aparcamiento, tapándome la cabeza con la chaqueta. Cuando acelera el paso, yo le sigo el ritmo hasta que acabamos los dos corriendo.

Al llegar al coche, él se dirige a la puerta del conductor, sin soltarme, para protegerme de la lluvia. Cuando estoy dentro, corre hacia la otra puerta. Una vez que estamos los dos dentro con las puertas cerradas, el silencio del interior del vehículo amplifica la intensidad de nuestros jadeos. Me llevo las manos a la nuca, me recojo el pelo y lo retuerzo para escurrirlo. El agua me baja por la espalda y va a parar al asiento. Es la primera vez desde que llegué a California que me alegro de tener los asientos de cuero.

Dejo caer la cabeza hacia atrás y suelto un hondo suspiro antes de volverme hacia él.

—Creo que no había estado tan mojada en mi vida.

Veo que una sonrisa lenta se apodera de su rostro. Obviamente ha sacado la conclusión más viciosa posible.

—Pervertido —susurro en tono juguetón.

Él levanta las cejas sin dejar de sonreír.

—Es culpa tuya. —Me agarra por la muñeca y me atrae hacia él—. Ven aquí.

Hago una rápida inspección del entorno, pero la lluvia cae con tanta fuerza que no se ve nada. Y eso significa que nadie puede vernos.

Me coloco sobre él, sentada sobre su regazo, mientras él echa el asiento hacia atrás todo lo que da. No me besa; se limita a acariciarme los brazos de arriba abajo y a sujetarme luego por las caderas.

—Nunca lo he hecho en un coche —me confiesa en tono esperanzado.

—Nunca lo he hecho con un capitán.

Él desliza las manos bajo la parte superior del uniforme hasta alcanzar el sujetador. Agarrándome los pechos, se echa hacia delante y me besa, aunque es un beso corto, porque lo rompe para volver a hablar.

—Es la primera vez que lo hago siendo capitán.

Sonrío.

—Es la primera vez que lo hago con el uniforme.

Lleva las manos a mi espalda y las cuela por debajo de la cinturilla del pantalón. Me atrae hacia él a la vez que alza levemente las caderas, lo que me hace contener el aliento mientras me agarro con más fuerza a sus hombros.

Se acerca a mi oreja para susurrarme en ella, y con sus manos recrea el ritmo sensual entre los dos, volviendo a tirar de mis caderas.

—Aunque estás tremenda con ese uniforme, preferiría que no llevaras nada de nada.

Me avergüenza comprobar que es capaz de hacerme gemir solo con sus palabras. Su voz derriba mis defensas con tanta facilidad que estoy segura de que yo tengo más ganas que él de librarme de la ropa.

—Por favor, dime que has venido preparado. —Me tiembla la voz, ya ronca por el deseo.

Él niega con la cabeza.

—Que supiese que iba a verte esta noche no significa que viniera con expectativas. —Sus palabras me llenan de decepción. Se incorpora en el asiento y se mete la mano en el bolsillo trasero de los pantalones—. Sin embargo, he venido cargado con un arsenal de esperanza.

Sonriendo, saca el preservativo de la cartera y los dos nos ponemos inmediatamente en acción. Le desabrocho el botón de los vaqueros antes de que nuestras bocas conecten. Vuelve a colarse bajo el uniforme y trata de desabrocharme el sujetador, pero yo niego con la cabeza.

—No me lo quites —le pido sin aliento—. Cuanta menos ropa nos quitemos, menos nos costará volver a vestirnos si nos pillan.

Él me lo desabrocha a pesar de mis protestas.

—No quiero estar en tu interior a menos que pueda sentir tu piel pegada a la mía.

«Ah, joder. En ese caso, vale.»

Me quita la casaca por encima de la cabeza y luego desliza los dedos bajo los tirantes del sujetador y tira de ellos hasta que se cae. Lo lanza al asiento trasero del coche y se quita la camiseta, que va a parar al mismo sitio. Luego me rodea con los brazos y me atrae hacia él hasta que nuestros torsos quedan pegados.

Ambos inspiramos bruscamente, conteniendo el aire. El calor de su cuerpo es tan agradable que no quiero apartarme nunca. Me besa en el cuello y va descendiendo, mientras su aliento choca contra mi piel en bruscas oleadas.

—No tienes ni idea de lo que provocas en mí —me susurra con los labios pegados al cuello.

Sonrío, porque estaba pensando lo mismo.

—Oh, creo que me hago una idea.

Mientras me acaricia un pecho, cuela la otra mano dentro de mis pantalones y suelta un gruñido.

—Fuera —dice tirando de la cinturilla elástica.

No necesita repetirlo. Vuelvo a mi asiento y me quito el resto de la ropa mientras él se desabrocha los vaqueros.

Me mira de arriba abajo y rompe el envoltorio del condón con los dientes. Cuando la única pieza de ropa que nos separa son sus vaqueros desabrochados, me acerco a él.

Soy muy consciente de que estoy en mi coche, en el aparcamiento de mi lugar de trabajo, totalmente desnuda.

Nunca había hecho nada parecido. Nunca me había apetecido hacerlo. Me encanta lo desesperados que estamos los dos. Nunca había sentido una química tan fuerte con alguien.

Le apoyo las manos en los hombros y me monto sobre él, mientras él se coloca el preservativo.

—No grites mucho —me advierte en tono burlón—. Odiaría ser el causante de tu despido.

Miro por la ventanilla, pero sigo sin ver nada.

—Llueve tanto que nadie nos va a oír. Además, tú gritaste más que yo la última vez.

—Ja —exclama llevándome la contraria, antes de empezar a besarme de nuevo.

Me agarra por las caderas y tira de mí, preparándose para lo que viene. En esta posición, normalmente ya estaría gimiendo, pero su comentario me ha quitado las ganas de hacer ruido.

—No me creo que yo hiciera más ruido que tú la última vez —insiste sin despegar los labios de los míos—. En todo caso sería un empate.

Niego con la cabeza.

—No creo en los empates. Son una salida fácil para la gente que no sabe perder.

Me está sosteniendo por las caderas. Tal como está colocado, lo único que haría falta para que entrara en mí sería que yo lo permitiera. Y si no lo hago es porque me gusta competir y siento que está a punto de iniciarse una competición entre los dos.

Él alza las caderas, más que listo para la acción. Tenso las piernas y me aparto lo justo para impedir el contacto.

Se burla de mi resistencia.

—¿Qué pasa, Tate? ¿Tienes miedo? ¿Te asusta descubrir cuál de los dos es más ruidoso una vez que esté dentro de ti?

Sus ojos han adquirido un brillo desafiante. No acepto su reto con palabras, pero le sostengo la mirada mientras voy descendiendo despacio. Ambos contenemos el aliento simultáneamente, pero ese es el único sonido que emitimos.

En cuanto está por completo hundido en mi interior, le pongo las manos en la espalda mientras Miles me atrae hacia él. Seguimos sin hacer ruido, excepto por los hondos suspiros y los gritos ahogados. La lluvia que golpea las ventanillas y el techo magnifica el silencio que se ha adueñado del coche.

La fuerza que invertimos en contenernos hace que crezca la necesidad de abrazarnos con más desesperación. Me rodea la cintura con los brazos, que me aprietan con tanta fuerza que apenas puedo moverme. Yo lo abrazo por el cuello, con los ojos cerrados. Casi no nos movemos, pero no me importa; me gusta. Me gusta el ritmo lento y regular que hemos establecido mientras nos concentramos en acallar los gemidos que se nos han quedado atrapados en la garganta.

Seguimos así durante varios minutos, moviéndonos lo justo, aunque no parece suficiente. Creo que los dos tenemos miedo de hacer algún movimiento brusco que haga que uno de los dos pierda.

Baja una mano hasta el final de mi espalda, mientras me sujeta la nuca con la otra. Me agarra un mechón de pelo y tira de él con delicadeza hasta que mi cuello queda al alcance de su boca. Me encojo cuando sus labios entran en contacto con mi piel, porque permanecer en silencio es mucho más complicado de lo que me imaginaba. Sobre todo porque la postura con la que está sentado le da ventaja. Tiene las manos libres para acceder a todas las partes de mi cuerpo, y eso es lo que está haciendo ahora mismo.

Deambula por mi cuerpo, acariciándolo y descendiendo por mi vientre para alcanzar el punto que podría hacerme renunciar a la victoria. Siento que, de algún modo, está haciendo trampas.

En cuanto sus dedos encuentran el punto que normalmente me haría gritar su nombre, me aferro a él con más fuerza por los hombros y recoloco las rodillas para tener más control de mis movimientos. Quiero someterlo al mismo grado de tortura al que me está sometiendo él.

En cuanto me he recolocado y soy capaz de profundizar más con cada embestida, nos olvidamos de ir despacio. Su boca se apodera de la mía en un beso frenético, uno con mucha más fuerza y necesidad que los anteriores. Parece que estemos tratando de expresar a través de los besos lo mucho que estamos disfrutando.

De repente me invade una sensación que me recorre el cuerpo entero en oleadas y tengo que apartarme de él y quedarme muy quieta para no perder. A pesar de mi necesidad de tomármelo con calma, él hace justo lo contrario y aplica más presión con la mano. Entierro la cara en su cuello y lo muerdo delicadamente en el hombro para no gritar su nombre.

Al notar mis dientes en su piel, contiene el aliento y se le tensan las piernas.

Está a punto de perder.

«A punto.»

Pero, si sigue moviéndose dentro de mí aunque solo sea un centímetro mientras me toca así, ganará él. No quiero que gane.

Aunque, bien mirado, un poco sí que quiero que gane. Y creo que él también quiere ganar, por cómo jadea contra mi cuello mientras se clava con delicadeza en mí.

«Miles, Miles, Miles.»

Él se da cuenta de que esto no va a acabar en empate, por lo que añade más presión con la mano mientras me desliza la lengua en la oreja.

«Oh, oh.»

Estoy a punto de perder.

Es inminente.

«Ay, Dios.»

Alza las caderas mientras tira de mí, forzándome a pronunciar un «¡Miles!» involuntario, junto a un grito ahogado y un gemido. Trato de apartarme, pero al darse cuenta de que ha ganado, se clava en mí con más fuerza.

—Por fin —dice, sin aliento, contra mi cuello—. Pensaba que no iba a aguantar un segundo más.

Ahora que la competición ha finalizado, los dos nos soltamos por completo y gritamos con tantas ganas que hemos de besarnos de nuevo para amortiguar el ruido.

Nuestros cuerpos se mueven al unísono, acelerando, embistiendo. Continuamos a este ritmo frenético durante unos minutos, cada vez con más intensidad, hasta que siento que no puedo aguantar más.

—Tate —me dice pegado a mi boca, sujetándome por las caderas para que baje el ritmo—. Quiero que nos corramos juntos.

«Por Dios.»

Si pretende que aguante, no puede decirme estas cosas.

Asiento con la cabeza, incapaz de articular una respuesta coherente.

—¿Estás a punto?

Vuelvo a asentir con la cabeza mientras trato de hablar esta vez, pero lo único que sale de mi boca es otro gemido.

—¿Eso es que sí?

Ha dejado de besarme y está pendiente de mi respuesta. Yo lo agarro por la nuca y pego la mejilla a la suya.

—Sí —logro decir—. Sí, Miles. Sí.

Noto que empiezo a tensarme al mismo tiempo que él contiene el aliento con brusquedad. Pensaba que antes nos estábamos abrazando con fuerza, pero no puede compararse con la fuerza que ejercemos en este momento. Es como si nuestros sentidos se hubieran fusionado como por arte de magia y estuviéramos sintiendo exactamente lo mismo, haciendo los mismos ruidos, experimentando la misma intensidad y compartiendo una respuesta común.

Empezamos a aflojar el ritmo, mientras los temblores se atenúan. Poco a poco, dejamos de abrazarnos con tanta fuerza. Hundiendo la cara en mi pelo, Miles exhala hondo.

—Has perdido, pringada —susurra.

Me echo a reír y le doy un mordisco juguetón en el cuello.

—Has hecho trampas. Has recurrido a refuerzos ilegales cuando has usado las manos.

Él niega con la cabeza, riendo.

—Las manos son refuerzos muy legales. Pero, si crees que he hecho trampa, tal vez deberíamos jugar la revancha.

Alzo las cejas.

—¿Al mejor de tres?

Él me levanta sujetándome por la cintura y me empuja hacia el asiento del acompañante. Con dificultad, se coloca al volante. Me alcanza mi ropa, se pone la camiseta y se abotona los vaqueros.

Yo recoloco el asiento del acompañante, y acabo de vestirme mientras él arranca el coche. Mete la marcha atrás para salir del aparcamiento.

—Ponte el cinturón de seguridad —me advierte guiñándome el ojo.

Apenas logramos aguantar hasta salir del ascensor. Lo de llegar hasta su cama es misión imposible. Hemos estado a punto de montárnoslo en el pasillo, y lo más triste de todo es que no me hubiera importado demasiado.

Ha vuelto a ganar. Empiezo a darme cuenta de que competir para ver quién hace menos ruido es una idea pésima, teniendo en cuenta que mi rival es la persona más silenciosa que conozco.

Me vengaré en el tercer asalto. Aunque tendrá que ser otro día, porque Corbin ya debe de estar volviendo a casa.

Miles me observa. Está tumbado boca abajo, con los brazos doblados sobre la almohada y la cabeza apoyada en ellos. Me estoy vistiendo porque quiero llegar a casa antes que Corbin para no tener que mentirle sobre dónde he estado.

Miles me sigue con la mirada mientras me visto.

—Creo que el sujetador continúa fuera, en el pasillo —me advierte riendo—. Más te vale recogerlo antes de que Corbin lo encuentre.

Arrugo la nariz al imaginármelo.

—Bien pensado.

Me arrodillo sobre la cama y le doy un beso en la mejilla, pero él me atrapa por la cintura, tira de mí y se tumba de espaldas para darme un beso que es mucho mejor que el que yo acabo de darle.

—¿Puedo hacerte una pregunta?

Él asiente con la cabeza, pero se nota que es un gesto forzado. Mis preguntas lo ponen nervioso.

—¿Por qué evitas el contacto visual cuando nos acostamos?

Mi pregunta lo desconcierta. Se me queda mirando en silencio unos instantes hasta que me aparto un poco y me siento en la cama, a su lado, a la espera de su respuesta.

Él se incorpora, apoya la espalda en el cabecero y se observa las manos.

—La gente es vulnerable durante el sexo —dice al fin encogiéndose de hombros—. Es fácil confundir los sentimientos y las emociones con algo que no es, especialmente cuando se establece contacto visual. —Me mira a los ojos—. ¿Te molesta?

Aunque le digo que no con la cabeza, mi corazón está gritando: «¡Sí!».

—Supongo que me acostumbraré. Era curiosidad.

Me encanta estar con él, pero cada vez que pronuncio una mentira, me odio un poco más.

Sonriendo, él me atrae hacia sí y me da un beso más rotundo que el anterior.

—Buenas noches, Tate.

Me levanto y salgo de su habitación sintiendo sus ojos en mi espalda mientras me alejo. Es curioso que se niegue a mantener contacto visual durante el sexo y, sin embargo, parezca incapaz de dejar de mirarme el resto del tiempo.

No me apetece volver a casa todavía, por lo que, tras recoger el sujetador, me dirijo a los ascensores y desciendo a la planta baja para ver si Cap sigue por ahí. Casi no me dio tiempo ni a saludarlo con la mano antes de que Miles me metiera en el ascensor de un empujón y me asaltara.

Cómo no, Cap sigue plantado en su butaca a pesar de que son más de las diez de la noche.

—¿No duerme nunca? —le pregunto mientras me acerco al otro asiento.

—La gente es más interesante por las noches. Me gusta levantarme tarde, así no tengo que soportar el mal humor de los idiotas que van con prisas por las mañanas.

Suspiro con más sentimiento del que pretendía y echo la cabeza hacia atrás. Cap se da cuenta y se vuelve hacia mí.

—Oh, no. ¿Problemas con el chico? Parecía que os llevabais muy bien hace un par de horas. Me ha parecido ver la sombra de una sonrisa en su cara cuando ha entrado a tu lado.

—Todo va bien —le aseguro, y luego guardo silencio unos segundos, tratando de aclarar mis ideas—. ¿Ha estado enamorado alguna vez, Cap?

Él me dirige una sonrisa que va creciendo lentamente hasta apoderarse de todo su rostro.

—Oh, sí. Su nombre era Wanda.

—¿Cuánto tiempo estuvieron casados?

Él alza una ceja.

—Yo no me he casado nunca, aunque creo que el matrimonio de Wanda duró unos cuarenta años, hasta que murió.

Ladeo la cabeza, tratando de entender lo que me está diciendo.

—Va a tener que darme más información.

Él se sienta más erguido, sin dejar de sonreír.

—Wanda vivía en uno de los edificios donde yo me ocupaba del mantenimiento. Estaba casada con un cabrón que pasaba en casa dos semanas al mes como máximo. Cuando me enamoré de ella, yo rondaba los treinta años y ella tenía veinticinco, más o menos. En aquella época, cuando alguien se casaba, no se divorciaba, especialmente en familias como la suya. Así que pasé los siguientes veinticinco años amándola tanto como podía durante dos semanas al mes.

Me lo quedo mirando sin saber qué decir. No es la clásica historia de amor que se suele contar. Ni siquiera estoy segura de si puede considerarse una historia de amor.

—Sé lo que estás pensando —comenta Cap—. Que suena deprimente, como una tragedia.

Asiento para confirmar su teoría.

—El amor no es siempre bonito, Tate. A veces te pasas la vida esperando a que cambie, que se convierta en otra cosa, algo mejor. Pero, cuando quieres darte cuenta, has vuelto a la casilla de salida, y por el camino has perdido el corazón.

Dejo de mirarlo y clavo la vista al frente. No quiero que vea el ceño fruncido del que no puedo librarme.

¿Es eso lo que estoy haciendo? ¿Estoy esperando a que las cosas con Miles cambien? ¿A que mejoren? Me quedo dándole vueltas a sus palabras mucho rato. Tanto, que acabo oyendo ronquidos. Al volverme hacia Cap, veo que tiene la barbilla pegada al pecho y la boca abierta. Se ha quedado dormido.

18
MILES

Seis años atrás

Le acaricio la espalda para darle ánimos.

—Faltan dos minutos —la informo.

Ella asiente con la cara escondida entre las manos. No quiere mirar.

No le digo que, en realidad, no haría falta que esperáramos dos minutos. No le digo que el resultado es visible ya, claro como la luz del sol.

No le digo a Rachel todavía que está embarazada, porque no quiero arrebatarle esos dos minutos de esperanza.

Sigo acariciándole la espalda. Cuando la alarma nos avisa, ella no se mueve. No se da la vuelta para mirar el resultado.

Dejo caer la cabeza, apoyándola en la suya y acercando la boca a su oído.

—Lo siento, Rachel —susurro—. Lo siento tantísimo.

Ella se echa a llorar.

El corazón se me rompe al oírlo.

Es culpa mía, todo esto es culpa mía; en lo único que puedo pensar ahora mismo es en cómo rectificar.

La vuelvo hacia mí y la abrazo.

—Les diré que no te encuentras bien y que no puedes ir al instituto. Quiero que te quedes aquí hasta que vuelva.

Ella ni siquiera asiente en silencio. No deja de llorar, por lo que la cojo en brazos y la llevo hasta la cama. Vuelvo al baño, recojo el test y lo escondo en el armarito de debajo del lavabo, al fondo del todo. Corriendo, me cambio de ropa y salgo de casa.

Paso casi todo el día fuera.

Estoy rectificando.

Cuando al fin regreso a casa, aún queda una hora para que mi padre y Lisa vuelvan de trabajar. Cojo las cosas del asiento del acompañante y entro a toda prisa para ver cómo está. Con las prisas, esta mañana me he dejado el móvil en casa y no he podido preguntarle cómo estaba. Mentiría si dijera que no he pasado el día muerto de preocupación.

Me dirijo a su habitación.

Trato de abrirla, pero ha echado el pestillo.

Llamo a la puerta.

—¿Rachel?

Oigo movimiento. Cuando algo choca contra la puerta, doy un bote. Al darme cuenta de lo que ha pasado, llamo a la puerta con el puño.

—¡Rachel! —grito frenético—. ¡Abre la puerta!

La oigo sollozar.

—¡Lárgate!

Doy dos pasos hacia atrás y me abalanzo sobre la puerta con todas mis fuerzas. Cuando se abre bruscamente, entro en la habitación. Rachel está en la cama, ovillada junto al cabecero y llorando con la cara entre las manos.

Me acerco a ella, que me aparta de un empujón.

Vuelvo a acercarme.

Ella me da una bofetada y se desplaza hasta el borde de la cama. Se levanta y vuelve a alejarme de ella a empujones.

—¡Te odio! —me grita sin dejar de llorar.

Le agarro las manos y trato de calmarla, lo que hace que se enfade aún más.

—¡Que te largues de una vez! —grita—. Si no quieres saber nada de mí, déjame en paz.

Sus palabras me aturden.

—Rachel, para —le ruego—. Estoy aquí. No me voy a ninguna parte.

Llora con más fuerza si cabe. Me grita. Me dice que esta mañana la he dejado en la cama, que la he dejado porque no podía soportarlo, porque ella me había decepcionado.

«Te quiero, Rachel. Más que a mi propia vida.»

—Cariño, no es eso —le aseguro atrayéndola hacia mí—. No te he dejado. Te dije que volvería.

Odio que no entendiera por qué he tenido que salir. Odio haberme olvidado de explicárselo.

La acompaño de nuevo hasta la cama y la ayudo a sentarse y apoyar la espalda en el cabecero.

—Rachel —le digo acariciándole la mejilla empapada por las lágrimas—. No me has decepcionado. En absoluto. Estoy disgustado, pero conmigo. Por eso estoy tratando de hacer lo posible para arreglar esto. Por ti. Por nosotros. Eso es lo que he estado haciendo hoy, estaba buscando la manera de arreglar las cosas.

Me levanto, cojo las carpetas y extiendo su contenido sobre la cama. Se lo muestro todo: los folletos sobre alojamiento familiar que he conseguido en el campus y los formularios que tendríamos que rellenar para conseguir guardería gratuita en la universidad. Le muestro los folletos sobre ayudas económicas, los horarios nocturnos, las clases *online* y la lista de asesores académicos. Le hablo de cómo combinar todo eso con el programa de la academia de vuelo. He extendido todas las posibilidades ante ella porque quiero que vea que, aunque no era esto lo que queríamos, aunque no lo habíamos planeado así, podemos hacerlo.

—Sé que será mucho más duro con un bebé, Rachel. Lo sé. Pero no es imposible.

Se queda contemplando todo lo que he dejado sobre la cama. La observo en silencio hasta que se tapa la boca con la mano, mientras los hombros le dan sacudidas. Me mira con los ojos cuajados de enormes lágrimas. Avanza hacia mí a cuatro patas y se me echa al cuello.

Me dice que me quiere.

«Me quieres tanto, Rachel.»

Me besa una y otra vez.

—Está todo controlado, Miles —me susurra al oído.

Asiento y le devuelvo el abrazo.

—Está todo controlado, Rachel.

19
TATE

Es jueves.

Noche de partido.

Normalmente, el ruido de los partidos de los jueves me resulta molesto, pero hoy me suena a música celestial sabiendo que Miles está por aquí. No sé qué esperar de él ni de este arreglo nuestro. No hemos hablado ni nos hemos enviado ningún mensaje en los cinco días que lleva fuera.

Sé que no debería seguir con esto, porque pienso demasiado en él. Se supone que esto debería ser algo informal, nada serio, pero no es así como me siento. Desde el principio he estado muy involucrada, de un modo muy intenso. Prácticamente no he pensado en nada más desde la noche de la lluvia y me parece bastante patético que me tiemble la mano porque estoy a punto de entrar en mi apartamento y tal vez él esté ahí.

Abro la puerta y Corbin es el primero en levantar la mirada. Me saluda con una inclinación de cabeza, pero ni siquiera me dice hola. Ian me saluda con la mano y vuelve a dirigir la atención hacia el televisor. Dillon me examina de arriba abajo, y tengo que contenerme para no poner los ojos en blanco.

Miles no hace nada, porque no está.

Todo mi cuerpo suspira decepcionado. Dejo el bolso en una silla vacía del salón y me digo que es mejor que no esté, porque tengo mucho trabajo del máster.

—Hay pizza en la nevera —me dice Corbin.

—Genial. —Entro en la cocina y abro el armarito para coger un plato. Al oír pasos a mi espalda, el pulso se me acelera.

Noto que alguien me apoya la mano en la parte baja de la espalda y, como movida por un resorte, sonrío y me doy la vuelta para saludar a Miles.

El problema es que no se trata de Miles, sino de Dillon.

—Hola, Tate —me saluda alargando la mano en dirección al armarito. Al darme la vuelta hacia él, la mano que me estaba tocando se desplaza y va a parar a mi cintura. Sosteniéndome la mirada, abre el armarito—. Necesito un vaso para la cerveza. —Es la excusa que utiliza para justificar su presencia aquí, tocándome, a escasos centímetros de mi cara.

Odio que se me haya escapado una sonrisa al darme la vuelta. Le he dado una impresión equivocada.

—Bueno, no llevo vasos encima —replico apartándole la mano.

Dejo de sostenerle la mirada justo cuando Miles entra en la cocina, con los ojos clavados en la parte de mi cuerpo que Dillon estaba tocando.

Lo ha visto.

Y ahora está mirando a Dillon como si acabara de cometer un asesinato.

—¿Desde cuándo bebes la cerveza en vaso? —lo interpela.

Dillon se da la vuelta hacia él y luego me mira, dirigiéndome una sonrisa descarada, seductora.

—Desde que Tate se ha acercado al armarito.

«Mierda.»

Ni siquiera se molesta en ocultarlo. Se cree que me gusta.

Miles se dirige a la nevera y la abre.

—Dime, Dillon. ¿Cómo está tu mujer?

Miles no se molesta en sacar nada de la nevera. Se queda quieto contemplando el interior, pero está sosteniendo la manilla con más fuerza de la que nadie ha usado hasta ese momento, no tengo dudas.

Dillon sigue sin quitarme los ojos de encima.

—Está trabajando —me dice a propósito—. Tardará al menos cuatro horas en volver.

Miles cierra la nevera de un portazo y da un par de pasos hacia Dillon. Él endereza la espalda y retrocede dos pasos a su vez.

—Corbin te dio instrucciones precisas de mantener las manos lejos de su hermana. ¡Muestra un poco de respeto, joder!

Dillon aprieta mucho la mandíbula, pero no retrocede más ni aparta la mirada de Miles. De hecho, da un paso hacia él.

—¿Por qué tengo la sensación de que esto no tiene que ver con Corbin? —le echa en cara furioso.

El corazón me late desbocado en el pecho. Me siento culpable por haberle dado una impresión equivocada a Dillon y todavía más culpable por la pelea, pero, joder, cómo me gusta que Miles lo odie tanto. Aunque me gustaría saber si lo odia porque no le gusta que coquetee con otras mujeres estando casado o porque ha coqueteado conmigo en concreto.

Y ahora Corbin aparece en la puerta de la cocina.

«Mierda.»

—¿Qué es lo que no tiene que ver conmigo? —pregunta mirando fijamente a los otros dos, que permanecen quietos, en tensión.

Miles da un paso atrás para poder encarar a Dillon y a Corbin al mismo tiempo, sin dejar de fulminar a Dillon con la mirada.

—Quiere follarse a tu hermana.

«Por Dios, Miles. Podrías suavizarlo un poco, ¿no?»

Corbin ni siquiera pestañea.

—Vete a casa con tu mujer, Dillon —le ordena en tono firme.

Por bochornoso que sea este momento, no muevo ni un dedo para defender a Dillon, porque tengo la sensación de que Miles y Corbin llevaban ya tiempo buscando una excusa para librarse de él. Además, nunca defendería a un hombre que no respeta su matrimonio. Dillon se queda observando a Corbin durante varios segundos de lo más incómodos y luego se vuelve hacia mí, dándoles la espalda a Miles y a mi hermano.

«Este tío no tiene demasiado interés en seguir viviendo.»

—Estoy en el apartamento 1012 —me susurra guiñándome el ojo—. Pásate algún día. Ella trabaja todas las noches entre semana. —Se da la vuelta y pasa entre Corbin y Miles—. Vosotros dos os podéis ir a tomar por culo.

Mi hermano se vuelve hacia él con los puños apretados, dispuesto a perseguirlo, pero Miles lo agarra del brazo, tira de él y no lo suelta hasta que lo oímos marcharse dando un portazo.

Cuando Corbin se gira hacia mí, parece tan furioso que me extraña que no le salga humo de las orejas. Tiene la cara de un rojo encendido y se está haciendo crujir los nudillos. Me había olvidado de lo mucho que se desquicia cuando le sale la vena protectora. De repente me siento como si volviera a tener quince años, con la diferencia de que ahora no tengo un hermano protector, sino dos.

—Borra ese número de tu cabeza, Tate —me advierte Corbin.

Niego con la cabeza, porque me decepciona que piense que me interesa recordar ese número.

—Tengo principios, Corbin. No todo me vale.

Él asiente, mientras sigue tratando de calmarse. Inspira hondo, hace crujir la mandíbula y regresa al salón.

Miles está apoyado en la encimera contemplándose los pies.

Yo lo observo en silencio hasta que, finalmente, alza la cara y me mira. Tras echar un rápido vistazo hacia el salón, se aparta de la encimera y se acerca a mí. A cada paso que da, me echo un poco hacia atrás, como si quisiera huir de la intensidad de su mirada, aunque estoy pegada a la encimera y no puedo retroceder.

Llega ante mí.

Huele bien. A manzanas.

«La fruta prohibida.»

—Pregúntame si puedes estudiar en mi casa —susurra.

Asiento, sin saber por qué demonios me pide algo tan peregrino después de todo lo que ha pasado. Aunque no lo entiendo, lo hago de todas formas.

—¿Puedo ir a estudiar a tu casa?

Él me dirige una sonrisa amplia, y deja caer la frente sobre mi cabeza para susurrarme al oído:

—Quería decir que me lo preguntaras delante de tu

hermano —me aclara riendo en voz baja—. Para tener una excusa para vernos allí.

«Vaya. Qué pava soy.»

Ahora Miles es del todo consciente de lo que me pasa cuando se acerca a mí. Dejo de ser yo misma y me transformo en líquido. Me conformo con hacer lo que me pide, lo que quiere que haga.

—Oh —murmuro mientras se aparta de mí—. Eso tiene mucho más sentido.

Él sigue sonriendo. No me había dado cuenta de lo mucho que añoraba su sonrisa. Debería pasarse los días sonriendo. Eternamente.

«Solo a mí.»

Sale de la cocina y vuelve al salón. Yo me meto en mi habitación y me ducho en tiempo récord.

No era consciente de ser tan buena actriz.

Aunque he practicado. He estado cinco minutos ensayando en la habitación, buscando la frase más natural para pedirle a Miles las llaves de su piso. He llegado a la conclusión de que lo mejor sería esperar a un momento especialmente ruidoso del partido para irrumpir en el salón y pegarles un grito.

—¡Ya está bien! Bajad la tele o largaos al piso de al lado. ¡Estoy tratando de estudiar!

Miles me ha mirado tratando de contener la sonrisa; Ian me ha dirigido una mirada suspicaz y Corbin ha puesto los ojos en blanco.

—Vete tú —me ha dicho mi hermano—. Estamos viendo el partido. —Volviéndose hacia Miles, le ha preguntado—: No te importa que vaya a tu casa, ¿no?

Miles se ha levantado con decisión.

—Claro. Le abro la puerta.

He cogido mis cosas, lo he seguido y ahora estamos aquí.

Miles abre la puerta, que no estaba cerrada con llave, pero eso Corbin no lo sabe. Entra y yo paso tras él. Cuando cierra la puerta, nos miramos.

—La verdad es que tengo mucho trabajo —le digo.

No sé qué espera que pase ahora mismo, pero siento la necesidad de hacerle saber que no voy a dejarlo todo a un lado solo porque él haya aparecido después de unos días de ausencia. No quiero que piense que es mi prioridad.

«Aunque lo cierto es que lo es.»

—La verdad es que tengo que ver un partido —replica señalando con el pulgar por encima del hombro, aunque avanzando hacia mí al mismo tiempo.

Me quita los libros de las manos y se dirige a la mesa, donde los deja. Luego se vuelve hacia mí y no se detiene hasta que funde sus labios con los míos y no podemos seguir caminando porque choco contra la puerta.

Él me agarra por la cintura y yo a él por los hombros. Cuando desliza la lengua entre mis labios, la acojo en mi boca y le doy una calurosa bienvenida. Él gruñe y empuja, clavándose en mí mientras yo hundo las manos en su pelo.

Se aparta bruscamente y retrocede varios pasos. Me está mirando como si fuera culpa mía que tuviera que marcharse. Se frota la cara con las dos manos y suelta el aire, con expresión frustrada.

—Al final no has comido nada; te traeré un trozo de pizza.

Se acerca de nuevo y yo me hago a un lado en silencio. Abre la puerta y desaparece.

Qué raro es este chico.

Me acerco a la mesa y preparo mis cosas para ponerme a estudiar. Estoy separando la silla para sentarme cuando la puerta del apartamento se abre una vez más. Al volverme, lo veo entrar con un plato de pizza en las manos. La mete en el microondas, presiona unos cuantos botones para ponerlo en marcha y se dirige directamente hacia mí. Se ha puesto otra vez en plan intimidatorio, lo que hace que retroceda de forma instintiva, pero la mesa a mi espalda me impide ir a ninguna parte.

Cuando me alcanza, me da un beso apresurado.

—Tengo que volver. ¿Estás bien? —me pregunta.

Cuando asiento en silencio, añade:

—¿Necesitas algo más?

Niego con la cabeza.

—Hay agua y zumo en la nevera.

—Gracias.

Vuelve a darme un beso rápido antes de soltarme y marcharse.

Cuando cierra la puerta, me dejo caer en la silla.

Es tan agradable y respetuoso que no me costaría nada acostumbrarme a algo así.

Me pongo la libreta delante y empiezo a estudiar. Cuando llevo una media hora, más o menos, recibo un mensaje.

Miles: ¿Qué tal va el estudio?

Lo leo sonriendo como una boba. Puede pasarse nueve días sin verme ni ponerse en contacto conmigo, y ahora me envía mensajes desde el otro lado del rellano.

Yo: Bien. ¿Qué tal va el partido?

Miles: En el descanso.
Vamos perdiendo.

Yo: Vaya.

Miles: Ya sabías que yo no tenía cable.

Yo: ¿?

Miles: Antes, cuando nos has gritado. Nos has dicho que nos fuéramos a mi casa a ver el partido, pero ya sabías que yo no tengo tele por cable.
Creo que Ian sospecha algo.

Yo: Oh, no. No he caído en la cuenta.

Miles: No pasa nada. Solo me mira de reojo, como si supiera que pasa algo. Francamente, me da igual si se entera. Lo sabe todo de mí.

Yo: Me sorprende que no se lo hayas contado. Pensaba que todos los tíos ibais presumiendo de vuestras conquistas.

Miles: Yo no soy así, Tate.

Yo: Pues debes de ser la excepción.
Y ahora déjame, que tengo
que estudiar.

Miles: No vuelvas hasta que vaya
a decirte que el partido ha terminado.

Dejo el teléfono en la mesa, incapaz de borrar la sonrisa bobalicona de mi cara.

Una hora más tarde se abre la puerta del apartamento. Levanto la mirada y lo veo entrar. Él cierra la puerta y apoya la espalda en ella.

—Se ha acabado el partido —me informa.

Suelto el bolígrafo.

—Muy oportuno. Acabo de terminar lo mío.

Él baja la vista hacia los libros que tengo repartidos sobre la mesa.

—Corbin debe de estar esperándote.

No sé si es su manera de decirme que debería marcharme o si me está dando conversación. En cualquier caso, me levanto y recojo mis cosas tratando de disimular la decepción.

Él se dirige directamente hacia mí, me quita los libros de las manos y vuelve a dejarlos sobre la mesa. Los empuja para dejar espacio libre, me agarra por la cintura y me sienta en la mesa.

—Pero eso no significa que quiera que te vayas —me asegura en tono firme y mirándome a los ojos.

Esta vez no sonrío, porque ha vuelto a ponerme nerviosa, como cada vez que me observa con esta intensidad.

Tira de mí hasta dejarme sentada en el borde de la mesa y se sitúa entre mis piernas. No ha movido las manos de mi cintura, pero ha desplazado la boca hasta mi mandíbula.

—Estaba pensando... —me dice suavemente, y el aliento que me acaricia el cuello me hace estremecer— en esta noche y en que te has pasado el día en clase. —Desliza las manos bajo mis muslos y me levanta de la mesa—. Y en que no descansas ningún fin de semana, porque los trabajas todos.

Lo rodeo con las piernas mientras él me lleva a su dormitorio.

Me tumba sobre su cama y me sigue, tumbándose sobre mí. Me aparta el pelo de la cara y me mira a los ojos.

—Me he dado cuenta de que nunca tienes un día libre. —Su boca se reencuentra con mi mandíbula, donde deposita besos suaves entre frase y frase—. No has tenido un día libre desde Acción de Gracias, ¿me equivoco?

Niego con la cabeza. No entiendo por qué está tan hablador, pero me encanta. Desliza una mano por debajo de la camiseta, acariciándome el torso hasta llegar a mis pechos.

—Tienes que estar muy cansada, Tate.

Ladeo la cabeza.

—No creas.

Estoy mintiendo.

Estoy exhausta.

Aparta los labios de mi cuello para mirarme a los ojos.

—Mientes. —Me acaricia deslizando el pulgar sobre la fina tela del sujetador que me cubre el pezón—. Es evidente que estás cansada. —Desciende hasta rozarme la boca con los labios, aunque con tanta delicadeza que apenas lo noto—. Solo quiero besarte un ratito y luego te vas a descansar. No quiero que pienses que espero algo de ti solo porque estamos los dos en casa.

Me besa, pero el efecto que me causan sus labios no puede compararse al de sus palabras. Nunca pensé que la consideración pudiera ponerme tanto.

Pero sí.

«Oh, Dios mío.»

Qué sexy me resulta.

Desliza la mano bajo el sujetador al mismo tiempo que su boca me invade. Cada vez que me acaricia la lengua con la suya, me da vueltas la cabeza. Me pregunto si acabaré por acostumbrarme algún día.

Sé que ha dicho que solo quería besarme, pero su definición de lo que es un beso y la mía parecen estar escritas en distintos idiomas. Su boca está en todas partes, igual que sus manos.

Me levanta la camiseta por encima del sujetador y tira de este hacia un lado, dejándome un pecho al descubierto. Me provoca con la lengua, mirándome mientras lo hace. Su boca es cálida y su lengua, aún más. No puedo contener los gemidos que me provoca.

Me acaricia el torso mientras se inclina, sosteniéndose en un codo. Su mano sigue descendiendo por mis vaqueros hasta llegar a la parte interna de los muslos. Cuando me recorre la costura de los vaqueros con los dedos, dejo caer la cabeza hacia atrás con los ojos cerrados.

«Santo Dios, me encanta su versión de besarnos un ratito.»

Me frota con firmeza entre las piernas hasta que mi cuerpo entero ruega que me dé más. Su boca ha abandonado mi pecho y se está concentrando en el cuello, donde me besa, succiona y mordisquea como si quisiera marcarme.

Estoy tratando de no hacer ruido, pero la fricción que está creando es tan increíble que soy incapaz. No pasa nada, porque él tampoco permanece en silencio. Cada vez que gimo, él gruñe o suspira o susurra mi nombre. Tal vez por eso estoy haciendo tanto ruido, porque me gustan los sonidos que salen de su boca.

Me encantan.

De repente, me desabrocha los vaqueros, aunque no cambia de postura ni se aparta de mi cuello. Me baja la cremallera y desliza la mano dentro, por encima de las bragas. Reanuda los mismos movimientos que antes, solo que ahora son un millón de veces más intensos y sé que no va a tener que seguir durante mucho rato.

Arqueo la espalda y me cuesta horrores no apartarme de su mano. Es como si supiera exactamente dónde tocarme para hacerme reaccionar así.

—Joder, Tate. Estás tan mojada. —Me aparta las bragas con dos dedos—. Quiero sentirte.

No hace falta más.

Pierdo el control.

Desliza los dedos dentro, pero deja el pulgar fuera, provocándome gemidos y un montón de «Dios mío» y «No pares» que me hacen parecer un disco rayado. Me besa, tragándose mis sonidos mientras mi cuerpo empieza a temblar bajo su mano.

La sensación es tan intensa y dura tanto que tengo miedo de soltarlo cuando acabo. No quiero que aparte la mano; quiero quedarme dormida así.

Permanezco inmóvil. Ninguno de los dos ha recuperado el aliento, por lo que nos cuesta demasiado movernos. Su boca sigue pegada a la mía, y tenemos los ojos cerrados, pero no me está besando. Tras unos instantes, retira al fin la mano de los vaqueros y me los abrocha. Cuando abro los ojos, lo descubro chupándose los dedos con una sonrisa en la cara.

«La madre que lo parió.»

Me alegro de no estar de pie, porque verlo hacer eso habría hecho que me fallaran las rodillas y habría ido a parar al suelo.

—Joder —digo soltando el aire—, esto no se te da nada mal.

Su sonrisa se hace aún mayor.

—Vaya, gracias. —Se inclina hacia mí y me besa en la frente—. Pero ahora vete a casa y duerme un poco, muchacha.

Él empieza a levantarse, pero lo agarro por el brazo y tiro de él.

—Espera. —Lo empujo y me monto sobre él—. No es justo. Tú no has terminado.

—No llevo la cuenta. —Él me da la vuelta, dejándome tumbada en la cama—. Corbin debe de estar preguntándose por qué tardas tanto. —Se levanta y me sujeta por las muñecas para ayudarme a mí, pero al hacerlo quedo pegada a su cuerpo, tanto que no me queda duda de que una parte de él no quiere que me vaya todavía.

—Si Corbin pregunta, le diré que me he quedado hasta acabar los temas.

Miles niega con la cabeza.

—Tienes que volver, Tate. Me ha dado las gracias por protegerte de Dillon. ¿Cómo crees que se sentiría si se enterara de que lo he hecho por egoísmo, porque te quiero solo para mí?

Niego con la cabeza.

—Me da igual cómo se sienta. No es asunto suyo.

Miles me apoya las manos en las mejillas.

—A mí no me da igual. Es mi amigo y no quiero que descubra que su amigo es un hipócrita.

Me da un beso en la frente y tira de mí, sacándome del dormitorio sin darme opción a protestar. Coge mis libros y me los da antes de acompañarme a la puerta. Antes de que salga, me sujeta por el codo y me detiene. Me contempla con una expresión nueva en la cara.

Leo en sus ojos algo que no es deseo ni decepción ni intimidación. Es algo inexpresado; algo que le gustaría decirme, pero no se atreve.

Me toma por las mejillas y me besa con tanta intensidad que me clava en la puerta que queda a mi espalda.

Es un beso tan posesivo y desesperado que me entristecería de no ser porque me encanta. Inspira hondo y se separa de mí antes de soltar el aire, mirándome fijamente a los ojos. Baja las manos, da un paso atrás y espera a que salga al pasillo para cerrar la puerta.

No tengo ni idea de qué acaba de pasar, pero necesito que se repita; necesito más.

Consigo que las piernas me obedezcan y entro en el apartamento de mi hermano. Corbin no está en el salón. Mientras dejo los libros en la encimera, oigo el agua de la ducha.

«Corbin se está duchando.»

Inmediatamente, vuelvo a salir, cruzo el pasillo y llamo a la puerta de Miles, que abre tan deprisa que parece que no se hubiera movido del sitio. Mira por encima de mi hombro, en dirección a mi apartamento.

—Corbin está en la ducha —lo tranquilizo.

Nuestros ojos se encuentran y, antes de que le dé tiempo a procesar lo que he dicho, tira de mí, cierra de un portazo y me empotra contra la puerta. Una vez más, su boca parece estar en todas partes.

No pierdo el tiempo. Me desabrocho los vaqueros y me los bajo un poco. Él tampoco se queda quieto. Me baja los pantalones hasta los tobillos, llevándose las bragas al mismo tiempo. En cuanto saco los pies, me lleva hacia la mesa de la cocina. Me da la vuelta y me empuja hasta que quedo inclinada boca abajo sobre la mesa.

Me separa las piernas mientras se baja los vaqueros hasta los pies. Luego me sujeta por la cintura con las dos manos, apretando con fuerza. Se coloca en posición y se desliza con cuidado en mi interior.

—¡Dios! —exclama gruñendo.

Apoyo las palmas de las manos en la mesa. No puedo sujetarme a nada y necesito desesperadamente agarrarme a algo.

Él se inclina hacia delante, pegando su pecho a mi espalda. Noto su aliento, cálido e intenso contra mi piel.

—Voy a buscar un condón.

—Va... le —logro decir entrecortadamente.

Pero él todavía no se ha retirado de mi interior y mi cuerpo se resiste a dejarlo marchar; quiere más, lo quiere todo. Empujo hacia atrás, para que entre en mí hasta el fondo, y él reacciona clavándome los dedos en las caderas con tanta fuerza que hago una mueca de dolor.

—Tate, no.

Su voz suena como una advertencia.

«O una provocación.»

Vuelvo a hacerlo y él gruñe antes de retirarse por completo. Sigue con los dedos clavados en mis caderas, pegado a mí, pero ya no está en mi interior.

—Tomo la píldora —susurro.

Él no se mueve.

Cierro los ojos. Necesito que haga algo, lo que sea. La espera me está matando.

—Tate —susurra, pero no acaba la frase. Permanecemos inmóviles, en silencio, en la misma posición—. Maldita sea. —Me suelta la cintura, entrelaza los dedos con los míos encima de la mesa y los aprieta con fuerza. Hundiendo la cara en mi cuello desde atrás, susurra—: Prepárate.

Se clava en mí de un modo tan brusco e inesperado que se me escapa un grito. Él me suelta una mano, me tapa la boca y chista instándome a guardar silencio. Permanece quieto, dándome tiempo para acostumbrarme a la sensación de tenerlo dentro hasta el fondo.

Se retira, gimiendo, y vuelve a embestirme haciéndome gritar de nuevo, aunque esta vez su mano amortigua el sonido.

Repite los movimientos.

Más duro.

Más rápido.

Él gruñe al ritmo de las embestidas y yo estoy haciendo ruidos que no sabía que podían salir de mi boca. Nunca hasta ahora había experimentado nada parecido.

No sabía que podía ser tan intenso, tan rudo, tan bestial.

Agacho la cabeza y apoyo la mejilla en la mesa.

Cierro los ojos con fuerza.

Y dejo que me folle.

Solo se oye el silencio.

No sé si estamos tan silenciosos para compensar lo ruidosos que hemos sido hace unos instantes o porque él necesita un minuto para recuperarse.

Sigue dentro de mí, aunque ya ha terminado. Pero no se mueve. Todavía me está tapando la boca con una mano, y me aprieta los dedos con la otra, con la cara aún hundida en mi cuello.

Está tan quieto que no me atrevo a moverme. Ni siquiera lo noto respirar.

Lo primero que mueve es la mano, para apartarla de mi boca. Libera los dedos de la otra mano y los estira, apartándolos lentamente de los míos. Apoya las palmas en la mesa y alza el torso, retirando la cara de mi cuello, antes de salir de mi interior en absoluto silencio.

El silencio sigue impregnándolo todo, por lo que permanezco inmóvil.

Lo oigo recolocarse los pantalones y abrocharse la cremallera.

Oigo sus pasos cuando se aleja.

«Se va.»

Cierra la puerta de su habitación tan bruscamente que me encojo. Sigo teniendo la mejilla, las palmas de las manos y el torso pegados a la mesa, pero ahora, además, se unen a ellos mis lágrimas.

Caen.

Caen, caen, caen y no puedo detenerlas.

Me siento avergonzada. No tengo ni idea de qué demonios le pasa, pero me sobra orgullo y me falta valor para ir a averiguarlo.

Siento que esto es el final, y me temo que no estaba preparada para que acabara aquí. Me temo que no iba a estarlo nunca, y me odio por haber dado rienda suelta a mis sentimientos, permitiéndoles llegar tan lejos.

Pero también estoy enfadada con él, porque aquí estoy, buscando las bragas, tratando de dejar de llorar como una pava, con sus restos deslizándose por mi pierna, muslo abajo, sin saber por qué demonios ha tenido que estropearlo todo.

Estropearme a mí.

Cuando acabo de vestirme, me voy.

20
MILES

Seis años atrás

—Te está saliendo el ombligo hacia fuera —comento acariciándole la tripita y dándole un beso allí—. Es mono. —Pego la oreja a su piel y cierro los ojos—. Tiene que sentirse solo ahí dentro. ¿Te sientes solo, colega?

Rachel se echa a reír.

—Siempre hablas con él como si fuera un niño. ¿Y si es una niña?

Le digo a Rachel que, sea lo que sea, lo querré igual. Ya lo quiero ahora.

«O la quiero.»

Nuestros padres se han ido de viaje. Volvemos a estar jugando a las casitas, con la diferencia de que, esta vez, ya no parece que estemos jugando. Esta vez la cosa va en serio.

—¿Qué pasará si le pide que se casen? —me pregunta.

Le digo que no se preocupe, que no se lo va a pedir. Conozco a mi padre y sé que no se lo pedirá sin comentármelo antes.

—Tenemos que contárselo —le digo.

Ella asiente. Sabe que tenemos que contárselo. Han

pasado tres meses; nos graduamos dentro de dos. Y ya se le empieza a notar.

Le está saliendo el ombligo hacia fuera. Le queda mono.

—Tenemos que decírselo mañana —digo.

Ella responde que vale.

Me aparto de su vientre y me tumbo a su lado. La atraigo hacia mí y le acaricio la cara.

—Te quiero, Rachel.

Ya no está tan asustada. Me dice que también me quiere.

—Estás haciendo un buen trabajo. —Como no sabe de lo que le hablo, sonrío y le acaricio la tripa—. Estás haciendo un buen trabajo criando al bebé. Estoy seguro de que va a ser el bebé mejor criado de todos los que han crecido en la barriga de una mujer.

Mis tonterías la hacen reír.

«Me quieres tanto, Rachel.»

La contemplo, contemplo a la chica a la que le he entregado mi corazón y me pregunto cómo he podido tener tanta suerte.

Me pregunto por qué me quiere tanto como yo a ella.

Me pregunto qué dirá mi padre cuando se entere de lo nuestro.

Me pregunto si Lisa me odiará; si querrá llevarse a Rachel de vuelta a Phoenix.

Me pregunto cómo podré convencerlos de que lo tenemos todo controlado.

—¿Cómo lo vamos a llamar? —le pregunto.

Ella se anima al oírme. Le gusta hablar sobre nombres. Me dice que, si es una niña, quiere ponerle Claire, como su abuela.

Le digo que me habría gustado conocer a su abuela. Me

habría gustado conocer a la mujer cuyo nombre llevará mi hija. Ella me dice que su abuela me habría querido, y yo le digo que me encanta el nombre de Claire.

—¿Y si es niño? —le pregunto.

—Si es niño, eliges tú el nombre.

Le respondo que eso es mucha presión, que él tendrá que vivir con ese nombre durante toda su vida.

Ella dice:

—Pues más te vale elegir un buen nombre.

«Más me vale elegir un buen nombre.»

—Uno que tenga un significado especial para ti.

«Uno que tenga un significado especial para mí.»

Le digo que he encontrado el nombre perfecto.

Ella quiere saber cuál es, pero no se lo voy a decir. Le digo que lo sabrá cuando ya sea su nombre.

Después de que nazca.

Ella me dice que estoy loco y que se niega a dar a luz al bebé hasta que no sepa su nombre.

Me echo a reír y le recuerdo que no tiene elección.

Ella me repite que estoy loco.

«Te encanta que esté loco, Rachel.»

21
TATE

He trabajado todo el fin de semana, por lo que no he visto a Miles ni he hablado con él desde el jueves por la noche. Me repito constantemente que es mejor así, pero la verdad es que no lo parece, porque me estoy reconcomiendo. Hoy es lunes, el primero de tres días en que Corbin no estará por casa y Miles sí. Sé que él sabe que Corbin no está, pero, teniendo en cuenta cómo acabaron las cosas el jueves, dudo que le importe. Tenía la esperanza de que él me dijera si había hecho algo mal o que, al menos, me contara qué lo había disgustado tanto, pero lo último que supe de él fue el portazo que pegó al encerrarse en su habitación.

Ahora ya entiendo por qué llevaba seis años sin salir con nadie. Es evidente que no tiene ni idea de cómo tratar a una chica, lo que me sorprende, porque mi intuición me dice que es un buen tipo, un tipo decente. Sin embargo, sus actos durante el sexo y al acabar parecen contradecirse con su carácter. Es como si partes de la persona que solía ser se infiltraran en la persona que procura ser.

Si cualquier otro hombre me tratara como me trató él, no tendría ocasión de repetirlo. Yo no soy de las que soportan según qué cosas. Y, sin embargo, no dejo de buscarle excusas a su actitud, como si hubiera algo que pudiera justificar su comportamiento de la otra noche.

Mis temores aumentan cuando el corazón me da un brinco al salir del ascensor. Hay una nota pegada en mi puerta. Me acerco a toda prisa para leerla. No es más que un trozo de papel doblado, sin ninguna anotación por la parte de fuera. Lo abro y leo: «Tengo que hacer un recado. Me pasaré a las siete por si quieres acompañarme». Leo la nota varias veces. Es obvio que es suya y que va dirigida a mí, pero el tono es tan informal que, por un momento, llego a dudar de que el jueves sucediera lo que sucedió.

Pero él estaba allí y sabe cómo acabó la noche. Sabe que yo debo de estar enfadada o disgustada, aunque nada en la nota lo deja entrever.

Abro la puerta y entro en el apartamento antes de dejarme llevar por la rabia, porque podría acabar aporreándole la puerta para soltarle un par de gritos.

Dejo las cosas y leo la nota una vez más, diseccionándolo todo, desde la caligrafía hasta la selección de palabras. Arrugo la nota formando una bola y la lanzo en dirección a la cocina, furiosa.

Estoy furiosa porque sé que voy a ir con él.

Porque no sé cómo podría no hacerlo.

A las siete en punto llaman suavemente a la puerta. Su puntualidad me saca de quicio, sin ninguna razón aparente. No tengo nada en contra de la puntualidad, pero me da la sensación de que cualquier cosa que haga esta noche me va a tocar las narices.

Me dirijo a la puerta y abro.

Está en el pasillo, a un par de metros de distancia. Probablemente está más cerca de su puerta que de la mía. Cuando abro está cabizbajo, pero acaba por levantar la vista para mirarme a los ojos. Tiene las manos metidas en los bolsillos de la chaqueta y no acaba de alzar la cara del todo. Me lo tomo como un gesto de sumisión, aunque es muy posible que no lo sea.

—¿Quieres venir?

Su voz me invade, me debilita; vuelve a transformarme en líquido. Asintiendo, salgo al pasillo y cierro la puerta con llave antes de volverme hacia él. Miles señala con la cabeza en dirección a los ascensores, indicándome que pase delante y él me seguirá. Trato de leer lo que expresan sus ojos, pero ya debería saber que no voy a encontrar nada en ellos.

Me dirijo hacia el ascensor y pulso el botón de llamada.

Él se sitúa a mi lado, pero ninguno de los dos dice nada. El ascensor tarda lo que parecen años en llegar. Cuando al fin se abren las puertas, ambos soltamos un suspiro de alivio, pero, en cuanto entramos y las puertas se cierran, a los dos nos vuelve a faltar el aire.

Noto que me está mirando, pero no le devuelvo la mirada.

No puedo.

Me siento idiota. Vuelvo a tener ganas de llorar. Ahora que estoy aquí, sin tener ni idea de adónde nos dirigimos, me siento una idiota perdida por habérselo permitido.

—Lo siento —me dice en voz baja pero sorprendentemente sincera.

No lo miro ni le digo nada.

Él da tres pasos dentro del ascensor, alarga la mano y

presiona el botón de parada de emergencia que está a mi lado. Me observa sin apartar los dedos del botón, pero yo sigo con la mirada baja. Los ojos me quedan a la altura de su pecho, pero tengo los dientes apretados y me niego a mirarlo a los ojos.

No me da la gana.

—Tate, lo siento —repite.

Todavía no me ha tocado, pero hace rato que me está invadiendo. Está tan cerca de mí que noto su aliento, y lo noto a él, y me llega lo mucho que lo siente, pero es que ni siquiera sé qué se supone que debo perdonarle. Él nunca me prometió nada más que sexo, y eso es lo que me ha dado. Sexo. Nada menos y, definitivamente, nada más.

—Lo siento —vuelve a decirme—. No te lo merecías.

Esta vez me alza la barbilla para que lo mire a los ojos. Al notar el contacto de sus dedos, me tenso aún más. Estoy haciendo todo lo que está en mi mano para mantener en pie las barreras, porque cada vez me cuesta más contener las lágrimas.

Aquella cosa indefinible que vi en sus ojos mientras me besaba el jueves vuelve a estar ahí. Algo innombrable que desearía poder compartir conmigo, aunque lo único que sale de su boca son disculpas.

Se encoge como si estuviera experimentando dolor físico y apoya la frente en la mía.

—Lo siento.

Apoya las manos en la pared del ascensor y se inclina hacia mí hasta que nuestros pechos se tocan. Tengo los brazos pegados a los lados y los ojos cerrados. Por muchas ganas que tenga de llorar, me niego a hacerlo delante de él. Todavía no sé por qué se está disculpando, pero no importa demasiado, porque me da la sensación de que se está disculpando por todo. Por empezar algo conmigo que ambos sabíamos que no iba a acabar bien. Por no ser capaz de abrirse sobre su pasado. Por no ser capaz de abrirse sobre el futuro. Por destrozarme al entrar en su dormitorio y cerrar dando un portazo.

Me sujeta la cabeza con una mano y me atrae hacia él. Me apoya la otra mano en la espalda y aprieta, presionando la mejilla contra mi cabeza.

—No sé qué es esto, Tate —me confiesa—, pero te juro que no pretendía hacerte daño. Es que no sé qué coño estoy haciendo.

Su voz está tan cargada de arrepentimiento que me entran ganas de abrazarlo. Tantas que no puedo evitar subir los brazos, agarrarlo por las mangas de la camisa y hundir la cara en su pecho. Permanecemos así varios minutos, ambos igual de perdidos, igual de novatos en esto.

Totalmente confundidos.

En algún momento me suelta y aprieta el botón para seguir bajando. Permanezco en silencio, porque no sé qué se dice en estos casos. Cuando se abre la puerta del ascensor, me da la mano y vamos así hasta su coche. Me abre la puerta y espera a que entre. Luego cierra y se dirige al lado del conductor.

Es la primera vez que entro en su coche. Me sorprende lo sencillo que es. Corbin se gana bien la vida y le gusta gastarse el sueldo en cosas chulas.

Este coche, en cambio, es tan sobrio y discreto como Miles.

Sale del aparcamiento y circulamos en silencio durante

un rato. Harta del silencio, la curiosidad puede más que yo. Lo primero que le pregunto desde que me dejó destrozada el otro día es:

—¿Adónde vamos?

Es como si mi voz hiciera que la incomodidad se desintegrara de golpe, porque él suelta un suspiro de alivio.

—Al aeropuerto, pero no por trabajo. Voy de vez en cuando a ver despegar los aviones.

Alarga el brazo y me toma la mano. Es reconfortante; sin embargo, al mismo tiempo, me da miedo. Tiene las manos cálidas, y eso hace que desee que me abrace por completo, pero me asusta lo mucho que lo deseo.

El silencio vuelve a adueñarse del coche hasta que llegamos al aeropuerto. Hay carteles de ZONA RESTRINGIDA, pero él pasa como si supiera exactamente adónde se dirige. Finalmente nos detenemos en un aparcamiento con vistas a la pista de despegue.

Hay varios aviones alineados, esperando el momento de despegar. Cuando señala hacia la izquierda, miro hacia allí y veo que uno de los aviones empieza a acelerar. El coche se llena con el sonido de los motores mientras pasa ante nosotros como una exhalación. Ambos contemplamos cómo se eleva hasta que guarda el tren de aterrizaje y el avión se pierde en la noche.

—¿Vienes mucho por aquí? —le pregunto sin dejar de mirar por la ventanilla.

Él se echa a reír. Su risa es tan franca que me vuelvo hacia él.

—Parece que quieras ligar conmigo —comenta sonriendo. Su sonrisa me hace sonreír. Él baja la vista hacia mi boca y mi sonrisa hace que la suya desaparezca—. Sí, vengo a menudo —responde, y vuelve a mirar por la ventanilla mientras el siguiente avión se dispone a despegar.

En ese momento me doy cuenta de que las cosas no son iguales entre nosotros. Algo trascendente ha cambiado, aunque no sé si eso es bueno o malo. Me ha traído aquí porque quiere hablar.

Lo que no sé es sobre qué quiere que hablemos.

—Miles —lo llamo, porque quiero que vuelva a mirarme, pero no lo hace.

—No es divertido —dice en voz baja—. Esto que estamos haciendo.

No me gusta esta frase. Quiero que la retire, porque siento que me está apartando de su vida, pero tiene razón.

—Lo sé.

—Si no paramos, cada vez será peor.

Esta vez no le doy la razón en voz alta. Sé que la tiene, pero no quiero que paremos. La idea de no volver a estar con él hace que sienta un vacío en el estómago.

—¿Qué hice para que te disgustaras tanto?

Cuando nuestros ojos se encuentran, apenas los reconozco, porque ha alzado una barrera de hielo tras ellos.

—Fue culpa mía, Tate —me asegura en tono firme—. Nada de lo que hagas o digas es la causa de mis problemas. Que ni se te pase por la cabeza.

Su respuesta me tranquiliza un poco, pero sigo sin saber qué le pasó. Permanecemos mirándonos, esperando a que sea el otro quien rompa el silencio.

No tengo ni idea de qué le sucedió en el pasado, pero debe de haber sido bastante duro si no ha logrado superarlo seis años después.

—Actúas como si fuera algo malo que nos gustemos.

—Tal vez lo sea.

No quiero que siga hablando, porque todo lo que dice me causa más dolor y no me aclara nada. Cada vez estoy más confundida.

—Entonces ¿me has traído aquí para cortar conmigo?

Él suspira hondo.

—Quería que tuviéramos algo divertido, pero... creo que tus expectativas son algo distintas a las mías. No quiero hacerte daño, y si seguimos con esto..., te lo haré. —Vuelve a mirar por la ventanilla.

Quiero golpear algo, pero, en vez de eso, me froto la cara con ambas manos, frustrada, y dejo caer la espalda a plomo sobre el respaldo. Nunca había conocido a nadie que dijera tan poco al hablar. Es un maestro en el arte de las evasivas.

—Tienes que darme algo más que eso, Miles. ¿Una explicación, si no es mucho pedir? ¿Qué demonios te pasó?

Aprieta los dientes con tanta fuerza como las manos que agarran el volante.

—Te pedí dos cosas: que no me preguntaras por el pasado y que no esperaras un futuro. Estás haciendo las dos cosas.

Asiento con la cabeza.

—Sí, Miles. Tienes razón. Lo estoy haciendo. Porque me gustas, y sé que te gusto, y cuando estamos juntos es fantástico, y eso es lo que hace la gente normal. Cuando encuentran a alguien con quien son compatibles, se abren a esa persona y los dejan entrar en su vida porque quieren estar con ellos. No se los follan contra la mesa de la cocina y luego desaparecen haciéndolos sentir como una mierda.

Nada.

No me da nada. Ningún tipo de reacción.

Mira hacia delante y pone el coche en marcha.

—Tenías razón —dice al fin. Mete la marcha atrás y se dispone a salir del aparcamiento—. Menos mal que no éramos amigos antes de empezar con esto. Habría sido todo mucho más difícil.

Aparto la mirada porque me da vergüenza admitir lo furiosa que me han puesto sus palabras. Me da vergüenza que me duela tanto, aunque con Miles todo duele. Me duele porque sé lo bien que lo pasamos juntos y sé con qué facilidad los malos momentos desaparecerían si él dejara de resistirse a lo nuestro.

—Tate —me llama en tono arrepentido, pero yo quiero arrancarle la voz del cuello. Detiene el coche y me apoya la mano en el hombro—. Tate, no lo he dicho en serio.

Le aparto la mano con brusquedad.

—Para. Admite que me quieres para algo más que el sexo o llévame a casa.

Él guarda silencio. Tal vez se esté planteando mi ultimátum.

«Admítelo, Miles. Admítelo. Por favor.»

El coche vuelve a arrancar.

—¿Qué esperabas que ocurriera? —me pregunta Cap pasándome otro pañuelo de papel.

Cuando Miles y yo hemos llegado al edificio, la idea de subir en el ascensor con él me ha resultado insoportable, por lo que me he sentado junto a Cap y he dejado que subiera solo. A diferencia de la coraza que me pongo para hablar con Miles, me rompo en mil pedazos mientras se lo cuento todo a Cap con pelos y señales, le interese o no.

Me sueno la nariz y dejo caer el pañuelo de papel en la montaña que se ha formado a mis pies.

—Me estaba engañando a mí misma —admito—. Pensaba que, si le daba un poco de tiempo, él acabaría por cambiar de opinión.

Cap coge la papelera que tiene al lado y la coloca entre los dos para que tenga un sitio donde tirar los pañuelos.

—Si ese chico no es capaz de valorar lo que podría tener contigo, no se merece que le dediques tu tiempo.

Asiento con la cabeza, porque no puedo estar más de acuerdo. Tengo cosas mucho más importantes que hacer con mi tiempo, pero, por alguna extraña razón, siento que Miles se da cuenta de lo bueno que es lo que tenemos. Siento que desearía que lo nuestro funcionara, pero que hay algo, por encima de él, de mí o de nosotros, que le impide lanzarse. Ojalá supiera de qué se trata.

—¿Te he contado mi chiste favorito? —me pregunta Cap.

Niego con la cabeza y cojo otro pañuelo de la caja que sostiene en las manos, aliviada por el cambio de tema.

—Toc, toc —dice.

No me esperaba que su chiste favorito fuera de este tipo, pero le sigo la corriente.

—¿Quién es?

—La vaca que interrumpe.

—¿La vaca que...?

—¡MUUUU! —me interrumpe gritando.

Me lo quedo mirando.

Y me echo a reír.

Hacía tiempo que no me reía con tantas ganas.

22
MILES

Seis años atrás

Mi padre me dice que tiene que hablar con nosotros. Me pide que avise a Rachel y que nos reunamos con él y con Lisa en el comedor. Le digo que vale, que nosotros también tenemos que contarles algo.

Veo un destello de curiosidad en sus ojos, pero desaparece enseguida; es pensar en Lisa y la curiosidad desaparece.

Lisa es su todo.

Voy a la habitación de Rachel y le digo a mi todo que quieren hablar con nosotros.

Los cuatro nos sentamos a la mesa del comedor.

Sé lo que va a decir. Nos va a anunciar que le ha pedido que se case con él. No quiero que me importe, pero me importa. Me pregunto por qué no me lo ha consultado primero. Me entristece, aunque solo un poco. No tendrá ninguna importancia después de que les contemos lo que les hemos de contar.

—Le pedí a Lisa que se casara conmigo —dice mi padre.

Lisa le sonríe y él le devuelve la sonrisa.

Rachel y yo no sonreímos.

—Y nos casamos —añade Lisa enseñándonos el anillo.

Y.

Nos.

Casamos.

Rachel contiene el aliento.

«Se han casado ya.»

Se les ve felices.

Nos están mirando, esperan una reacción.

Lisa está preocupada. No le gusta ver a Rachel tan disgustada.

—Cariño, fue un impulso; nos dejamos llevar. Estábamos en Las Vegas y ninguno de los dos quería una gran boda. Por favor, no te enfades.

Rachel se tapa la cara con las manos y se echa a llorar. Le rodeo la espalda con un brazo para darle fuerzas. Me gustaría besarla para consolarla, pero mi padre y Lisa no lo entenderían.

Tengo que explicárselo.

Mi padre parece confundido por la reacción de Rachel.

—No pensaba que os fuera a importar —dice—. Los dos os marcharéis a la universidad dentro de un par de meses.

Cree que estamos enfadados con ellos.

—¿Papá? —Sigo abrazando a Rachel—. ¿Lisa?

Los miro a los dos.

Y les destrozo el día.

Lo destrozo.

—Rachel está embarazada.

Silencio.

Silencio.

Silencio.

SILENCIO ENSORDECEDOR.

Lisa está en shock.

Mi padre consuela a Lisa. La ha abrazado y le está acariciando la espalda.

—Pero si ni siquiera tienes novio —dice Lisa.

Rachel me mira.

Mi padre se levanta. Está enfadado.

—¿Quién es el responsable? —grita mirándome—. Dime quién es, Miles. ¿Qué tipo de hombre deja embarazada a una chica y no tiene las pelotas de estar a su lado para contárselo a su madre? ¿Qué tipo de hombre deja que sea el hermano de la chica quien lo comunique?

—No soy su hermano —le recuerdo.

«No lo soy.»

Él me ignora. Ha entrado en la cocina y la está recorriendo arriba y abajo. Odia a la persona que le ha hecho esto a Rachel.

—Papá. —Me levanto.

Él deja de caminar y se vuelve a mirarme.

—Papá.

De repente, la convicción que sentía al sentarme a la mesa me abandona.

«Lo tengo todo controlado.»

—Papá, he sido yo. Yo la he dejado embarazada.

No le resulta fácil digerir mis palabras.

Lisa alterna la mirada entre Rachel y yo. Ella tampoco es capaz de asimilarlo.

—No es posible. —Mi padre trata de apartar las sospechas que le dicen que es posible.

Le doy más tiempo para procesarlo.

Su expresión pasa de la confusión a la furia. Me mira como si ya no fuera su hijo. Me mira como al tipo que acaba de hacerle un bombo a su nueva hijastra.

Me odia.

Me odia.

Me odia de verdad.

—Vete de esta casa.

Miro a Rachel. Ella me coge la mano y niega con la cabeza, rogándome en silencio que no la abandone.

—Lárgate —insiste mi padre.

«Me odia.»

Le digo a Rachel que tengo que irme.

—Por un tiempo.

Ella me ruega que no me vaya.

Mi padre rodea la mesa y me empuja en dirección a la puerta. Suelto la mano de Rachel.

—Estaré en casa de Ian. Te quiero.

Mis palabras son la gota que colma el vaso de la paciencia de mi padre, que me da un puñetazo, aunque luego parece tan sorprendido como yo por lo que ha hecho.

Salgo a la calle y él cierra de un portazo.

Mi padre me odia.

Me dirijo a mi coche y abro la puerta. Me siento al volante, pero no enciendo el motor. Me miro en el retrovisor y veo que me sangra el labio.

Odio a mi padre.

Salgo del coche y esta vez el portazo lo doy yo. Vuelvo a entrar en casa y mi padre se acerca a la puerta a toda prisa.

Levanto las manos. No quiero tener que pegarle, pero lo haré. Si vuelve a tocarme, lo haré.

Rachel ya no está en la mesa.

Rachel está en su habitación.

—Lo siento —me disculpo ante los dos—. No queríamos que pasara, pero ha pasado y ahora hemos de asumir las consecuencias.

Lisa está llorando. Mi padre la abraza.

—La quiero —le digo a Lisa—. Estoy enamorado de tu hija. Los cuidaré a los dos.

«Lo tenemos todo controlado.»

Lisa ni siquiera puede mirarme a la cara.

Ambos me odian.

—Lo nuestro empezó antes de conocerte, Lisa. La conocí antes de saber que salías con mi padre. Y tratamos de impedirlo.

«Eso no es del todo cierto.»

Mi padre da un paso adelante.

—¿Todo este tiempo? ¿Ha estado pasando durante todo el tiempo que ha vivido aquí?

Niego con la cabeza.

—Empezó antes de que se mudaran aquí.

Ahora me odia todavía más. Quiere volver a golpearme, pero Lisa tira de él. Le dice que buscarán una solución. Que pueden «ocuparse del problema». Le dice que todo saldrá bien.

—Es demasiado tarde —le digo a Lisa—. El embarazo está demasiado avanzado.

Sin darle la oportunidad a mi padre para que vuelva a pegarme, desaparezco a toda prisa por el pasillo, me meto en la habitación de Rachel y echo el pestillo.

Ella corre hacia mí, me echa los brazos al cuello y llora con la cara hundida en mi pecho.

—Bueno, lo más duro ya ha pasado.

A ella se le escapa la risa, aunque no deja de llorar. Me

dice que lo más duro no ha llegado todavía, que lo más duro será sacarlo.

Me echo a reír.

«Te quiero tanto, Rachel.»

—Te quiero tanto, Miles —susurra.

23
TATE

«Te echo tanto de menos, Miles.»

Por pensamientos como este estoy así, ahogando las penas en chocolate. Han pasado tres semanas desde que me trajo a casa. Hace tres semanas que no le veo el pelo. Las Navidades, tal como llegaron, se fueron, pero apenas me di cuenta porque me las pasé trabajando. Ha habido dos jueves de partido, pero Miles no se presentó ninguno de los dos días. La Nochevieja, tal como llegó, se fue, y ya han empezado las clases del nuevo semestre.

«Y Tate sigue echando de menos a Miles.»

Recojo las pepitas de chocolate y la leche chocolateada y lo llevo todo a la cocina para ocultarlo de la vista de la persona que está llamando a la puerta.

Sé que no es Miles, porque los que llaman así a la puerta son Chad y Tarryn. Son los únicos amigos que he hecho aquí, porque estoy demasiado ocupada para hacer amigos. De hecho, si somos amigos es porque estamos en el mismo grupo de estudio.

Y esa es la razón por la que están llamando a la puerta.

Al abrir, veo a Chad en la puerta..., sin Tarryn.

—¿Dónde está Tarryn?

—La han llamado para una suplencia. No puede venir.

Abro un poco más la puerta para dejarlo entrar. En cuanto pisa el umbral, Miles abre la puerta de su casa. Cuando nuestros ojos se cruzan, se queda inmóvil.

Me mantiene presa de su mirada varios segundos, hasta que finalmente la desliza por encima de mi hombro y va a aterrizar sobre Chad.

Me vuelvo hacia Chad, que me devuelve la mirada y alza una ceja.

Al parecer, se da cuenta de que pasa algo, porque se retira respetuosamente hacia el interior del piso.

—Te espero en tu habitación, Tate.

Es muy amable por parte de Chad darme intimidad para que pueda charlar con el vecino de enfrente. Sin embargo, creo que a Miles no le ha parecido lo bastante respetuoso que anunciara que me esperará en la habitación, porque vuelve a meterse en su casa y baja los ojos al suelo antes de cerrar la puerta.

Su expresión me hace sentir punzadas de culpabilidad en el estómago. Tengo que recordarme que fue él quien eligió esto. No tengo por qué sentirme culpable de nada, y da igual si está malinterpretando la situación.

Cierro la puerta y me reúno con Chad en mi cuarto. El discurso silencioso que acabo de soltarme no me ha liberado de la culpabilidad. Me siento en la cama y él ocupa el escritorio.

—Qué mal rollo, ¿no? —comenta—. Me da un poco de miedo salir de tu casa ahora.

Niego con la cabeza.

—No te preocupes por Miles. Tiene problemas, pero ya no son cosa mía.

Chad asiente y no me hace más preguntas. Apoya los

pies en la cama, abre la guía de estudio y se la coloca sobre el regazo.

—Tarryn ya ha tomado las notas del capítulo dos. Si tú te encargas del tres, yo me pondré con el cuatro.

—Venga.

Me echo hacia atrás para apoyar la espalda en la almohada y me paso la hora siguiente tomando notas sobre el capítulo tres, aunque no sé cómo logro concentrarme, porque en lo único que puedo pensar es en la expresión de Miles justo antes de cerrar la puerta. No ha podido ocultar que le he hecho daño.

Supongo que ahora estamos empatados.

Después de intercambiar notas y de responder a las preguntas que hay al final de cada capítulo, hago copias en la impresora. Me doy cuenta de que dividirse tres capítulos entre tres y compartir las respuestas es hacer trampa, pero ¿a quién demonios le importa? Nunca he pretendido ser perfecta.

Cuando terminamos, acompaño a Chad a la puerta. Noto que sigue un poco nervioso por la mirada que le ha dirigido Miles antes, así que espero a que entre en el ascensor para cerrar. Para ser sincera, yo también estaba un poco preocupada por él.

Me dirijo a la cocina y me preparo algo con las sobras de la nevera. No tiene sentido cocinar, ya que Corbin volverá tarde. Ni siquiera he terminado de llenar el plato cuando alguien llama a la puerta y entra sin esperar respuesta.

Miles es el único que entra así.

«Cálmate.»

«Cálmate, cálmate, cálmate.»

«¡Que te calmes, Tate!»

—¿Quién era? —pregunta Miles a mi espalda.

No me doy la vuelta. Sigo preparándome el plato como si su presencia después de semanas de silencio no me estuviera provocando una tormenta de emociones. Y entre todas destaca una: el enfado.

—Va a mi clase —respondo—. Estábamos estudiando.

Siento cómo se relaja, aunque ni siquiera lo veo.

—¿Durante tres horas?

Esta vez sí que me vuelvo hacia él, pero los insultos que quiero gritarle se me atascan en la garganta cuando lo veo. Se ha detenido en la puerta de la cocina y sujeta el marco por encima de su cabeza. Noto que lleva unos días sin trabajar, por la barba incipiente. Va descalzo y, al subir los brazos, ha dejado al descubierto la uve de su vientre.

Primero me lo como con los ojos.

Y luego le suelto cuatro gritos.

—Si quiero follarme a un tío en mi habitación durante tres horas, ¡ole yo! No tienes ningún derecho a opinar sobre lo que hago o dejo de hacer. Eres un capullo, con problemas serios, y no me apetece formar parte de ellos.

Estoy mintiendo. Sigo queriendo ser parte de sus problemas. Quiero sumergirme en sus problemas hasta convertirme en ellos, pero se supone que soy una mujer independiente y decidida que no se viene abajo porque le guste un tío.

Tiene los ojos entornados, y respira hondo y entrecortadamente. Deja caer los brazos, se acerca rápido a mí y me toma la cara entre las manos, forzándome a mirarlo a los ojos.

Me está dirigiendo una mirada frenética. Saber que tiene miedo de que haya pasado página me hace sentir bien, demasiado bien. Tarda varios segundos en hablar, tiempo que dedica a examinarme la cara. Cuando me acaricia las mejillas ligeramente con los pulgares, sus manos me hacen sentir protegida, me hacen sentir bien. Odio admitir que quiero que me toquen por todas partes. No me gusta la persona en la que me convierto cuando estoy con él.

—¿Te acuestas con él? —Me mira a los ojos buscando la verdad en ellos.

«No es asunto tuyo, Miles», pienso.

—No.

—¿Os habéis besado?

«Sigue sin ser asunto tuyo, Miles.»

—No.

Él cierra los ojos y suspira aliviado. Apoya las manos en la encimera, rodeándome, y apoya la frente en mi hombro.

No me hace más preguntas.

Está sufriendo, pero no sé qué hacer con su sufrimiento.

Él es el único que puede cambiar esta dinámica y, que yo sepa, no está dispuesto a hacerlo.

—Tate —susurra con la voz cargada de dolor. Vuelve la cara hacia mi cuello y me agarra de la cintura con una mano—. Maldita sea, Tate. —Me sujeta la nuca con la otra mano y me apoya los labios en el cuello—. ¿Qué hago? —susurra—. ¿Qué demonios hago?

Cierro los ojos con fuerza, porque la confusión y el dolor que empañan su voz me resultan insoportables. Niego con la cabeza, porque no sé cómo responder a una pregunta que ni siquiera entiendo. Y también lo hago porque no sé cómo apartarlo de mí físicamente.

Cuando me besa justo debajo de la oreja quiero atraerlo hacia mí, pero también empujarlo con todas mis fuerzas. Su boca no deja de moverse sobre mi piel y no puedo evitar ladear el cuello, poniendo a su disposición más zonas de mi cuerpo. Enreda los dedos en mi pelo y me sujeta la cabeza para inmovilizarla. Con los labios pegados a mi boca, me dice:

—Échame. Dime que me vaya. —Su voz es una súplica cálida, pegada a mi cuello—. No necesitas pasar por esto. —Sigue besándome, ascendiendo por el cuello, pausando para respirar solo cuando habla—. No sé cómo dejar de desearte. Dime que me vaya y me iré.

Pero no se lo pido. Negando con la cabeza, admito:

—No puedo.

Vuelvo la cara hacia él justo cuando llega a la altura de mi boca. Lo agarro por la camiseta y tiro de él, muy consciente de lo que me estoy haciendo. Sé que las cosas no acabarán de un modo más bonito al de las veces anteriores, pero sigo deseándolo con las mismas ganas.

O más.

Se detiene y me mira fijamente a los ojos.

—Esto es todo lo que puedo darte —me advierte susurrando—. No puedo darte más. No puedo.

Lo odio por decírmelo, pero al mismo tiempo lo respeto.

Reacciono tirando de él hasta que nuestros labios se encuentran. Abrimos la boca a la vez y nos devoramos por completo. Nos aferramos de manera desesperada, gimiendo, hundiendo los dedos en la piel del otro.

«Es sexo», me recuerdo. Solo sexo; nada más. No piensa entregarme ninguna otra parte de él.

Puedo repetírmelo las veces que haga falta, pero da igual, porque pienso aceptar, recibir, tomar todo lo que quiera darme. Atenta a cada sonido que sale de su boca y a cada caricia, trato de convencerme de que me está dando más de lo que en realidad me ofrece.

Soy una idiota.

Pero al menos soy consciente de serlo.

Le desabrocho los vaqueros y él me desabrocha el sujetador. Mi camiseta va a parar al suelo antes de llegar al dormitorio. Sin romper el beso, cierra la puerta y me arranca el sujetador.

Me tumba sobre la cama de un empujón y me quita los vaqueros. Luego se levanta para quitarse los suyos.

Es una carrera.

Somos Miles y yo contra todo.

Estamos tratando de dejar atrás nuestras respectivas conciencias, el orgullo, el respeto, la verdad. Está tratando de clavarse en mí antes de que cualquiera de esas cosas nos alcance.

En cuanto regresa a la cama se cierne sobre mí, se tumba sobre mí, penetra en mí.

«Hemos ganado.»

Su boca se reúne con la mía, pero no hace nada. No me besa. Nuestros labios se tocan, los alientos chocan y las miradas se encuentran, pero no nos besamos.

Lo que nuestras bocas están haciendo es algo más que un beso. Cada vez que se clava en mí, sus labios se deslizan sobre los míos, mientras su mirada se vuelve cada vez más hambrienta, pero no me besa.

Un beso es algo mucho más fácil que lo que estamos haciendo. Al besar puedes cerrar los ojos y cancelar los pensamientos. Puedes borrar el dolor, las dudas, la vergüenza. Cuando cierras los ojos durante un beso, te proteges de la vulnerabilidad.

Pero nosotros no nos estamos protegiendo.

Esto es una lucha, un combate, un duelo cara a cara. Una provocación por ambas partes. «Te reto a que detengas esto», gritamos los dos en silencio.

Sus ojos permanecen clavados en los míos mientras entra y sale de mí. Con cada embestida oigo las palabras que me dijo hace unas pocas semanas.

«Es fácil confundir los sentimientos y las emociones con algo que no es, especialmente cuando se establece contacto visual.»

Ahora entiendo a qué se refería. Lo entiendo tan bien que casi desearía que cerrara los ojos, porque lo más probable es que no esté sintiendo lo que sus ojos me muestran ahora mismo.

—Cómo me gusta sentirte así —susurra.

Sus palabras caen en mi boca haciéndome gemir. Desliza la mano entre los dos y aplica presión de un modo que, normalmente, me haría echar la cabeza hacia atrás y me obligaría a cerrar los ojos.

Pero esta vez no. Esta vez no pienso retirarme de la lucha. Sobre todo porque él sigue mirándome a los ojos, desafiando sus propias palabras.

Y, aunque me niego a rendirme, le dejo saber que me gusta lo que está haciendo. No tengo demasiada elección, ya que, a estas alturas, he perdido el control sobre mi voz. Se ha apoderado de ella una chica que piensa que desea lo que Miles le está dando.

—No pares —dice mi voz, más poseída a cada segundo.

—No tenía intención de hacerlo.

Él aumenta la presión, tanto por dentro como por fuera. Me agarra la pierna por la rodilla y la levanta, colocándola entre nuestros torsos y encontrando así un ángulo levemente diferente desde el que penetrarme. Sostiene mi pierna, anclándola a su hombro, y logra clavarse todavía más profundamente en mí.

—Miles. Oh, Dios —gimo nombrándolos a él y a Dios, e incluso un par de veces a Jesucristo.

Empiezo a estremecerme. No sé cuál de los dos se ha rendido primero, pero el caso es que nos estamos besando, y nuestros besos son tan poco delicados y tan profundos como sus embestidas.

Él grita.

«Yo grito más.»

Yo tiemblo.

«Él tiembla más.»

Él se ha quedado sin aliento.

«Ya respiro yo por los dos.»

Se clava en mí por última vez y me mantiene firmemente sujeta con su peso.

—Tate —gime mi nombre contra mi boca mientras se recupera de los temblores—. Joder, Tate. —Tras retirarse de mí lentamente, apoya la mejilla en mi pecho—. Qué bueno es esto. Esto, nosotros, jodidamente bueno.

—Lo sé.

Se coloca de lado, pero sigue cubriéndome con un brazo. Permanecemos un rato tumbados en silencio.

Yo, sin querer admitir que acaba de utilizarme una vez más.

Él, sin querer admitir que ha sido más que sexo.

Ambos mintiéndonos a nosotros mismos.

—¿Dónde está Corbin?

—Vendrá más tarde.

Él alza la cabeza y me mira con el ceño fruncido.

—Debería marcharme. —Se levanta y se pone los vaqueros—. ¿Quieres venir luego a casa?

Asiento con la cabeza mientras me incorporo para ponerme los vaqueros.

—¿Me recoges la camiseta de la cocina? —le pido.

Me pongo el sujetador mientras él abre la puerta, pero no sale; se queda parado en el quicio. Está mirando a alguien.

Mierda.

No necesito verlo para saber que se trata de Corbin. Corro hacia la puerta para detener lo que pueda pasar. Al abrirla del todo, veo a Corbin en la puerta de su habitación, al otro lado del pasillo, fulminando a Miles con la mirada.

Doy el primer paso.

—Corbin, antes de que digas nada...

Él alza la mano para hacerme callar. Baja la vista un instante hacia mi sujetador y hace una mueca, como si hubiera estado deseando que lo que ha oído no hubiera pasado en realidad. Aparta la mirada y yo me cubro inmediatamente, avergonzada al saber que nos ha oído. Cuando mira a Miles, veo en sus ojos una mezcla de furia y decepción.

—¿Desde cuándo?

—No respondas, Miles —le pido.

Solo quiero que se vaya. Corbin no tiene derecho a interrogarlo así; es ridículo.

—Un tiempo —responde él avergonzado.

Corbin asiente lentamente, asimilándolo.

—¿La amas?

Miles y yo nos miramos, y luego él se vuelve hacia Corbin, como si estuviera tratando de decidir a cuál de los dos quiere complacer con su respuesta.

Cuando niega despacio con la cabeza, estoy segura de que no nos complace a ninguno de los dos.

—¿Al menos tienes planes de hacerlo algún día? —insiste Corbin.

Yo sigo observando a Miles, como si acabaran de preguntarle cuál es el sentido de la vida. Creo que su respuesta me importa mucho más a mí que a Corbin.

Miles suspira y vuelve a negar con la cabeza.

—No —susurra.

«No.»

Amarme ni siquiera entra en sus planes.

Sabía que esa sería su respuesta; me lo esperaba, pero me duele igual. Me duele muchísimo. Y el hecho de que no sea capaz de mentir ni siquiera por ahorrarle el disgusto a Corbin me demuestra que no se trata de ningún juego.

Miles es así. No es capaz de amar, al menos ya no lo es ahora.

Corbin agarra el marco de la puerta, apoya la frente en el brazo e inspira hondo para tranquilizarse. Cuando vuelve a alzar el rostro, sus ojos parecen flechas dirigidas contra una diana. Nunca había visto a Corbin tan enfadado.

—Así que, simplemente, te has follado a mi hermana.

Pensaba que Miles retrocedería por el impacto de las palabras de Corbin, pero lo que hace es dar un paso hacia él.

—Corbin, es una mujer adulta.

Mi hermano avanza con brusquedad hacia él.

—Largo.

Miles me dirige una mirada de disculpa, cargada de arrepentimiento. No sé si lo siente por mí o por Corbin. De todas formas obedece la orden de mi hermano.

Se marcha.

Yo sigo en el quicio de la puerta de mi dormitorio, mirando a Corbin como si tuviera ganas de cruzar el pasillo volando y derribarlo de un golpe.

Él me devuelve la mirada, firme como su postura.

—No eres una compañera de piso ni una colega, Tate, así que no te atrevas a decirme que no tengo derecho a cabrearme. —Se mete en su habitación y cierra de un portazo.

Pestañeo deprisa, tratando de controlar las lágrimas de rabia que me provoca Corbin, las lágrimas de dolor que me ha causado Miles y las de vergüenza que me he provocado yo misma con mis decisiones egoístas. Me niego a llorar delante de ninguno de ellos.

Me dirijo a la cocina, recojo la camiseta, me la pongo y voy directamente a la puerta. Cruzo el pasillo, llamo a la puerta y Miles me abre de inmediato. Mira tras de mí, como si esperara ver a Corbin siguiéndome. Al no verlo, se echa a un lado y me deja entrar.

—Se le pasará —le digo cuando cierra la puerta.

—Lo sé —responde en voz baja—, pero no será lo mismo.

Miles se dirige al salón y se sienta en el sofá, por lo que lo sigo y me siento a su lado. No se me ocurren palabras de consuelo, porque tiene razón. Lo más probable es que las cosas entre ellos no vuelvan a ser como eran nunca más.

Me siento como una mierda por ser la causa de su distanciamiento.

Miles suspira, se lleva mi mano al regazo y entrelaza nuestros dedos.

—Tate, lo siento.

Lo miro a los ojos y él alza la cara para devolverme la mirada.

—¿El qué?

No sé por qué finjo no saber a qué se está refiriendo cuando sé con exactitud a qué se refiere.

—Cuando Corbin me ha preguntado si tenía previsto amarte —especifica—, siento no haber podido decirle que sí, pero no quería mentiros a ninguno de los dos.

Niego con la cabeza.

—Siempre has sido honesto sobre lo que quieres de mí, Miles. No puedo enfadarme contigo por eso.

Él inspira hondo, se levanta y empieza a recorrer el salón de un lado a otro. Yo permanezco en el sofá y lo observo mientras se esfuerza por poner en orden sus pensamientos. Por fin se detiene y une las manos en la nuca.

—No tenía ningún derecho a interrogarte sobre ese tipo. No dejo que tú me preguntes por mi vida, por lo que no tengo derecho a preguntarte por la tuya.

«Eso no pienso discutírselo.»

—Pero no sé cómo gestionar esto que tenemos. —Al ver que se acerca a mí, me levanto. Él me abraza por los hombros y me pega a su pecho—. No sé expresarlo de manera sencilla o educada, pero lo que le he dicho a Corbin es la verdad. Nunca volveré a amar a nadie, no me sale a cuenta. Pero siento que estoy siendo injusto contigo. Sé que te confundo y que te he hecho daño, y lo siento. Me gusta estar contigo, pero cada vez que estamos juntos temo que te hagas una idea equivocada, que veas más de lo que en realidad hay.

Sé que debería estar reaccionando de alguna manera a todo lo que me ha dicho, pero sigo procesando sus palabras. Cada una de sus advertencias debería ser una bandera roja, sobre todo si las uno a su admisión de que no tiene ninguna intención de amarme ni de mantener una relación conmigo, pero no se levanta ninguna bandera roja. La que se iza es la verde.

—¿Soy yo en concreto a la que no quieres amar o es el amor en general lo que no quieres experimentar?

Él me aparta de su pecho para poder mirarme a los ojos mientras me responde.

—Es el amor en general lo que no quiero, Tate. Ni ahora ni nunca. Tú en concreto eres lo que... deseo.

Me enamoro, me desenamoro y me vuelvo a enamorar de su respuesta.

Estoy bien jodida. Todo lo que sale de su boca debería hacerme huir de él, lo más lejos posible, pero lo único que me apetece es abrazarlo y ofrecerle que tome de mí cuanto quiera. Le estoy mintiendo y me estoy mintiendo a mí misma, lo que no nos hace bien a ninguno de los dos, pero no puedo evitar decir lo que digo a continuación:

—Por mí no hay problema siempre y cuando simplifiquemos las cosas. ¿Lo que hiciste aquel día de largarte y dar un portazo? Eso no es simplificar las cosas, Miles. Eso las complica.

Él asiente, dándole vueltas a lo que he dicho.

—Sencillo —repite paladeando la palabra—. Si tú puedes hacerlo, yo también.

—Bien. Y si se nos hace duro a cualquiera de los dos, lo dejamos definitivamente.

—No me preocupa que sea demasiado duro para mí. Me preocupas tú.

«Pues ya somos dos, Miles. Pero deseo demasiado compartir el aquí y ahora contigo; mucho más de lo que me preocupan las consecuencias.»

Con esa idea en la cabeza, de pronto se me ocurre cuál es mi regla. Él puso sus reglas desde el principio para protegerse de la vulnerabilidad y yo he estado pagando las consecuencias.

—Creo que ya sé cuál es mi única regla —comento. Él me mira, alzando una ceja, y aguarda a que siga hablando—. No me des falsas esperanzas de futuro. Sobre todo si tienes tan claro que nunca lo compartiremos.

Él se tensa de inmediato.

—¿He hecho eso? —me pregunta genuinamente preocupado—. ¿Te he dado falsas esperanzas en algún momento?

«Sí. Hace media hora, cuando me has mirado a los ojos durante todo el rato que has estado dentro de mí.»

—No —me apresuro a responder—. Solo te pido que te asegures de no hacer ni decir nada que pueda llevarme a engaño. Siempre y cuando los dos tengamos claro lo que estamos haciendo, creo que estaremos bien.

Él me examina en silencio durante un rato mientras evalúa mis palabras.

—No sabría decir si eres muy madura para tu edad o si eres experta en engañarte a ti misma.

Me encojo de hombros, guardándome mis engañosas ilusiones en lo más hondo del pecho.

—Una enfermiza mezcla de las dos, estoy casi segura.

Me da un beso en la sien.

—Esto va a sonar muy chungo, pero te prometo que no te daré falsas esperanzas sobre nosotros, Tate.

Mi corazón frunce el ceño al oírlo, pero mi cara se obliga a sonreír.

—Bien. Tienes graves problemas que me asustan un poco. Si te soy sincera, preferiría enamorarme algún día de alguien más estable a nivel emocional.

Él se echa a reír, probablemente porque sabe que las posibilidades de encontrar a alguien que tolere este tipo de relación, si es que se le puede llamar así, son escasas. Y da la casualidad que la única chica que acepta sus condiciones acaba de mudarse al piso de enfrente. Y a él le gusta esa chica.

«Te gusto, Miles Archer.»

—Corbin se ha enterado —digo al sentarme en el que se ha convertido en mi asiento habitual junto a Cap.

—Oh, oh —comenta—. Y el chico..., ¿sigue con vida?

Asiento con la cabeza.

—De momento sí, aunque no sé hasta cuándo.

Se abren las puertas de la calle y veo que entra Dillon. Se quita un sombrero de la cabeza y sacude las gotas de lluvia mientras se dirige al ascensor.

—A veces desearía que los aviones que envío hacia el cielo se estrellaran —comenta Cap mirando a Dillon.

Sospecho que a Cap tampoco le cae bien Dillon. Empiezo a sentirme mal por él.

Él nos ve justo antes de llegar a los ascensores. Cap se

está dirigiendo hacia los botones para llamar al ascensor, pero Dillon los alcanza antes que él.

—Soy perfectamente capaz de llamar al ascensor yo solo, anciano.

Recuerdo con vaguedad haber sentido lástima de Dillon hace unos diez segundos, pero ya no queda nada de esa lástima.

Dillon me mira y me guiña el ojo.

—¿Qué haces, Tate?

—Lavando elefantes —le respondo muy seria.

Él me dirige una mirada confundida, sin entender por qué le he dado una respuesta tan peregrina.

—Si no quieres una respuesta sarcástica, no hagas preguntas tontas —le dice Cap.

Las puertas se abren y Dillon pone los ojos en blanco antes de entrar en el ascensor.

Cap me mira y sonríe. Levanta una mano y yo le choco los cinco.

24
MILES

Seis años atrás

—¿Por qué es todo amarillo? —Mi padre está en la puerta de la habitación de Rachel, mirando las pocas cosas de bebé que hemos comprado desde que él se enteró del embarazo—. Parece que Paco Pico acabe de vomitar aquí.

Rachel se echa a reír. Está en el baño, dándose los últimos retoques al maquillaje. Yo la espero tumbado en su cama, observándola.

—No queremos saber si es niño o niña, por eso lo hemos comprado todo en colores neutros.

Rachel responde la pregunta de mi padre como si fuera una más entre tantas, pero ambos sabemos que se trata de la primera. Hasta ahora, mi padre no nos había preguntado nada sobre el embarazo ni sobre nuestros planes de futuro. Normalmente sale de la habitación si entramos Rachel o yo.

Con Lisa las cosas no han sido muy distintas. Todavía no ha superado la decepción ni la tristeza, así que no la presionamos. Sabemos que tardarán un tiempo en asimilarlo y se lo estamos dando.

Ahora mismo, Rachel solo puede hablar del bebé

conmigo y yo solo puedo hablar con ella. Puede parecer un poco limitado, pero a nosotros nos basta y nos sobra.

—¿Cuánto durará la ceremonia? —me pregunta mi padre.

—Dos horas como máximo.

Él nos dice que deberíamos ir saliendo.

Le digo que, en cuanto Rachel esté lista, nos iremos.

Rachel dice que está lista.

Nos vamos.

—Enhorabuena —le digo a Rachel.

—Enhorabuena —me dice ella a mí.

Acabamos de graduarnos los dos, hace tres horas. Estamos tumbados en mi cama, pensando en el siguiente paso. Por lo menos, es lo que estoy haciendo yo.

—Vámonos a vivir juntos —le propongo.

Ella se echa a reír.

—Ya vivimos juntos, Miles —me hace notar—. Más o menos.

Niego con la cabeza.

—Ya sabes lo que quiero decir. Sé que el plan es mudarnos cuando empiece el curso, en agosto, pero creo que deberíamos mudarnos ya.

Ella se apoya en el codo y se incorpora, probablemente tratando de averiguar si hablo en serio.

—¿Cómo? ¿Adónde iríamos?

Alargo la mano hacia la mesilla de noche y abro el cajón superior. Saco la carta y se la entrego.

Ella empieza a leer en voz alta.

—*Querido señor Archer*. —Me mira con los ojos muy

abiertos—. *Enhorabuena por su admisión para el curso que viene. Estamos encantados de informarle de que su solicitud de vivienda familiar ha pasado el proceso y ha sido aprobada.* —Rachel sonríe—. *Adjunto encontrará otro sobre, en el que deberá enviar la documentación final dentro del plazo marcado en el matasellos.*

Rachel busca el sobre y hojea la documentación adjunta. Coge la carta y la coloca sobre la documentación para seguir leyendo.

—*Quedamos a la espera de los formularios completados. Al pie encontrará la información de contacto por si tuviera alguna pregunta. Sinceramente, Paige Donahue, registrador.*

Rachel se cubre la sonrisa con la mano y deja la carta a un lado. Se inclina sobre mí y me abraza.

—¿Podemos mudarnos ya? —pregunta.

Me encanta notar en su voz la ilusión que le hace.

Le digo que sí. Rachel se siente aliviada. Sabe tan bien como yo lo incómodas que iban a resultar estas próximas semanas, sin ir al instituto y teniendo que convivir todo el tiempo con nuestros padres.

—¿Se lo has pedido ya a tu padre?

Le recuerdo que ya somos adultos, que no tenemos que pedirles permiso, solo tenemos que informarles.

Rachel dice que quiere ir a contárselo ahora mismo.

Le doy la mano y nos dirigimos juntos al salón para anunciarles a nuestros padres que vamos a mudarnos.

«Juntos.»

25
TATE

Han pasado unas cuantas semanas desde que Corbin nos descubrió. Todavía no lo ha aceptado y sigue sin hablarse con Miles, pero está empezando a adaptarse a la situación. Cuando a veces salgo de casa de noche y regreso unas cuantas horas más tarde, sabe dónde he estado, pero no me hace preguntas.

Por lo que respecta a las cosas con Miles, soy yo la que se adapta. He tenido que adaptarme a sus reglas porque es impensable que él vaya a romperlas algún día. He aprendido a no tratar de descifrarlo y a cortar las cosas en seco cuando amenazan con ponerse demasiado tensas. Estamos haciendo justo lo que acordamos desde el principio, que fue limitarnos al sexo.

Sexo sin limitaciones.

Sexo en la ducha, sexo en el dormitorio, sexo en el suelo, sexo en la mesa de la cocina.

Todavía no hemos pasado ninguna noche juntos, y a veces me duele lo mucho que se cierra cuando hemos terminado, pero sigo sin ser capaz de decirle que no.

Sé que quiero mucho más de lo que me da, y que él quiere mucho menos de lo que yo quiero darle, pero de momento nos limitamos a disfrutar de lo que podemos. Trato de no pensar en qué pasará el día que no pueda soportarlo más. Y trato de no pensar en las cosas que estoy sacrificando por estar liada con él.

Trato de no pensar en todo ello, pero los pensamientos están ahí siempre. Todas las noches, al acostarme, pienso en ello. Cada vez que me meto en la ducha, pienso en ello. Cuando estoy en clase, en el salón, en la cocina, en el trabajo..., pienso en lo que pasará cuando al final uno de los dos recupere el juicio.

—¿Es Tate un apodo? —me pregunta Miles.

Estamos en su cama. Acaba de volver tras pasar cuatro días fuera, y aunque se supone que solo quedamos para acostarnos, seguimos totalmente vestidos. No nos estamos enrollando, solo estamos tumbados, juntos, y él me hace preguntas personales. Lo estoy disfrutando mucho más que cualquiera de los otros días que hemos compartido.

Es la primera vez que me hace preguntas de este tipo.

Odio que esa simple pregunta me llene de esperanza, cuando lo único que ha hecho ha sido preguntarme si Tate es un apodo.

—No —respondo—. Es mi segundo nombre. Era el apellido de soltera de mi abuela.

—¿Cuál es el primero?

—Elizabeth.

—Elizabeth Tate Collins —dice haciéndole el amor a mi nombre con su voz. Mi nombre nunca ha sonado tan hermoso como ahora, al salir de su boca—. Tiene casi el doble de sílabas que mi nombre. Son muchas sílabas.

—¿Cuál es tu segundo nombre?

—Mikel. La gente siempre lo pronuncia mal. Dicen «Michael» en vez de «Mikel». Es un rollo.

—Miles Mikel Archer. Tiene fuerza —comento.

Miles se incorpora apoyándose en el codo y me dirige una mirada relajada. Me coloca el pelo por detrás de la oreja mientras me examina el rostro.

—¿Ha pasado algo interesante en mi ausencia, Elizabeth Tate Collins? —me pregunta en tono juguetón, un tono al que no estoy acostumbrada, pero que me gusta, me gusta mucho.

—La verdad es que no, Miles Mikel Archer —respondo sonriendo—. He hecho un montón de horas extras.

—¿Todavía te gusta tu trabajo?

Me acaricia la cara recorriéndome los labios y descendiendo por el cuello.

—Sí, me gusta. Y a ti, ¿te gusta ser capitán? —Me limito a devolverle sus preguntas. Me parece una manera segura de interactuar con él, ya que me imagino que estará dispuesto a darme lo mismo que él pide.

Miles sigue con la mirada el curso de su mano mientras me desabrocha el botón superior de la camisa.

—Me encanta mi trabajo, Tate. —Se entretiene con el segundo botón—. Lo que no me gusta es pasar tanto tiempo fuera de casa, sobre todo ahora que sé que estás justo enfrente de donde vivo. Me dan ganas de estar en casa todo el tiempo.

Trato de reprimirme, pero no puedo. Sus palabras me hacen contener el aliento, aunque creo que he sido de lo más discreta.

Sin embargo, él se da cuenta.

Me mira a los ojos y veo que quiere dar marcha atrás. Quiere retirar lo que acaba de decir, porque había esperanza en sus palabras. Miles no suele decir esas cosas. Sé que está a punto de disculparse. Va a recordarme que no puede amarme, que no era su intención darme esa pizca de falsa esperanza.

«No lo retires, Miles. Por favor, déjame quedarme con esas palabras.»

Nos sostenemos la mirada durante unos segundos que se hacen largos. Sigo tumbada, mirando hacia arriba, esperando a que retire lo dicho. Él sigue con los dedos en el segundo botón de la camisa, pero ya no trata de desabrocharlo.

Me mira la boca, luego a los ojos y de nuevo vuelve a mirarme la boca.

—Tate —susurra pronunciando mi nombre con tanta delicadeza que no estoy segura de si ha llegado a mover los labios.

No me da tiempo a responder. La mano que sujetaba el botón se hunde en mi pelo en el mismo momento en que sus labios se funden con los míos. Me besa con fiereza mientras se coloca sobre mí. El beso se intensifica en segundos. Es un beso profundo, dominante. Está lleno de algo que no había estado allí antes. Está lleno de sentimientos, lleno de esperanza.

Hasta este momento, pensaba que todos los besos eran iguales. No tenía ni idea de que los besos podían transmitir emociones tan distintas, incluso opuestas. En el pasado había sentido pasión, deseo, lujuria..., pero esta vez es diferente. En este beso encuentro a un Miles distinto y mi corazón me dice que este es el auténtico. El Miles que era en otra época, ese por el que no tengo permiso para preguntar.

Cuando termina, sale de encima de mí y yo me quedo observando el techo.

Tengo la cabeza llena de ideas y el corazón lleno de dudas. Las cosas entre nosotros nunca han sido fáciles. Se podría pensar que limitarse al sexo es algo muy sencillo, pero a mí me hace plantearme cada movimiento y cada palabra que sale de mi boca. No puedo evitar analizar cada una de sus miradas.

Ni siquiera sé qué se supone que debo hacer ahora. ¿Me quedo aquí tumbada hasta que me diga que me vaya? Nunca me he quedado a dormir en su casa. ¿Me doy la vuelta y lo abrazo, con la esperanza de que él me devuelva el abrazo y nos quedemos dormidos? Me da demasiado miedo que me rechace.

Soy idiota.

Soy una idiota, idiota, idiota.

¿Por qué no logro que para mí también se trate solo de sexo? ¿Por qué no puedo venir aquí, darle lo que quiere, recibir lo que quiero yo y marcharme?

Me pongo de lado y me siento lentamente. Busco la ropa y me levanto para vestirme. Él me observa en silencio.

Evito mirarlo hasta que he acabado de vestirme y me estoy poniendo los zapatos. Por mucho que me apetezca volver a meterme en la cama con él, me dirijo hacia la puerta. Sin volverme hacia él, me despido.

—Hasta mañana, Miles.

Llego hasta la puerta de su casa. Él no dice nada. No me dice hasta mañana ni me dice adiós.

Espero que su silencio sea la prueba de que a él tampoco le gusta que lo dejen tirado en la cama.

Cruzo el pasillo y entro en mi apartamento. Corbin está

sentado en el sofá, viendo la tele. Mira hacia la puerta cuando me oye entrar y me dirige una condescendiente mirada de desaprobación.

—Relájate —le digo mientras dejo los zapatos junto a la puerta—. Tendrás que superarlo algún día.

Veo que niega con la cabeza, pero no le hago caso y me dirijo a mi habitación.

—Se te estaba follando a mis espaldas. Me mintió. No creo que pueda superarlo.

Me vuelvo hacia el salón y le sostengo la mirada.

—¿Esperabas que te lo contara? Por Dios, Corbin. Si echaste a Dillon a patadas por mirarme demasiado.

Corbin se levanta, furioso.

—¡Exacto! Pensaba que Miles trataba de protegerte de Dillon y lo que estaba haciendo era marcar terreno. Es un puto hipócrita y pienso estar enfadado con él todo el tiempo que me dé la gana. ¡Supéralo tú!

Me echo a reír, porque Corbin no tiene derecho a echarnos nada en cara.

—¿Qué te hace tanta gracia, Tate? —salta.

Regreso al salón y me planto frente a él.

—Miles ha sido sincero conmigo desde el principio. No me ha engañado en ningún momento. Soy la única chica con la que ha estado en seis años ¿y eres tú quien lo llama a él hipócrita? —Ya me da igual si alzo la voz—. ¿Por qué no te miras en el espejo, Corbin? ¿Con cuántas chicas has estado desde que me mudé aquí? ¿Cuántas de ellas tendrán hermanos que estarían encantados de patearte el culo si se enteraran de lo que has hecho con ellas? Si hay algún hipócrita aquí, ¡eres tú!

Él tiene las manos en las caderas y me mira con dureza.

Al ver que no me dice nada, me doy la vuelta para meterme en mi habitación, pero alguien llama a la puerta de la calle y entra sin esperar respuesta.

«Miles.»

Corbin y yo nos volvemos mientras él entra en el salón.

—¿Va todo bien por aquí? —nos pregunta.

Corbin me fulmina con la mirada. Alzo una ceja cediéndole la palabra, ya que es él quien tiene el problema.

—¿Estás bien, Tate? —insiste Miles centrándose en mí esta vez.

Me vuelvo hacia él y asiento con la cabeza.

—Estoy bien. No soy yo la que tiene expectativas poco realistas respecto a su hermano.

Corbin suelta un fuerte gruñido antes de darse la vuelta y pegarle una patada al sofá. Miles y yo lo observamos mientras se hunde las manos en el pelo y se sujeta la nuca con fuerza. Volviéndose hacia Miles, suelta el aire con decisión.

—¿Por qué no podías haber sido gay?

Miles lo mira con atención. Yo espero a que alguno de los dos reaccione de alguna manera para saber si puedo volver a respirar o no.

Miles empieza a negar con la cabeza al mismo tiempo que una sonrisa se abre paso en su cara.

Corbin se echa a reír, aunque gruñe al mismo tiempo, y sé que acaba de aceptar lo nuestro aunque siga sin gustarle.

Sonriendo, salgo del apartamento con la esperanza de que estén a punto de reparar lo que se rompió cuando yo aparecí en escena.

Cuando se abren las puertas del ascensor en la planta

baja y me dispongo a salir, me encuentro a Cap, que está a punto de entrar.

—¿Venías a verme? —me pregunta.

Asiento y señalo hacia arriba.

—Corbin y Miles están haciendo las paces. Quería darles un poco de intimidad.

Cap entra en el ascensor y pulsa el botón de la planta veinte.

—Bueno, puedes acompañarme hasta casa, si quieres.

Se agarra de la barra que tiene a la espalda para sostenerse. Yo me coloco a su lado y me apoyo en la pared.

—¿Puedo hacerle una pregunta, Cap?

Él me da permiso asintiendo con la cabeza.

—Me gusta tanto hacerlas como responderlas.

Bajo la mirada al suelo y cruzo los pies.

—¿Qué puede hacer que un hombre no quiera volver a enamorarse nunca más en su vida?

Cap tarda al menos cinco pisos en responder. Cuando al fin me vuelvo hacia él, veo que me está mirando. Tiene los ojos entornados, lo que hace que las arrugas se le marquen aún más.

—Supongo que, si un hombre ha experimentado el lado más feo del amor, tal vez no quiera volver a pasar por eso nunca más.

Reflexiono sobre su respuesta, aunque no me sirve de mucho. No entiendo cómo podría el amor volverse tan feo que alguien le negara la entrada en su vida definitivamente.

Las puertas del ascensor se abren cuando llegamos a la planta veinte. Dejo que Cap salga primero, lo acompaño hasta su apartamento y espero a que abra.

—Tate —me dice. Está mirando hacia la puerta y no se vuelve hacia mí para acabar la frase—. A veces, el alma de un hombre no es lo bastante fuerte para enfrentarse a los fantasmas del pasado. —Abre la puerta y entra—. Tal vez ese chico perdió su alma en algún momento de su vida.

Cuando cierra, me quedo tratando de descifrar sus palabras, más confundida que nunca.

26
MILES

Seis años atrás

Ahora mi habitación es la habitación de Rachel, y la habitación de Rachel es mi habitación.

Nos hemos graduado y nos hemos ido a vivir juntos.

Ahora los dos estamos en la universidad.

«¿Lo ves? Lo tenemos todo controlado.»

Ian trae la última caja del coche.

—¿Dónde la pongo?

—¿Qué es? —pregunta Rachel.

Él responde que parece una caja llena de bragas y sujetadores.

Ella se ríe y le dice que la deje al lado de la cómoda. Ian lo hace. A Ian le gusta Rachel. Le gusta que no sea una traba en mi carrera. Le gusta que ella me anime a licenciarme y a sacarme el título de piloto.

Rachel quiere que yo sea feliz. Yo le digo que lo seré siempre y cuando ella siga a mi lado.

—Entonces siempre serás feliz —me dice ella.

Mi padre todavía me odia, aunque no quiere odiarme.

Lisa y él están tratando de asimilar la situación, pero les cuesta. Es duro para todos.

A Rachel le da igual lo que piense la gente. A ella solo le importa lo que pienso yo, y yo solo pienso en ella.

Estoy aprendiendo que la gente aprende a adaptarse a las situaciones, por duras que sean. Tal vez mi padre y su madre no lo aprueben, pero se adaptarán.

Tal vez Rachel no esté preparada para ser madre y yo no lo esté para ser padre, pero nos estamos adaptando.

Así es como deben ser las cosas. Si la gente quiere vivir en paz, no queda otro remedio.

Es imprescindible.

Vital incluso.

—Miles.

Adoro mi nombre cuando sale de su boca. No lo malgasta. Solo lo pronuncia cuando necesita algo. Solo lo pronuncia cuando debe pronunciarse.

—Miles.

Lo ha dicho dos veces.

Debe de necesitar algo de verdad.

Me doy la vuelta y la veo sentada en la cama. Me mira con los ojos muy abiertos.

—Miles.

«Tres veces.»

—Miles.

«Cuatro.»

—Duele.

«Mierda.»

Salto de la cama y cojo la bolsa. Ayudo a Rachel a cambiarse de ropa. La ayudo a entrar en el coche.

Está asustada.

Es posible que yo lo esté más que ella.

Le doy la mano mientras conduzco y le digo que respire. No sé por qué se lo digo. Por supuesto, ella ya sabe que tiene que respirar, pero es que no sé qué más decirle.

Me siento impotente.

Tal vez preferiría tener a su madre al lado.

—¿Quieres que los llame?

Ella niega con la cabeza.

—Aún no. Luego.

Quiere que lo hagamos solos. Me gusta. Yo también prefiero que estemos solos.

Una enfermera la ayuda a salir del coche. Nos acompañan a una habitación. Me encargo de llevarle a Rachel todo lo que necesita.

—¿Necesitas hielo?

«Se lo voy a buscar.»

—¿Quieres un paño frío?

«Se lo voy a buscar.»

—¿Quieres que apague el televisor?

«Lo apago.»

—¿Quieres otra manta, Rachel? Tienes frío, ¿no?

«No voy a buscar otra manta. No tiene frío.»

—¿Quieres más hielo?

«No quiere más hielo.»

«Quiere que me calle.»

«Me callo.»

—Dame la mano, Miles.

«Se la doy.»

«Quiero que me la devuelva.»

«Me hace daño.»

«Dejo que se la quede.»

Está callada. No hace ningún ruido. Solo respira. Es increíble.

Estoy llorando y no sé por qué.

«Te quiero tantísimo, Rachel, joder.»

Cuando el médico le dice que ya casi ha terminado, le doy un beso en la frente.

Y sucede.

Soy padre.

Ella es madre.

—Es un niño —anuncia el doctor.

Ella lo sostiene en sus brazos. Sostiene mi corazón.

Él deja de llorar y trata de abrir los ojos.

Rachel llora.

Rachel se ríe.

Rachel me da las gracias.

Me ha dado las gracias, como si no hubiera sido ella la que lo ha creado.

«Rachel está loca.»

—Lo quiero tanto, Miles —me dice sin dejar de llorar—. Lo quiero tantísimo.

—Yo también.

Lo toco. Quiero sostenerlo en mis brazos, pero prefiero que lo tenga ella. Es tan hermosa cuando lo coge en brazos.

Rachel levanta la mirada hacia mí.

—¿Podrías decirme ya su nombre, por favor?

Esperaba que fuera niño para poder vivir este momento. Esperaba poder decirle cuál era el nombre de su hijo, porque sabía que le iba a encantar.

Espero que recuerde el momento en que

se
convirtió
en
mi
todo.

«Miles te acompañará a la clase del señor Clayton, Rachel.»

—Se llama Clayton.

Ella solloza.

«Se acuerda.»

—Es perfecto —me dice con palabras mojadas por las lágrimas.

Está llorando demasiado. Quiere que me encargue yo de él.

Me siento en la cama a su lado y lo cojo.

Lo tengo entre mis brazos.

«Estoy sosteniendo a mi hijo en brazos.»

Rachel me apoya la cabeza en el hombro y nos quedamos los dos contemplándolo. Lo contemplamos durante una eternidad. Le digo a Rachel que ha sacado su pelo rojo. Ella me dice que ha sacado mis labios. Le digo que espero que saque su personalidad. Ella no está de acuerdo y me dice que espera que se parezca a mí.

—Gracias a él, la vida es mucho mejor —me dice.

—Es verdad.

—Somos muy afortunados, Miles.

—Lo somos.

Rachel me aprieta la mano.

—Lo tenemos todo controlado —susurra.

—Lo tenemos todo controlado —repito.

Clayton bosteza y nos hace reír.

¿Desde cuándo los bostezos se han convertido en algo fascinante?

Le toco los dedos.

«Te queremos tantísimo, Clayton.»

27
TATE

Me dejo caer en la butaca, al lado de Cap, vestida aún con el uniforme de trabajo. En cuanto he llegado a casa, me he puesto a estudiar. He estado estudiando dos horas seguidas. Pasan ya de las diez y ni siquiera he cenado. Por eso estoy aquí ahora, junto a Cap, porque él ya empieza a conocer mis hábitos alimentarios y ha encargado una pizza para los dos.

Le doy una porción y cojo otra para mí. Cierro la tapa y dejo la caja en el suelo, delante de mí. De un mordisco me meto un gran trozo en la boca, pero Cap se ha quedado contemplando el que tiene en la mano.

—Me parece triste que la pizza llegue antes que la policía —comenta—. La encargué hace diez minutos. —Le da un bocado y cierra los ojos como si fuera lo mejor que ha probado en la vida.

Cuando nos acabamos la porción, voy a por otra. Cap niega con la cabeza cuando le ofrezco otro trozo, por lo que vuelvo a dejarlo en la caja.

—¿Y bien? ¿Algún avance entre el chico y su amigo? —me pregunta.

Me hace mucha gracia que siempre llame a Miles «el chico».

Asiento con la cabeza y respondo con la boca llena:

—Más o menos. La noche de partido fue un éxito, pero creo que lo fue porque Miles actuó como si yo no estuviera allí. Sé que trataba de respetar a Corbin, pero me hizo sentir como una mierda, la verdad.

Cap asiente con la cabeza, como si me entendiera. No estoy segura de que lo haga, pero me gusta que siempre me escuche con atención.

—Por supuesto, me estuvo enviando mensajes durante todo el rato que pasó en el salón, sentado junto a Corbin; algo es algo. Pero luego hay semanas como esta, cuando ni siquiera estamos en el mismo estado y es como si se olvidara de que existo. No me llama ni me escribe. Estoy casi segura de que solo se acuerda de mí cuando estoy a tres metros de distancia.

Cap niega con la cabeza.

—Lo dudo. Estoy seguro de que el chico piensa en ti mucho más de lo que parece.

Me gustaría que tuviera razón, pero no estoy nada convencida de que la tenga.

—Pero, aunque no fuera así, no podrías enfadarte con él. Eso no formaba parte del trato, ¿me equivoco?

Pongo los ojos en blanco. Odio que siempre me haga notar que no es Miles quien está rompiendo las reglas de nuestro acuerdo. Soy yo la que tiene un problema con ellas y la culpa es solo mía.

—¿Cómo me he metido en este lío? —pregunto, aunque no necesito respuesta. Sé perfectamente cómo me metí en este lío. También sé cómo salir..., pero no quiero.

—¿Alguna vez has oído la expresión «Si la vida te da limones...»?

—Haz limonada —acabo el refrán por él.

Cap me mira negando con la cabeza.

—No es así. La frase correcta es «Si la vida te da limones, asegúrate de saber en los ojos de quién tienes que exprimirlos».

Me echo a reír, cojo otra porción de pizza y me pregunto cómo demonios un anciano de ochenta años ha acabado siendo mi mejor amigo.

El teléfono fijo de Corbin no suena nunca, y menos pasada la medianoche. Retiro la colcha, cojo una camiseta y me la pongo. No sé para qué me molesto. Corbin no está y Miles no regresa hasta mañana.

Llego a la cocina al quinto timbrazo, justo cuando salta el contestador automático. Cancelo el mensaje y me llevo el auricular inalámbrico al oído.

—¿Sí?

—¡Tate! —Es mi madre—. Ay, Dios mío, Tate.

Suena tan asustada que me contagia el pánico.

—¿Qué pasa?

—Un avión. Un avión se ha estrellado hace una hora y no logro contactar con la aerolínea. ¿Has hablado con tu hermano?

Se me doblan las rodillas y acabo en el suelo.

—¿Estás segura de que era de su aerolínea? —le pregunto.

Mi voz suena tan aterrorizada que me cuesta reconocerla. Suena tan aterrorizada como sonaba la suya la última vez que pasó esto.

Yo tenía seis años, pero lo recuerdo con tanto detalle

como si hubiera pasado ayer. Recuerdo incluso el estampado del pijama que llevaba, con su luna y sus estrellitas. Ese día, mi padre tenía un vuelo nacional. Habíamos puesto las noticias después de cenar y vimos que un avión se había estrellado por un fallo del motor. No hubo supervivientes. Recuerdo a mi madre mientras ella hablaba con la aerolínea, histérica, tratando de obtener información sobre la identidad del piloto. Tardamos una hora en averiguar que no era él, pero fue una de las horas más terroríficas de mi vida.

Hasta hoy.

Corro a mi habitación, cojo el móvil de la mesita de noche y marco su número inmediatamente.

—¿Has probado a llamarlo? —le pregunto a mi madre mientras me dirijo al salón.

Busco algún sitio donde sentarme, pero, por alguna razón, el suelo me parece más acogedor que el sofá. Vuelvo a arrodillarme, como si rezara.

Supongo que estoy rezando.

—Sí, lo he estado llamando sin parar, pero salta el contestador.

Menuda pregunta idiota. Por supuesto que lo ha llamado. De todas formas, vuelvo a marcar su número, pero me salta el buzón de voz.

Trato de calmarla, pero sé que es inútil. Hasta que no oigamos su voz, nada nos tranquilizará.

—Voy a llamar a la compañía —le digo—. Te aviso si me entero de algo.

Mi madre ni siquiera se despide.

Uso el fijo para contactar con la aerolínea y el móvil para llamar a Miles. Es la primera vez que marco su número.

Rezo para que responda, porque, aunque estoy asustada por Corbin, no puedo quitarme de la cabeza que Miles trabaja en la misma aerolínea.

Me estoy mareando.

—¿Hola?

Miles responde al segundo tono de llamada. Su voz suena insegura, como si no entendiera por qué lo estoy llamando.

—¡Miles! —exclamo aliviada y frenética al mismo tiempo—. ¿Sabes algo de Corbin? ¿Está bien?

No responde.

«¿Por qué no responde?»

—¿A qué te refieres?

—Un avión —contesto de inmediato—. Me ha llamado mi madre. Un avión se ha estrellado y él no responde al teléfono.

—¿Dónde estás?

—En casa.

—Déjame entrar.

Me dirijo a la puerta, que está cerrada con llave. Cuando la abro, él la empuja con el móvil en la oreja. Al verme, guarda el teléfono, se dirige a toda prisa hacia el sofá, coge el mando a distancia y enciende el televisor.

Va cambiando de canal hasta que encuentra un informativo. Marca números en el móvil y luego se vuelve y se acerca a mí a toda prisa.

—Ven aquí —me dice dándome la mano y acercándome a él—. Estoy seguro de que está bien.

Asiento contra su pecho, aunque no estoy más tranquila.

—¿Gary? —dice cuando alguien responde a su llamada—. Soy Miles. Sí, sí, lo he oído. ¿Quién formaba parte de la tripulación?

Se hace una larga pausa. Me aterra mirarlo. Estoy aterrorizada.

—Gracias. —Cuelga—. Está bien, Tate —me informa inmediatamente—. Corbin está bien. Ian también.

Siento un alivio tan grande que me echo a llorar.

Miles me acompaña hasta el sofá, se sienta y tira de mí para que me siente a su lado. Me quita el móvil de las manos y busca antes de llevárselo a la oreja.

—Hola, soy Miles. Corbin está bien. —Se hace una pausa de varios segundos—. Sí, ella está bien. Le diré que la llame por la mañana. —Unos segundos más tarde, se despide. Deja el móvil en el sofá, a su lado, y me dice—: Era tu madre.

Asiento, porque ya lo sabía.

Y con ese simple gesto, con esa llamada a mi madre, acabo de enamorarme todavía más.

Él me besa en la coronilla y me acaricia el brazo arriba y abajo para calmarme.

—Gracias, Miles —le digo, y él no responde «De nada», porque no considera que haya hecho nada que merezca mi gratitud—. ¿Los conocías? ¿Conocías a alguien de la tripulación?

—No. Tenían otro aeropuerto base. Los nombres no me sonaban de nada.

El teléfono vibra y Miles me lo pasa. Es un mensaje de Corbin.

Corbin: Por si has oído lo del avión,
solo decirte que estoy bien. He llamado
a la central y Miles también está bien.
Por favor, díselo a mamá si se entera.
Te quiero.

Su mensaje acaba de tranquilizarme, porque ahora ya estoy segura al cien por cien de que está bien.

—Era Corbin —le digo a Miles—. Dice que estás bien, por si acaso estabas preocupado.

Miles se echa a reír.

—¿Ha preguntado por mí? Ya sabía yo que no podría odiarme eternamente —comenta sonriendo.

Sonrío. Me encanta que Corbin haya querido avisarme de que Miles está bien.

Miles sigue abrazándome y yo disfruto de cada segundo.

—¿Cuándo tiene previsto volver?

—Dentro de dos días —respondo—. ¿Y tú? ¿Cuánto tiempo llevabas en casa?

—Un par de minutos. Acababa de conectar el móvil al cargador cuando has llamado.

—Me alegra que estés de vuelta.

Él no dice nada. No dice que se alegra de haber vuelto. En vez de decirme algo que pudiera darme falsas esperanzas, se limita a besarme.

—¿Sabes una cosa? —Me sienta sobre su regazo—. Odio las circunstancias que han llevado a que no tuvieras tiempo de ponerte pantalones, pero me encanta que no lleves pantalones.

Me acaricia las piernas ascendiendo por los muslos y me agarra por las caderas, atrayéndome hacia él hasta que quedamos pegados. Me besa en la punta de la nariz y luego en la barbilla.

—¿Miles? —Le hundo las manos en el pelo y desciendo, acariciándole el cuello hasta posarlas en sus hombros—. También tenía miedo de que hubieras sido tú —susurro—. Por eso me alegro de que hayas vuelto.

Su mirada se suaviza y las arrugas que se le habían formado en el entrecejo desaparecen. Aunque no sé nada sobre su pasado ni sobre su vida, me he dado cuenta de que no ha llamado a nadie para avisar de que está bien. Y eso me entristece.

Aparta la vista de mis ojos y la baja hacia mi pecho. Agarra la camiseta y me la quita lentamente por encima de la cabeza. Lo único que llevo puesto son las bragas.

Él se inclina hacia delante, me rodea con los brazos y me atrae hacia su boca. Cuando cierra los labios sobre mi pezón, no puedo mantener los ojos abiertos. La piel se me eriza por los escalofríos que me provocan sus manos al explorar cada centímetro desnudo de mi espalda y de mis muslos. Desplaza la boca hasta el otro pecho mientras me cuela las manos bajo las bragas, a lado y lado de mis caderas.

—Creo que voy a tener que romperlas, porque no tengo intención de dejar que te muevas de donde estás —me amenaza.

Le dirijo una sonrisa.

—Ningún problema; tengo más.

Lo noto sonreír contra mi piel mientras tira de la goma elástica de las bragas. Lo intenta primero por un lado, pero no funciona. Luego lo prueba con el otro, pero tampoco cede.

—Me las estás metiendo por un sitio muy incómodo —le digo riendo.

Él suelta un suspiro de frustración.

—Siempre es mucho más sexy cuando lo hacen en las películas.

Cambio de postura y me siento más erguida.

—Prueba ahora —lo animo—. ¡Tú puedes, Miles! Agarra el lado izquierdo y tira con fuerza.

—¡Au! —grito echándome hacia la izquierda para aliviar el dolor de la goma que se me clava en el lado derecho.

Él se echa a reír de nuevo y esconde la cara en mi cuello.

—Perdona. ¿Tienes unas tijeras?

Hago una mueca, porque no me apetece nada que se acerque a esa parte de mi cuerpo con unas tijeras. Me levanto, me bajo las bragas y me libro de ellas de una patada.

—Por verte hacer eso ha valido la pena haber fracasado en el intento de ser sexy.

Sonrío.

—Tu intento fallido de ser sexy me ha parecido de lo más sexy.

Mi comentario lo hace reír otra vez. Me acerco a él y me arrodillo sobre sus muslos. Él me recoloca para que quede montada sobre su regazo.

—¿Te excitan mis fracasos? —me pregunta en tono juguetón.

—Oh, sí —murmuro—. Son muy sexis.

Vuelve a acariciarme la espalda y los brazos, que recorre arriba y abajo.

—Pues entre los trece y los dieciséis años te habría encantado, porque fracasé en todo. Especialmente en fútbol americano.

Sonrío.

—Esto se pone interesante. Cuéntame más.

—El béisbol se me daba de pena —confiesa antes de empezar a recorrerme el cuello a besos hasta llegar a la oreja—. Y suspendí un semestre de Geografía Universal.

—Joder. —Gimo—. Cómo me pones.

Él me busca la boca y tira de mí para besarme con suavidad. Apenas me roza los labios.

—Los besos también se me daban de pena. Ni te lo imaginas. Una vez casi ahogo a una chica con la lengua.

Me echo a reír.

—¿Quieres que te lo demuestre?

En cuanto asiento, cambia de postura y quedo tumbada en el sofá, con él encima.

—Abre la boca.

Cuando la abro, él deja caer su boca sobre la mía y me mete la lengua a presión, dándome el que es, con toda probabilidad, el peor beso que he experimentado nunca. Le empujo el pecho, tratando de apartarlo de mí, pero él se mantiene firme. Vuelvo la cara a un lado y él me da lametones en la mejilla, lo que me provoca un ataque de risa.

—¡Por favor! ¡Ha sido espantoso, Miles!

Él aparta la cara, pero deja caer sobre mí el resto de su cuerpo.

—He mejorado desde entonces.

Asiento vigorosamente con la cabeza.

—Eso es innegable. —No puedo estar más de acuerdo.

Ambos sonreímos. Su expresión relajada me provoca tantas emociones que no soy capaz de clasificarlas. Me siento feliz porque nos lo estamos pasando bien juntos. Me siento triste porque nos lo estamos pasando bien juntos. Y estoy muy enfadada porque nos lo estamos pasando bien juntos y eso hace que quiera más: más ratos como estos, más de él, mucho más.

Nos quedamos observándonos en silencio hasta que él agacha despacio la cabeza y une nuestros labios en un beso largo. Me recorre la boca con besos que empiezan cortos y suaves, pero que se van volviendo más largos e intensos. Cuando al fin me separa los labios con la lengua, el escarceo juguetón desaparece y se transforma en otra cosa.

El tema se pone serio. Los besos se vuelven urgentes y su ropa se va uniendo a la mía en el suelo, prenda a prenda.

—¿En el sofá o en la cama? —susurra.

—Los dos —deseo.

Y él me lo concede.

Me quedé dormida en la cama.

«Al lado de Miles.»

Nunca habíamos dormido juntos después del sexo. O me iba yo o se marchaba él. Por mucho que trate de convencerme de que no significa nada, sé que no es verdad. Es importante. Cada vez que estamos juntos, me entrega un poco más de él. Ya sea una pincelada de su pasado, o un poco de tiempo compartido sin que haya sexo de por medio, o incluso el tiempo que pasamos durmiendo juntos, siento que me entrega una parte de sí mismo, poco a poco. Y siento que esto es bueno y malo. Bueno, porque quiero y necesito mucho más de él, y cada pequeño trozo que me entrega me ayuda a calmarme cuando empiezo a preocuparme por todo lo que no me da. Pero al mismo tiempo es malo, porque cada vez que me entrega algo, otra parte de él se aleja aún más. Lo veo en sus ojos. Sé que le preocupa darme esperanzas, y temo que acabe por apartarse de mí definitivamente.

Sé que todo acabará rompiéndose en pedazos algún día.

Es inevitable. Él insiste en dejar claro lo que no quiere en la vida y empiezo a entender que lo dice muy en serio.

Pero, por mucho que trato de protegerme el corazón, no sirve de nada. Sé que me lo romperá antes o después, pero sigo permitiéndole que me lo llene. Cada vez que estoy con él, el corazón se me llena más y más, y cuantas más piezas suyas tenga dentro, más me dolerá cuando él me lo arranque del pecho como si ese no fuera su sitio.

Oigo que su móvil vibra y noto que se da la vuelta y alarga la mano hacia la mesita de noche. Él piensa que estoy durmiendo, y no veo la necesidad de sacarlo de su error.

—Hola —susurra. La larga pausa que sigue a su saludo hace que me entre el pánico mientras me pregunto con quién estará hablando—. Sí, lo siento; debería haber llamado. Pensé que estarías durmiendo.

Tengo el corazón en la garganta. Está tratando de escapar de Miles y de mí y de esta situación. Mi corazón tiene claro que mi reacción a la llamada significa que corre peligro. Ha entrado en modo de huida o lucha, y, ahora mismo, está haciendo todo lo posible por escapar.

No lo culpo en absoluto.

—Yo también te quiero, papá.

Mi corazón vuelve a deslizarse garganta abajo y recobra su lugar habitual en mi pecho. De momento es feliz. Y si mi corazón es feliz, yo también. Me hace feliz que no tenga a nadie a quien deba llamar.

Pero, al mismo tiempo, la llamada me ha recordado lo poco que sé de él. Lo poco que me muestra. Lo mucho que me esconde para que, cuando al fin me harte y lo deje, no pueda echarle la culpa. Sé que no será una ruptura rápida. Será lenta y dolorosa, llena de momentos como este, que me quiebran por dentro. Momentos como este, en que cree que estoy durmiendo y sale sigilosamente de la cama. Momentos en los que mantengo los ojos cerrados, pero lo oigo mientras se viste. Momentos en los que me aseguro de mantener la respiración regular por si acaso me observa cuando se inclina para darme un beso en la frente.

Momentos en los que se va.

«Porque siempre se va.»

28
MILES

Seis años atrás

—¿Y si resulta ser gay? —me pregunta Rachel—. ¿Te molestaría?

Está sentada en la cama del hospital, con Clayton en brazos. Yo estoy al pie de la cama, contemplándola mientras ella lo contempla a él.

Rachel me pregunta todo lo que le pasa por la cabeza, a menudo jugando a ser abogada del diablo.

Dice que tenemos que hablar de todos estos temas ahora para no tener problemas en el futuro.

—Solo me preocuparía si él sintiera que no puede hablarnos de ello. Quiero que sepa que puede contárnoslo todo.

Rachel le sonríe a Clayton, pero sé que esa sonrisa va dirigida a mí.

Porque le ha encantado mi respuesta.

—¿Y si no cree en Dios?

—Puede creer en lo que quiera. Lo único que quiero es que sus creencias, o falta de ellas, lo hagan feliz.

Ella vuelve a sonreír.

—¿Y si comete un crimen horrible, cruel y despiadado, y lo condenan a cadena perpetua?

—Me preguntaría en qué he fallado como padre.

Ella alza la mirada hacia mí.

—Bien, basándome en este interrogatorio, estoy convencida de que nunca cometerá un crimen, porque ya eres el mejor padre que conozco.

Esta vez es ella la que me hace sonreír.

Ambos nos volvemos a la vez hacia la puerta cuando una enfermera entra y nos dirige una sonrisa apenada.

—Ha llegado el momento.

Rachel suelta un gemido, pero yo no tengo ni idea de a qué se refiere. Al ver mi expresión confundida, Rachel me lo aclara:

—La circuncisión.

Se me encoge el estómago. Sé que lo habíamos hablado durante el embarazo, pero de pronto me dan ganas de cambiar de idea. No quiero que tenga que pasar por eso.

—No es tan malo como parece —nos tranquiliza la enfermera—. Lo adormecemos primero.

Se acerca a Rachel y empieza a cogerlo, pero yo me echo hacia delante.

—Un momento. Déjeme tomarlo en brazos primero —le pido.

La enfermera da un paso atrás y Rachel me pasa a Clayton. Lo coloco ante mí y lo miro fijamente.

—Lo siento, Clayton. Sé que te va a doler y sé que es algo castrador y humillante, pero...

—Tiene un día —me interrumpe Rachel riendo—. No hay nada que pueda humillarlo todavía.

Le digo que se calle, que estamos teniendo un momento padre-hijo y que finja no estar aquí.

—No te preocupes, tu madre ha salido de la habitación —le digo a Clayton mientras le guiño el ojo a Rachel—. Como iba diciendo, sé que es humillante, pero me lo agradecerás en el futuro. Sobre todo cuando tengas edad de salir con chicas. Ojalá sea cuando hayas cumplido los dieciocho, pero probablemente será a los dieciséis más o menos. Al menos lo fue para mí.

Rachel se inclina hacia delante y levanta los brazos, reclamándolo.

—Ya está bien de crear vínculos emocionales —me dice riendo—. Creo que debemos revisar los límites de estas conversaciones padre-hijo mientras lo castran.

Tras darle un rápido beso en la frente, se lo devuelvo a Rachel. Ella hace lo mismo y se lo entrega a la enfermera. Juntos contemplamos a la enfermera mientras sale de la habitación con él en brazos.

Miro a Rachel y me desplazo por la cama hasta quedar tumbado a su lado.

—Al fin solos —susurro—. Podemos enrollarnos.

Ella hace una mueca.

—No me siento especialmente sexy ahora mismo. Tengo el vientre fofo, las tetas hinchadas, y me muero por ducharme, pero me duele demasiado para intentarlo.

Yo tiro del cuello del camisón de hospital, echo un vistazo a su pecho y sonrío.

—¿Cuánto tiempo van a estar así?

Ella me aparta la mano riendo.

—¿Y qué me dices de la boca? —le pregunto—. ¿Cómo la notas?

Ella me mira como si no entendiera la pregunta, así que se lo explico.

—Me preguntaba si la boca te duele tanto como el resto del cuerpo, porque, si no, me gustaría besarte.

Ella sonríe.

—Mi boca está estupendamente.

Me apoyo en el codo para que ella no tenga que moverse. Bajo la vista hacia ella y todo me parece distinto.

Me parece real.

Hasta ayer tuve la sensación de estar jugando, jugando a las casitas, a papá y a mamá. Tenía claro que nuestro amor era auténtico, tan real como nuestra relación, pero todo cambió ayer al ver cómo daba a luz a mi hijo. Todo lo que había sentido hasta ese momento se convirtió en un juego de niños comparado con los sentimientos que me despierta ahora.

—Te quiero, Rachel. Más de lo que te quería ayer.

Ella me mira como si supiera exactamente de lo que hablo.

—Si hoy me quieres más que ayer —me dice—, ya tengo ganas de que llegue mañana.

Junto sus labios con los míos y la beso, no por obligación, sino por necesidad.

Estoy en el pasillo, frente a la puerta de la habitación de Rachel. Clayton y ella están dentro, durmiendo.

La enfermera nos ha dicho que ni siquiera ha llorado. Estoy seguro de que se lo dice a todos los padres, pero decido creérmelo de todas formas.

Me saco el teléfono del bolsillo y le escribo un mensaje a Ian.

Yo: Le han cortado la punta
hace unas horas. Se ha portado
como un campeón.

Ian: ¡Ay! Iré a verlo esta tarde,
hacia las siete.

Yo: Hasta luego.

Veo a mi padre, que se acerca con dos cafés, y me guardo el móvil.

—Se parece a ti —me dice mientras me entrega uno de los cafés.

Está tratando de aceptarlo.

—Bueno, teniendo en cuenta que yo soy clavado a ti, brindemos por nuestros genes dominantes.

Alzo el café y mi padre hacer chocar su vaso con él, sonriendo.

«Lo está intentando.»

Se apoya en la pared y baja la vista hacia su café. Quiere decir algo, pero le cuesta.

—¿De qué se trata? —le pregunto dándole el empujón que necesita.

Él levanta la mirada y la clava en mí.

—Estoy orgulloso de ti —me dice con total honestidad.

Es una frase sencilla. Cuatro palabras. Las cuatro palabras más impactantes que he oído nunca.

—Por supuesto, no es lo que deseaba para ti —prosigue—. Nadie quiere que su hijo se convierta en padre a los dieciocho años, pero estoy orgulloso de ti. Por cómo lo has llevado todo. Y por cómo has tratado a

Rachel. —Sonríe—. Has puesto al mal tiempo buena cara y, francamente, eso es más de lo que harían muchos adultos.

Sonrío y le doy las gracias.

Pienso que la conversación ha terminado ya, pero no.

—Miles —añade—. Sobre Lisa... ¿y tu madre?

Levanto la mano para detenerlo. No quiero mantener esta conversación hoy. No quiero que este sea el día en que se defienda por lo que le hizo a mi madre.

—No pasa nada, papá. Ya lo hablaremos en otro momento.

Pero él me dice que no; que necesita contármelo ahora. Me dice que es importante.

Yo quiero decirle que, en realidad, no lo es.

Quiero decirle que lo único importante es Clayton.

Quiero centrarme en Clayton y en Rachel y olvidarme del hecho de que mi padre es humano y toma decisiones tan lamentables como el resto de los mortales.

Pero no le digo nada.

Lo escucho.

Porque es mi padre.

29
TATE

Miles: ¿Qué haces?

Yo: Estudio.

Miles: ¿Te apetece un baño
para descansar?

Yo: ??? Estamos en febrero.

Miles: La piscina de la azotea
está climatizada y no cierra
hasta dentro de una hora.

Me quedo mirando el mensaje y luego me dirijo a Corbin.

—¿Hay una piscina en la azotea?

Corbin asiente con la cabeza, pero no aparta la vista del televisor.

—Ajá.

Enderezo la espalda.

—¿Me tomas el pelo? En todo el tiempo que llevo aquí, ¿no se te ha ocurrido decirme que hay una piscina climatizada en la azotea?

Él me mira al fin y se encoge de hombros.

—Odio las piscinas.

¡Arg! Le daría una bofetada en este momento.

Yo: Corbin no me había dicho que hay una piscina. Voy a cambiarme y paso a buscarte.

Miles: ;)

Me doy cuenta de que me he olvidado de llamar a la puerta cuando ya estoy dentro. Supongo que, al mencionarle en el mensaje que iba a pasarme por aquí, me ha parecido innecesario llamar, pero, por cómo me está mirando desde la puerta de su habitación, creo que a Miles no le ha hecho ninguna gracia.

Me detengo en medio del salón y lo observo para determinar de qué humor está hoy.

—Llevas bikini —anuncia con énfasis.

Yo miro hacia abajo.

—Y shorts —replico a la defensiva antes de volver a mirarlo a los ojos—. ¿Qué se pone la gente para ir a nadar en febrero?

Él sigue paralizado frente a la puerta, contemplando mi atuendo.

Doblo la toalla y me la cuelgo de los brazos tapándome con ella. De repente me siento incómoda, como si fuera desnuda.

Él niega con la cabeza y finalmente se dirige hacia mí.

—Es que... —Sigue sin perder de vista el bikini—. Espero que no haya nadie más ahí arriba, porque si tú subes con ese bikini, mi bañador no me tapará lo suficiente. —Baja la vista hacia su bañador.

Y el evidente bulto que se esfuerza en contener.

Me echo a reír.

Parece que sí que le gusta el bikini en realidad.

Da otro paso hacia mí, me rodea los shorts con los brazos y me atrae hacia él.

—He cambiado de idea —me dice sonriendo—. Prefiero quedarme aquí.

Yo niego con la cabeza.

—Yo me voy a nadar. Puedes quedarte aquí, si quieres, pero estarás solo.

Él me besa y me empuja hacia la puerta de su apartamento.

—En ese caso, supongo que me tocará ir a nadar.

Miles introduce el código de acceso de la azotea y sostiene la puerta para que pase. Me alegra ver que no hay nadie más y me sorprendo por lo bonita que es. Hay una piscina tipo *infinity* y tumbonas que llegan al final de la piscina, que acaba en un jacuzzi.

—No me puedo creer que a ninguno de los dos se os ocurriera mencionarla antes. Me la he estado perdiendo todos estos meses.

Miles me quita la toalla y la deja en una de las mesas que hay en los laterales de la azotea. Vuelve a mi lado y busca el botón de los shorts.

—Es la primera vez que vengo. —Me los desabrocha y los empuja por debajo de las caderas—. Venga —susurra—, vamos a mojarnos.

Me libro de los pantalones de una patada al mismo tiempo que él se quita la camiseta. El aire es helado, pero el vapor que sale del agua es prometedor. Me dirijo a la parte menos profunda para bajar los escalones, pero Miles se tira de cabeza desde el extremo más hondo. Al entrar, siento que el calor del agua se me traga los pies, por lo que me apresuro a entrar del todo. Me dirijo al centro de la piscina y voy andando hasta el extremo, donde apoyo los brazos en la repisa de hormigón con vistas a la ciudad.

Miles se me acerca nadando y me aprisiona, apoyando el pecho en mi espalda y colocando las manos a lado y lado de la repisa. Apoya la cabeza en la mía y contemplamos las vistas.

—Es precioso —susurro.

Él guarda silencio.

Seguimos contemplando la ciudad durante lo que me parece una eternidad. De vez en cuando, él me echa agua caliente por los hombros para que no me enfríe.

—¿Siempre has vivido en San Francisco? —le pregunto.

Me vuelvo y apoyo la espalda en la repisa para mirarlo a la cara. Él mantiene los brazos como estaban, a lado y lado, y asiente con la cabeza.

—Cerca —responde sin dejar de contemplar la ciudad por encima de mi hombro.

Quiero preguntarle dónde, pero no lo hago. Su lenguaje corporal me está diciendo que no le apetece hablar de su vida. Nunca le apetece.

—Eres hijo único... —le digo para ver si logro sacarle algo—. ¿Algún hermano o hermana?

Me mira a los ojos. Ha apretado los labios, que forman una línea dura, tensa.

—¿Qué haces, Tate? —No creo que quisiera sonar tan grosero, pero esa pregunta solo puede sonar así.

—Darte conversación. —Mi voz suena apocada y algo ofendida.

—Se me ocurren un montón de cosas sobre las que hablar mejores que mi vida.

«Pero es que a mí es lo único que me interesa, Miles.»

Asiento en silencio, porque entiendo que, aunque no he roto las reglas, he tratado de retorcerlas un poco y él se ha sentido incómodo.

Me doy la vuelta y quedo otra vez de cara a la repisa. Él sigue en la misma posición, pegado a mí, pero hay algo distinto. Está rígido, cerrado, a la defensiva.

No sé nada de él. No sé nada sobre su familia, y eso que él ya ha conocido a la mía. No sé nada sobre su pasado, y eso que él ha dormido en mi cama de cuando era niña. No sé qué temas o qué actos provocarán que reaccione cerrándose como una almeja, pero yo no le escondo nada.

Él me ve tal como soy.

Y yo no lo veo en absoluto.

Una lágrima va a parar a mi mejilla y me la seco rápidamente. Lo último que quiero es que me vea llorar. Tengo claro que estoy demasiado enganchada para seguir considerando esto sexo esporádico e informal, pero es que también estoy demasiado enganchada para ponerle fin. La idea de perderlo me aterroriza; por eso me coloco en segundo plano y me conformo con lo que me da, aunque sé que me merezco algo mejor.

Miles me apoya una mano en el hombro y me da la vuelta para que lo mire, pero yo mantengo la vista baja, clavada en el agua, por lo que me apoya un dedo bajo la barbilla y me obliga a alzar la cara. Yo se lo permito, pero le rehúyo la mirada. Miro hacia arriba, a la derecha, mientras pestañeo para controlar las lágrimas.

—Lo siento.

Ni siquiera sé por qué se está disculpando. Ni siquiera sé si él sabe por qué se está disculpando. Lo que los dos sabemos es que mis lágrimas se las debo a él, y supongo que se está disculpando por eso, sin más. Porque sabe que no puede darme lo que quiero.

Deja de intentar obligarme a mirarlo y me atrae hacia su pecho. Apoyo la oreja sobre su corazón, y él apoya su cabeza en la mía.

—¿Crees que deberíamos parar? —me pregunta en voz baja. Su voz suena temerosa, como si esperara que le dijera que no, pero se sintiera obligado a preguntármelo igualmente.

—No —susurro.

A él se le escapa un hondo suspiro. Podría ser un suspiro de alivio, pero no estoy segura.

—Si te pregunto algo, ¿serás sincera conmigo?

Me encojo de hombros, porque no pienso responder que sí hasta que no sepa cuál es la pregunta.

—¿Sigues con esto porque crees que acabaré cambiando de idea? ¿Porque crees que hay alguna posibilidad de que me enamore de ti?

«Esa es la única razón por la que sigo aquí, Miles.»

No lo digo en voz alta, claro. No digo nada.

—Porque no puedo, Tate. Yo... no... —Su voz se apaga y se queda callado.

Al analizar sus palabras me doy cuenta de que ha dicho que no puede, no que no quiera. Quiero preguntarle por qué no puede. ¿Por miedo? ¿Porque piensa que no soy adecuada para él? ¿Porque teme romperme el corazón? No se lo pregunto porque sé que ninguna de las respuestas me tranquilizaría. Ninguno de estos casos me parece razón suficiente para negarle la felicidad a tu corazón.

Por eso no le pregunto nada, porque siento que tal vez no estoy preparada para la verdad. Tal vez estoy subestimando lo que le ocurrió en el pasado para acabar así. Porque algo ocurrió, algo con lo que probablemente no podría sentirme identificada aunque supiera lo que es; algo que le robó el alma, tal como dijo Cap.

Me abraza con más fuerza y ese abrazo me dice mucho más que cualquier palabra, porque es más que un abrazo. Me agarra como si sintiera pánico, como si temiera que fuera a ahogarme si me suelta.

—Tate —susurra—, sé que voy a arrepentirme de decir esto, pero quiero que lo oigas. —Se separa de mí lo justo para besarme el pelo y vuelve a aferrarme con todas sus fuerzas—. Si fuera capaz de amar a alguien..., te amaría a ti.

Mi corazón se rompe en pedazos. Siento cómo la esperanza me inunda por completo, pero solo para volver a escaparse de mí.

—Pero no soy capaz —sigue diciendo—. Por eso, si es demasiado duro...

—No lo es —lo interrumpo, dispuesta a lo que haga falta para impedir que ponga fin a esto. No sé de dónde saco las fuerzas para mirarlo a los ojos y soltar la mayor mentira que he dicho en mi vida—: Me gustan las cosas tal y como están.

Él sabe que estoy mintiendo. Veo las dudas en su mirada preocupada, pero asiente de todos modos. Trato de distraerlo antes de que descubra todas mis verdades. Le rodeo el cuello con los brazos, pero, en ese momento, algo capta su atención y se vuelve hacia la puerta, que se está abriendo. Al volverme, veo que es Cap, que entra arrastrando los pies. Se dirige hacia el interruptor que controla los chorros del jacuzzi, lo apaga y se da la vuelta lentamente hacia la puerta. Al hacerlo, nos ve con el rabillo del ojo. Estamos a unos dos metros de distancia. Se vuelve a mirarnos y me pregunta, entornando los ojos:

—¿Eres tú, Tate?

—Sí, soy yo —respondo.

Miles y yo seguimos en la misma postura.

—Mmm. —Él nos mira con atención—. ¿Os han dicho alguna vez que hacéis muy buena pareja, puñeteros?

Hago una mueca, porque sé que no es buen momento para que Miles oiga esto, después de la incómoda conversación que acabamos de mantener. También sé qué es lo que pretende Cap con ese comentario.

—Apagaremos las luces al salir, Cap —le dice Miles cambiando de tema.

Cap lo mira con los ojos entornados, niega con la cabeza como si se sintiera decepcionado y se vuelve hacia la puerta.

—¿Qué más da? Era una pregunta retórica —murmura. Se lleva la mano a la frente y hace el saludo militar al aire—. Buenas noches, Tate —se despide en voz alta.

—Buenas noches, Cap.

Miles y yo nos lo quedamos mirando hasta que cierra la puerta. Le retiro las manos del cuello y le empujo con suavidad el pecho para que me deje salir. Voy nadando de espaldas hasta la otra punta de la piscina.

—¿Por qué eres siempre tan maleducado con él? —le pregunto.

Miles se hunde en el agua, se impulsa con los pies y se acerca a mí nadando a braza sin apartar los ojos de los míos. Sigo nadando de espaldas hasta que toco el otro extremo de la piscina. Él sigue nadando hacia mí hasta que casi chocamos, pero se detiene sosteniéndose de la repisa, a ambos lados de mi cabeza, lanzando olas contra mi pecho.

—No soy maleducado con él. —Me busca el cuello con los labios y va dejando un reguero de besos hasta llegar a la oreja—. Es que no me gusta que me hagan preguntas.

«Sí, creo que a esta conclusión ya había llegado.»

Echo el cuello hacia atrás para verle la cara. Trato de mirarlo a los ojos, pero tiene gotas de agua en los labios y me cuesta no quedarme contemplándolos.

—Pero es un anciano. No está bien ser grosero con un anciano. Aparte de que es un tipo muy divertido si te molestas en conocerlo.

Miles se ríe.

—Te cae bien, ¿eh?

Parece hacerle mucha gracia.

—Sí, me cae muy bien. A veces me cae mejor que tú.

Ahora se ríe con ganas antes de inclinarse hacia mí y darme un beso en la mejilla. Me sujeta la nuca con una mano y baja la mirada hacia mi boca.

—Me gusta que te caiga bien. —Vuelve a mirarme a los ojos—. No volveré a ser grosero con él, te lo prometo.

Me muerdo el labio para contener las ganas de sonreír por la ilusión que me hace que me haya hecho una promesa. Es una promesa sencillita, pero igualmente me hace ilusión.

Me sujeta la mandíbula y con el pulgar me acaricia el labio y lo aparta de los dientes.

—¿Qué te dije sobre lo de esconder la sonrisa? —Se acerca y me da un mordisquito en el labio inferior.

Siento como si la temperatura de la piscina acabara de aumentar cinco grados.

Pega la boca a mi cuello y suelta el aire en un suspiro hondo. Echo la cabeza hacia atrás, apoyándola en el borde de la piscina mientras me recorre el cuello a besos.

—No quiero nadar más —me dice volviendo a reseguirme el cuello con los labios, pero esta vez en sentido inverso.

—Y entonces ¿qué te apetece hacer? —le pregunto con un hilo de voz.

—Me apeteces tú —responde con firmeza—. En la ducha. Por detrás.

Inspiro una gran bocanada de aire y la siento caer hasta la boca del estómago.

—Caramba. Eso es bastante específico.

—Y en la cama —susurra—. Contigo encima, todavía empapada después de la ducha.

Inspiro con brusquedad y ambos notamos cómo tiembla el aire cuando lo suelto entrecortadamente.

—Vale —trato de decir, pero su boca me interrumpe antes de que acabe de pronunciar la palabra.

Y, una vez más, echo a un lado lo que debería haber sido una conversación reveladora y le abro los brazos a lo único que él está dispuesto a darme.

30
MILES

Seis años atrás

Nos dirigimos en silencio a una sala de espera vacía. Mi padre se sienta primero; yo me siento a regañadientes enfrente de él.

Espero su confesión, aunque él no sabe que no la necesito. Ya sé los detalles de su relación con Lisa. Ya sé cuánto hace que empezó.

—Tu madre y yo... —Está mirando al suelo. Ni siquiera es capaz de mirarme a los ojos—. Decidimos separarnos cuando tenías dieciséis años. Sin embargo, debido a lo mucho que viajaba, pensamos que lo mejor sería esperar a que te graduaras para hacer oficial el divorcio.

¿Dieciséis?

Ella enfermó cuando yo tenía dieciséis años.

—Llevábamos casi un año separados cuando conocí a Lisa. —Ahora sí que me mira. Está siendo sincero—. Cuando nos enteramos de que estaba enferma, hice lo que me pareció que tenía que hacer, Miles. Era tu madre y no pensaba dejarla sola cuando más me necesitaba.

—Siento un profundo dolor en el pecho—. Sé que has sumado dos y dos —sigue diciendo—. Sé que has hecho los cálculos. Sé que me has odiado pensando que había tenido una aventura mientras ella estaba enferma. Yo me he odiado por dejar que lo pensaras.

—Y entonces ¿por qué lo has hecho? ¿Por qué dejaste que lo pensara?

Vuelve a clavar la vista en el suelo.

—No lo sé. Pensé que tal vez no te habías dado cuenta de que llevaba con Lisa más tiempo del que había dado a entender, y que sacar el tema podría hacer más mal que bien. No me hacía gracia que te enteraras de que mi matrimonio con tu madre había fracasado. No quería que pensaras que había muerto infeliz.

—No fue así —le aseguro para tranquilizarlo—. Estuviste con ella hasta el final. Los dos lo estuvimos.

Él agradece que se lo diga, porque sabe que es verdad.

Mi madre se sentía feliz con su vida.

Feliz conmigo.

Me pregunto si seguiría siéndolo al ver cómo han salido las cosas.

—Estaría orgullosa de ti, Miles —me asegura—. De cómo lo has llevado todo.

Le doy un abrazo.

No me había dado cuenta de la falta que me hacía oír eso.

31
TATE

Corbin no para de hablar de su conversación con mamá. Yo trato de escucharlo, pero lo único en lo que puedo pensar es en que Miles debe de estar a punto de llegar. Lleva diez días fuera. Es la vez que más días hemos pasado sin vernos desde aquellas semanas en que no nos hablamos.

—¿Se lo has contado ya a Miles? —me pregunta Corbin.

—¿El qué?

Mi hermano se vuelve hacia mí.

—Lo de la mudanza.

Señala la manopla que está a mi lado, en la encimera. Se la lanzo y niego con la cabeza.

—No, no he hablado con él desde la semana pasada. Probablemente se lo diga esta noche.

La verdad es que llevo toda la semana queriendo contarle que he encontrado un apartamento, pero para eso tendría que llamarlo o enviarle un mensaje, y nosotros no hacemos esas cosas. Solo nos mandamos mensajes cuando los dos estamos en casa. Creo que nos ayuda a mantener ciertos límites.

Además, tampoco es una gran mudanza. Me voy a unas cuantas manzanas de distancia. He encontrado un apartamento que me queda más cerca tanto del trabajo como de la academia. No es un rascacielos lujoso, pero me encanta.

Sin embargo, no puedo evitar pensar en cómo va a afectar este cambio a lo mío con Miles. Creo que esa es una de las razones por las que ni siquiera le he mencionado que estaba buscando piso. No puedo quitarme de encima el miedo de que, al no estar al otro lado del pasillo, a Miles le parecerá demasiada molestia quedar conmigo y pondrá fin a lo nuestro, sea lo que sea.

Corbin y yo levantamos la vista a la vez al oír que la puerta se abre y que llaman rápidamente al mismo tiempo. Miro a Corbin, que pone los ojos en blanco.

«Aún se está haciendo a la idea.»

Miles entra en la cocina. Me doy cuenta de que tiene ganas de sonreír al verme, pero se controla al estar también mi hermano.

—¿Qué preparas? —le pregunta a Corbin.

Se apoya en la pared y cruza los brazos sobre el pecho, pero sus ojos van por libre y me examinan las piernas de abajo arriba. Al darse cuenta de que llevo falda, detiene el escrutinio y me dirige una sonrisa. Por suerte, Corbin está de cara a los fogones.

—La cena —responde en tono brusco.

«No es de los que se adaptan fácilmente a los cambios.»

Miles vuelve a mirarme y permanece contemplándome en silencio unos segundos.

—Hola, Tate.

—Hola —lo saludo sonriendo.

—¿Qué tal los parciales? —Me está mirando a todas partes menos a la cara.

—Bien.

«Estás muy guapa», vocaliza sin hablar.

Sonrío y desearía que mi hermano no estuviera aquí en estos momentos, porque me está costando una barbaridad no echarle los brazos al cuello y besarlo hasta dejarlo medio tonto.

Corbin sabe a qué ha venido Miles, pero Miles y yo respetamos que a Corbin todavía no le haga ninguna gracia lo que hay entre nosotros; por eso solo damos rienda suelta a la pasión cuando nos quedamos a solas.

Miles se está mordiendo el interior de la mejilla mientras juguetea con la manga de la camisa, sin dejar de observarme. La cocina está en silencio. Corbin todavía no se ha vuelto a mirar a Miles, que parece estar a punto de explotar.

—¡A la mierda todo! —exclama deslizándose por la cocina hasta llegar a mi lado.

Me toma la cara entre las manos y me besa, delante de Corbin.

Me está besando.

Delante de mi hermano.

«No lo analices, Tate.»

Agarrándome de las manos, tira de mí para sacarme de la cocina. Que yo sepa, Corbin sigue con la vista clavada en los fogones, tratando de ignorarnos.

«Sigue adaptándose.»

Cuando llegamos al salón, Miles separa su boca de la mía.

—No he podido pensar en nada más en todo el día —me confiesa—. En nada más.

—Yo tampoco.

Me tira de la mano en dirección a la puerta y yo lo sigo. Sale del apartamento y cruza el pasillo buscando las llaves de su casa en el bolsillo. Veo que su equipaje sigue junto a la puerta.

—¿Por qué has dejado las maletas ahí?

Miles empuja la puerta de su apartamento.

—Todavía no he entrado en casa.

Se da la vuelta, recoge sus cosas y me sostiene la puerta abierta para que pase.

—¿Has venido primero a mi casa?

Él asiente con la cabeza, lanza la bolsa de viaje sobre el sofá y empuja la maleta contra la pared.

—Ajá. —Vuelve a agarrarme la mano y tira de mí hasta pegarme a su cuerpo—. Ya te lo he dicho, Tate. No he pensado en nada más.

Sonríe y agacha la cabeza para besarme.

Me echo a reír.

—Oh, me has echado de menos —le digo en tono burlón.

Él se aparta bruscamente. Por cómo se ha tensado, cualquiera pensaría que acabo de declararle mi amor.

—Relájate. Tienes derecho a echarme de menos, Miles. No estás rompiendo ninguna norma.

Él sigue retrocediendo.

—¿Tienes sed? —Cambia de tema, como de costumbre.

Se da la vuelta y se dirige a la cocina, pero todo en él ha cambiado: su actitud, su sonrisa, su entusiasmo por volver a verme después de diez días...

De pie en medio del salón, veo cómo todo se desmorona.

Acabo de recibir una bofetada de realidad, aunque los estragos que me causa parecen más propios de un meteorito.

«Este hombre ni siquiera es capaz de admitir que me echa de menos.»

Hasta ahora albergaba la esperanza de que, si me tomaba las cosas con calma y le daba tiempo, acabaría por romper la muralla que lo mantiene preso. Durante estos últimos meses me he estado engañando, diciéndome que tal vez él no era capaz de manejar lo que había surgido entre nosotros y que necesitaba tiempo, pero ahora lo veo claro.

No se trata de él.

Se trata de mí.

Soy yo la que no puedo manejar esto.

—¿Estás bien? —me pregunta Miles desde la cocina. Asoma la cabeza por detrás de los armaritos para verme y espera mi respuesta, pero no puedo responderle.

—¿Me echas de menos, Miles?

Y ahí está de nuevo el muro defensivo, la armadura que se pone para protegerse. Aparta la mirada y vuelve a meterse en la cocina.

—Nosotros no nos decimos esas cosas, Tate —me recuerda en tono gélido.

«¿En serio?»

—Ah, ¿no? —Doy unos cuantos pasos en dirección a la cocina—. Miles, es una frase como cualquier otra. No implica compromiso, ni siquiera amor; la gente se lo dice a sus amigos.

Él se apoya en la barra de desayuno y alza la cara con parsimonia.

—Pero nosotros nunca hemos sido amigos. Y no quiero romper tu única regla dándote falsas esperanzas, por eso no pienso decirlo.

No puedo explicar lo que me pasa porque no es algo racional. Es como si todas las palabras dolorosas que me ha dicho hasta este momento me atravesaran al mismo tiempo. Quiero gritarle, quiero odiarlo, quiero saber qué demonios le pasó para dejarlo así, capaz de decirme cosas que me duelen más que cualquier otra frase que me hayan dicho antes.

Estoy harta de caminar sin avanzar.

Harta de fingir que no me muero de curiosidad por saberlo todo de él.

Harta de fingir que él no está en todas partes; que no lo es todo, que no es lo único.

—¿Qué te hizo? ¿Qué te hizo esa mujer? —susurro.

—No. —No es una respuesta; es una advertencia, una amenaza.

Estoy tan harta de ver el dolor en sus ojos y no saber qué lo causa. Harta de no saber qué palabras están prohibidas.

—Cuéntamelo.

Él me rehúye la mirada.

—Vete a casa, Tate. —Se da la vuelta y se agarra a la encimera, agachando la cabeza.

—¡Que te follen!

Me doy la vuelta y salgo de la cocina. Al llegar al salón oigo que me sigue y acelero el paso. Llego hasta la puerta y la abro, pero él apoya la mano por encima de mi cabeza y la cierra de un portazo.

Aprieto los párpados, preparándome para las palabras que me darán el golpe de gracia, porque sé que, diga lo que diga, será la puntilla que acabará de matarme.

Tiene la cara muy cerca de mi oreja y el pecho pegado a mi espalda.

—Eso es lo que hemos estado haciendo, Tate. Follar. Te lo dejé claro desde el primer momento.

Me echo a reír, porque no sé cómo reaccionar. Me doy la vuelta para enfrentarlo cara a cara. Él no retrocede. Nunca me había parecido más intimidante que en este momento.

—¿En serio piensas que me lo has dejado claro? No te lo crees ni tú, Miles.

Él sigue sin moverse, pero se le tensa la mandíbula.

—Por supuesto que lo dejé claro. Dos reglas. No es tan difícil de entender.

Suelto una carcajada cargada de incredulidad y luego saco de golpe todo lo que guardaba en el pecho.

—Hay una gran diferencia entre follarte a alguien y hacerle el amor. Y tú y yo llevamos más de un mes sin follar. Cada vez que estás dentro de mí, me haces el amor. Lo sé por tu modo de mirarme. Me echas de menos cuando no estamos juntos. Piensas en mí todo el tiempo. Ni siquiera puedes esperar a dejar el equipaje dentro de casa antes de venir a por mí. Así que no te atrevas a decirme que has sido claro, porque eres el tipo más jodidamente turbio que he conocido.

Suelto el aire y, por primera vez en un mes, siento que respiro.

Que haga lo que quiera con lo que acabo de decirle; yo tiro la toalla.

Él exhala, soltando el aire de manera uniforme y controlada mientras retrocede varios pasos. Hace una mueca de dolor y se da la vuelta con brusquedad, como si no quisiera que leyera las emociones que obviamente oculta en algún lugar, muy dentro de él. Se sujeta la nuca con fuerza y permanece en esa postura, inmóvil, durante un minuto al menos. Trata de controlar la respiración, como si le costara un gran esfuerzo no llorar. El corazón me empieza a doler al darme cuenta de lo que está pasando.

Se está rompiendo.

—Dios mío —susurra sin poder disimular el dolor en su voz—. ¿Qué te estoy haciendo, Tate?

Se acerca a la pared, se apoya en ella y se deja caer hasta quedar sentado en el suelo. Dobla las rodillas para apoyar los codos en ellas y se cubre la cara con las manos para esconder sus emociones. Los hombros le tiemblan, pero no hace ningún ruido.

Está llorando.

Miles Archer está llorando.

Es el mismo llanto desgarrador que oí la noche que lo conocí.

Este hombre hecho y derecho, este muro intimidante, esta coraza de acero, se está desmoronando ante mis ojos.

—¿Miles? —susurro.

Mi voz suena muy débil comparada con su estruendoso silencio. Me acerco y me dejo caer de rodillas frente a él. Lo abrazo por los hombros y apoyo la cabeza en la suya.

Esta vez no le pregunto qué le pasa, porque la respuesta me aterroriza.

32
MILES

Seis años atrás

Lisa adora a Clayton.

Mi padre adora a Clayton.

«Clayton recompone las familias rotas.»

Ya es mi héroe y solo tiene dos días.

Poco después de que Lisa y mi padre se vayan, llega Ian.

Dice que no quiere cogerlo en brazos, pero Rachel lo obliga. Se siente incómodo, porque es la primera vez que sostiene a un bebé, pero lo hace.

—Menos mal que se parece a Rachel —comenta, y yo le doy la razón.

Ian le pregunta a Rachel si le he contado alguna vez lo que le dije cuando acababa de conocerla.

No sé a qué se refiere.

Él se echa a reír.

—Tras acompañarte a clase el primer día, te sacó una foto desde su pupitre —le cuenta Ian—. Me la envió y me dijo: «Es la futura madre de mis hijos».

Rachel me mira y yo me encojo de hombros.

Qué vergüenza.

Pero a Rachel le encanta lo que le dije a Ian aquel día.

Y a mí me encanta que se lo haya contado justamente hoy.

El médico viene a decirnos que ya podemos irnos a casa.

Ian me ayuda a llevar las cosas al coche, que dejamos aparcado cerca de la salida.

Cuando estoy a punto de ir a buscar a Rachel a la habitación, Ian me da un toque en el hombro. Me vuelvo hacia él.

Tengo la sensación de que quiere felicitarme, pero, en vez de eso, me da un abrazo.

Es incómodo, pero no lo es. Me gusta que se sienta orgulloso de mí.

Me hace sentir bien, como si estuviera haciendo las cosas bien.

Ian se marcha.

Y nosotros también.

Rachel, Clayton y yo.

«Mi familia.»

Me gustaría que Rachel estuviera sentada a mi lado, pero me encanta que esté sentada junto a Clayton. Me encanta que lo quiera tanto. Me encanta que me sienta aún más atraído por ella ahora que es madre.

Quiero besarla. Quiero decirle otra vez que la quiero, pero pienso que se lo digo demasiado a menudo y no quiero que se harte nunca de oírlo.

—Gracias por darme este bebé —me dice desde el asiento de atrás—. Es precioso.

Me echo a reír.

—La belleza la ha sacado de ti, Rachel. Lo único que ha sacado de mí son las pelotas.

Ella se echa a reír con ganas.

—Ay, Dios, es verdad. Son enormes.

Los dos nos reímos de las enormes pelotas de nuestro hijo.

Ella suspira.

—Descansa —le digo—. Llevas dos días sin dormir.

La veo sonreír por el espejo retrovisor.

—Es que no puedo dejar de mirarlo —susurra.

«Y yo no puedo dejar de mirarte a ti, Rachel.»

Pero lo hago, porque el coche que viene de frente lleva unas luces tan potentes que me deslumbran.

Agarro el volante con fuerza.

Demasiado potentes.

Siempre había oído decir que toda tu vida pasa ante tus ojos un instante antes de morir.

En cierta manera, es verdad.

Sin embargo, no son imágenes que sigan una secuencia, ni siquiera imágenes desordenadas.

Una única imagen

SE IMPONE

a todas las demás en tu cabeza y se convierte en todo lo que sientes y todo lo que ves.

No es tu vida lo que pasa por delante de tus ojos.

Lo que pasa ante tus ojos son las personas que forman tu vida.

Rachel y Clayton.

Lo único que veo es a ellos dos —mi vida entera— pasar en un destello ante mis ojos.

El sonido lo envuelve todo y se convierte en todo.

Todo.

Dentro de mí, fuera de mí, a través de mí, debajo de mí, por encima de mí.

RACHEL, RACHEL, **RACHEL.**

No la encuentro.

CLAYTON, CLAYTON, **CLAYTON.**

Estoy mojado. Tengo frío. Me duele la cabeza. Me duelen los brazos.

No la veo, no la veo, no la veo. No lo veo.

Silencio.

Silencio.

Silencio.

UN SILENCIO ENSORDECEDOR.

—¡Miles!

Abro los ojos.

Está mojado. Está mojado. Hay agua. Está mojado. Hay agua dentro del coche.

Me desabrocho el cinturón de seguridad y me doy la vuelta. Ella tiene las manos en la sillita del bebé.

—¡Miles! ¡Ayúdame! ¡Está atascada!

Lo intento.

Vuelvo a intentarlo.

Pero ella también tiene que salir.

«Ella también tiene que salir.»

Le doy una patada a la ventanilla y rompo el cristal. Lo vi una vez en una película.

«Asegúrate de romper el cristal antes de que haya demasiada presión.»

—¡Rachel, sal! ¡Yo me ocupo de él!

Ella se niega. No piensa parar hasta sacarlo de ahí.

«Ya lo saco yo, Rachel.»

Ella no puede salir. Su cinturón se ha atascado. Está demasiado tenso.

Dejo la sillita y busco el cierre del cinturón. Lo

encuentro, pero tengo las manos ya por debajo del nivel del agua.

Ella me golpea los brazos y trata de apartarme.

—¡Sácalo a él primero! —me grita—. ¡Sácalo a él primero!

No puedo.

Los dos están atrapados.

Rachel está atrapada.

«Estás atrapada, Rachel.»

Dios mío.

Estoy asustado.

Rachel está asustada.

Hay agua por todas partes. Ya no veo a Clayton.

No veo a Rachel.

No oigo a Clayton.

Vuelvo a intentar soltar el cinturón de seguridad.

Libero a Rachel.

Le agarro las manos. Su ventana no está rota.

La mía sí.

Tiro de ella hacia delante, pero ella se resiste.

Se está resistiendo.

Ha dejado de resistirse.

«Resístete, Rachel.»

«Lucha.»

«Muévete.»

Alguien alarga una mano por la ventanilla.

—Dame su mano —lo oigo gritar.

El agua entra en el coche por mi ventanilla.

El asiento trasero está totalmente cubierto de agua.

«Todo es agua.»

Le doy la mano de Rachel y él me ayuda a sacarla del coche.

«Todo es agua.»
Trato de encontrarlo.
No puedo respirar.
Trato de encontrarlo.
No puedo respirar.
Trato de salvarlo.
Quiero ser su héroe.
No puedo respirar.
Así que dejo de hacerlo.
Silencio.
Silencio.
Silencio.
Silencio.
Silencio.
Silencio.
Silencio.
Silencio.
Silencio.
UN GRITO ENSORDECEDOR.
Me cubro las orejas con las manos.
Me cubro el corazón con una coraza.
Toso hasta que puedo volver a respirar.
Abro los ojos. «Estamos en un barco.»
Miro a mi alrededor. «Estamos en un lago.»
Me llevo la mano a la mandíbula.
Tengo la mano roja.
Cubierta de sangre, tan roja como el pelo de Rachel.
«Rachel.»
Encuentro a Rachel.
«Clayton.»
No encuentro a Clayton.

Me apoyo en las manos para levantarme, dispuesto a
saltar por la borda.
«Tengo que encontrarlo.»
Alguien me lo impide. Alguien tira de mí.
Alguien no me deja saltar.
Alguien me dice que es demasiado tarde.
Alguien me dice que lo siente.
Alguien me dice que no podemos ir a buscarlo.
Alguien me dice que salimos disparados en el puente
después del impacto.
Alguien me dice que lo siente mucho.
Me dirijo hacia Rachel.
Trato de abrazarla, pero ella no me deja. Está gritando.
Sollozando. GIMIENDO. LLORANDO A GRITOS.
Me pega.
Me da patadas.
Me dice que debería haberlo salvado a él.
«Pero traté de salvaros a los dos, Rachel.»
—¡Deberías haberlo salvado a él, Miles! —me grita.
Deberías haberlo salvado a él.
Deberías haberlo salvado a él.
Debería haberlo salvado a ÉL.
Está gritando.
Sollozando. GIMIENDO. **LLORANDO A GRITOS.**
La abrazo igualmente.
Dejo que me pegue.
Dejo que me odie.
«Rachel me odia.»

La abrazo igualmente.

Rachel llora, pero ya no hace ruido. Llora con tanta congoja que se le ha cerrado la garganta. Su cuerpo llora, pero su voz no.

Destrozada.

Destrozada.

DESTROZADA.

Lloro con ella. Lloro y lloro y lloro y lloro y lloramos y lloramos y lloramos.

Destrozados.

«Todo es agua ahora.»

Miro a Rachel. «Solo veo agua.»

Cierro los ojos. «Solo veo agua.»

Miro al cielo. «Solo veo agua.»

Duele tanto. No sabía que un corazón podía cargar el peso del mundo entero.

Ya no hago que la vida de Rachel sea mejor.

Te he destrozado, Rachel.

«Mi familia.»

«Rachel, Clayton y yo.»

DESTROZADOS.

«No podrás amarme después de esto, Rachel.»

33
TATE

Lo acaricio. Le froto la espalda, le toco el pelo. Está llorando y lo único que puedo hacer es decirle que no se preocupe. Quiero decirle que se olvide de todo lo que le he dicho esta noche. Quiero hacer todo lo posible por librarlo de este dolor, porque da igual lo que pasase. Fuera lo que fuese, nadie se merece sentir lo que él está sintiendo ahora mismo.

Le aparto las manos para que deje de cubrirse la cara y me siento en su regazo. Le tomo la cara entre mis manos y la alzo para que me mire, pero tiene los ojos cerrados.

—No hace falta que me lo cuentes, Miles.

Él me abraza y hunde la cara en mi pecho. La respiración se le acelera mientras trata de controlar sus emociones. Lo abrazo por la cabeza y lo beso en la coronilla hasta que él se aparta un poco y me mira.

No existe armadura en el mundo ni muralla lo bastante gruesa para ocultar la devastación que asoma a sus ojos ahora mismo. Es tan inmensa y tan abundante que contengo el aliento para no echarme a llorar con él.

«¿Qué te pasó, Miles?»

—No necesito saberlo —repito susurrando y negando con la cabeza.

Él me sujeta la nuca con las dos manos y me aplasta la boca en un beso duro y doloroso. Se echa hacia delante hasta que acabo con la espalda apoyada en el suelo. Tira de mi camisa para quitármela mientras me besa con rabia y desesperación, llenándome la boca con el sabor de sus lágrimas.

Dejo que me use para librarse del dolor.

Haría lo que me pidiera si con ello lograra que dejara de sufrir así.

Desliza la mano por debajo de mi falda y me baja las bragas al mismo tiempo que yo le bajo los vaqueros. Al notar las bragas a la altura de los tobillos, me libro de ellas a patadas mientras él me coge las manos, me las levanta por encima de la cabeza y las clava en el suelo.

Apoya la frente en la mía, pero no me besa. Cierra los ojos, pero yo los mantengo abiertos. Sin entretenerse, se coloca entre mis piernas y las separa. Mueve la frente a un lado de mi cabeza y se desliza en mi interior lentamente. Cuando está dentro de mí hasta el fondo, exhala, soltando con el aire parte de su dolor, alejando de su mente el horror que acaba de revivir.

Se retira y vuelve a clavarse en mí, esta vez con todas sus fuerzas.

Me duele.

«Dame tu dolor, Miles.»

—Dios mío, Rachel —susurra.

«Dios mío, Rachel.»

«Rachel, Rachel, Rachel.»

Sus palabras se quedan reverberando en bucle en mi cabeza.

«Dios.»

«Mío.»

«Rachel.»

Vuelvo la cabeza, apartándola de él. Nunca había sentido un dolor tan atroz. Nunca.

Él se queda paralizado en mi interior al darse cuenta de lo que ha dicho. Lo único que se mueve entre nosotros son las lágrimas que caen de mis ojos.

—Tate —susurra rompiendo el silencio—. Tate, lo siento mucho.

Niego con la cabeza, pero las lágrimas no dejan de brotar. En algún lugar muy dentro de mí, noto que algo se endurece. Algo que en otro tiempo fue líquido se congela por completo. Sé que ha llegado el momento de la verdad.

Ese nombre.

Ese nombre es la clave de todo. Nunca podré acceder a su pasado porque le pertenece a ella.

Nunca podré aspirar a su futuro porque él se niega a dárselo a nadie que no sea ella.

Y nunca sabré por qué, porque él nunca me lo contará.

Empieza a retirarse de mi interior, pero yo lo rodeo con mis piernas y lo retengo, apretando con fuerza. Él suspira, soplando el aire contra mi mejilla.

—Te juro por Dios, Tate, que no estaba pensando en...

—Ya basta —susurro. No quiero escuchar excusas sobre lo que acaba de pasar—. Acaba de una vez, Miles.

Él levanta la cabeza y me mira. Veo nuevas lágrimas en sus ojos, que se disculpan. No sé si mis palabras lo han herido o es que ambos sabemos que esto termina aquí, pero parece como si acabaran de romperle el corazón una vez más.

Si es que eso es posible.

Una de sus lágrimas va a parar a mi mejilla. Noto cómo se desliza y se une a una de las mías.

Solo quiero que todo acabe de una vez.

Lo agarro por la nuca y tiro de él, buscándole la boca. Él ya no se mueve dentro de mí, por lo que arqueo la espalda, presionando las caderas hacia arriba. Él gime en mi boca y me embiste una vez, pero vuelve a detenerse.

—Tate —me llama con la boca pegada a mis labios.

—Acaba, Miles —le digo sin dejar de llorar—. Acaba de una vez.

Me apoya una mano en la cara y lleva sus labios a mi oreja. Los dos lloramos con más fuerza. Me doy cuenta de que para él soy algo más que sexo. Sé que lo soy. Siento las ganas que tiene de quererme, pero lo que se lo impide es algo demasiado fuerte, contra lo que nunca podré luchar.

Rodeándole el cuello con los brazos, le ruego:

—Por favor. Por favor, Miles.

Estoy llorando, suplicándole algo que ni siquiera sé qué es.

Él me embiste, esta vez con fuerza. Con tanta fuerza que me desplazo por el suelo. Él desliza las manos por debajo de mis hombros y me sujeta, manteniéndome en el sitio mientras se hunde en mí repetidamente, con embestidas bruscas, largas y profundas que nos obligan a gemir con cada movimiento.

—Más duro —le pido.

Él empuja con más fuerza.

—Más deprisa.

Él acelera el ritmo.

A ambos nos cuesta respirar por el esfuerzo y el llanto. Es intenso, desgarrador, devastador.

Es feo.

Y llega a su fin.

En cuanto noto que su cuerpo se desploma, inmóvil, sobre el mío, lo empujo por los hombros y él sale rodando de encima. Me siento y me seco los ojos con las manos. Luego me levanto y me pongo las bragas.

Él me agarra el tobillo. Son los mismos dedos que me atraparon el tobillo la noche que lo conocí.

—Tate —me dice con la voz bañada en todo tipo de emociones. Cada una de ellas se enrosca en las letras de mi nombre antes de salir de su boca.

Me libro de su agarre.

Mientras me dirijo a la puerta, todavía lo siento dentro de mí. Aún noto el sabor de su boca en la mía. Todavía noto sus lágrimas en mi mejilla.

Abro la puerta y salgo.

Cierro la puerta, aunque es lo más duro que he hecho en la vida.

Ni siquiera soy capaz de dar los tres pasos que me separan de mi apartamento.

Me desplomo en el pasillo.

Soy líquido.

Soy lágrimas y nada más.

34
MILES

Seis años atrás

Volvemos a casa, pero no a nuestra casa.

Rachel quería estar con Lisa. Rachel necesita a su madre.

«Y yo necesito a mi padre, más o menos.»

Todas las noches la abrazo. Todas las noches le digo que lo siento. Todas las noches lloramos.

No entiendo cómo algo puede ser tan perfecto. Cómo la vida, el amor y la gente pueden ser tan perfectos y hermosos.

Y, de golpe, dejar de serlo.

De golpe se vuelven feos.

La vida, el amor y la gente, todo se vuelve feo.

«Todo se convierte en agua.»

Esta noche es distinta. Esta es la primera noche en tres semanas que Rachel no está llorando. La abrazo igualmente. Quiero alegrarme de que no llore, pero me da miedo. Sus lágrimas significan que siente algo. Aunque sea un sentimiento de devastación, es un sentimiento.

Esta noche no hay lágrimas.

La abrazo igualmente. Vuelvo a decirle que lo siento.

Ella nunca me dice que no pasa nada.

Nunca me dice que no es culpa mía.

Nunca me dice que me perdona.

Sin embargo, esta noche me besa. Me besa y se quita la camiseta. Me pide que le haga el amor. Le digo que no deberíamos, que se supone que hemos de esperar dos semanas más. Pero ella me besa y dejo de hablar.

Le devuelvo el beso.

«Rachel me vuelve a querer.»

Creo.

Me besa como si me quisiera.

La trato con delicadeza.

Voy despacio.

Toca mi piel como si me quisiera.

No quiero hacerle daño.

Se echa a llorar.

«Por favor, no llores, Rachel.»

Me detengo.

Ella me pide que no pare.

Me pide que acabe.

«Acabar.»

No me gusta que use esa palabra.

Como si esto fuera un trabajo.

La beso otra vez.

Y acabo.

Miles:

Rachel me ha escrito una carta.

Lo siento.

No.

No puedo seguir con esto. Duele demasiado.

No, no, no.

Mi madre me lleva de regreso a Phoenix. Nos mudamos allí las dos. Las cosas son demasiado complicadas, incluso para ellos. Tu padre ya lo sabe.

Clayton recompone las familias rotas.

Miles las hace pedazos.

He intentado quedarme. He intentado amarte, pero cada vez que te miro lo veo a él. Todo es él. Si me quedo, todo será siempre él. Sé que lo sabes. Sé que lo entiendes. No debería culparte.

Pero lo haces.

Lo siento mucho.

¿Dejas de amarme por carta, Rachel?

Todo mi amor,

Amor. Lo siento en todas partes; en los poros, en las venas, en los recuerdos, en mi futuro. Siento todo lo feo del amor.

Rachel.

La diferencia entre el lado hermoso y el lado feo del amor es que el lado hermoso es más ligero. Te hace sentir que flotas, te eleva; te lleva en volandas.

Las partes bonitas del amor te levantan por encima del resto del mundo. Te elevan sobre todo lo malo y cuando miras hacia abajo piensas: «Caramba, cómo me alegro de estar aquí».

A veces, las partes bonitas del amor regresan a Phoenix.

Pero las partes feas del amor pesan demasiado para trasladarlas a Phoenix.

Las partes feas del amor no te elevan.

Te hacen

C

A

E

R

Y no te permiten levantar la cabeza.

Te ahogan.

Y tú miras hacia arriba y piensas: «Ojalá estuviera allí».

Pero no lo estás.

El amor feo se apodera de ti, se convierte en ti.

Te consume.

Hace que lo odies todo.

Hace que te des cuenta de que las partes bonitas no compensan. Porque, sin las partes bonitas, no corres el riesgo de sentirte así.

No corres el riesgo de sentir lo feo.

Y entonces te rindes. Renuncias a todo. No quieres volver a amar nunca más, sin importar lo agradable que sea, porque no hay relación que compense volver a experimentar lo feo del amor.

«No me permitiré volver a amar a nadie, Rachel.»

«Nunca.»

35
TATE

—Ya es el último viaje —comenta Corbin mientras recoge las dos últimas cajas.

Le doy la llave de mi nuevo piso.

—Voy a hacer un último repaso; nos vemos allí.

Le abro la puerta y, cuando él sale del apartamento, me quedo observando la puerta de enfrente.

No lo he visto ni he hablado con él desde la semana pasada. He esperado de forma egoísta que viniera a disculparse, pero ¿por qué iba a disculparse? Nunca me mintió. No rompió ninguna promesa, porque nunca me hizo ninguna.

Las únicas veces en las que no fue brutalmente sincero conmigo fueron las veces en las que no habló. Cuando me miró y yo di por hecho que no era capaz de verbalizar los sentimientos que vi en sus ojos.

Pero ahora me temo que me inventé esos sentimientos para que coincidieran con los míos. La emoción que aparecía de vez en cuando en sus ojos cuando estábamos juntos fue producto de mi imaginación, producto de mi esperanza.

Echo un último vistazo por el apartamento para asegurarme de que me lo he llevado todo. Cuando salgo al pasillo y cierro la puerta, una fuerza desconocida se apodera de mí.

No sé si es valentía o desesperación, pero aprieto el puño y golpeo con ímpetu la puerta de Miles.

Me doy permiso para escapar si la puerta no se abre en diez segundos.

Por desgracia, solo pasan siete antes de que se abra.

Mis pensamientos se rebelan tratando de recuperar el control de mis movimientos cuando la puerta se abre. Antes de que la razón gane la partida y pueda salir corriendo de aquí, Ian aparece en la puerta. Su mirada amable se convierte en una mirada de compasión al verme allí.

—Tate —me saluda, y adorna mi nombre con una sonrisa. Mira brevemente por encima del hombro en dirección al dormitorio de Miles antes de volverse de nuevo hacia mí—. Voy a buscarlo.

Mi cabeza asciende para asentir, pero mi corazón ya ha iniciado el descenso en caída libre por mi pecho y, tras atravesar el estómago, va a parar al suelo.

—Tate está en la puerta —oigo decir a Ian.

Analizo cada palabra, cada sílaba, buscando una pista por los rincones. Me gustaría saber si ha puesto los ojos en blanco al anunciar mi presencia o si tenía una mirada esperanzada. Si alguien sabe cómo va a sentirse Miles al enterarse de que estoy frente a su puerta, ese es Ian. Por desgracia, su tono de voz no me da ningún tipo de información sobre cuál va a ser la reacción de Miles.

Oigo pasos que se acercan. Disecciono el sonido de los pasos mientras se aproximan por el salón. ¿Son pasos apresurados? ¿Dubitativos? ¿Furiosos?

Cuando llega a la puerta, lo primero que veo son sus pies.

No obtengo ninguna información de ellos. Ninguna pista que me ayude a encontrar la confianza que necesito con tanta desesperación en este momento.

Sé que la voz me va a salir ronca y débil, pero me obligo a hablar igualmente.

—Me voy. —Sigo con la vista clavada en sus pies—. Solo quería decirte adiós.

Él no reacciona de ninguna manera, ni verbal ni física. Por fin, mis ojos se arman de valor y emprenden el ascenso hasta los suyos. Al ver la expresión estoica de su cara, quiero retroceder, pero tengo miedo de tropezar con mi corazón.

No quiero que me vea caer.

Su breve respuesta me consume y hace que me arrepienta de haber llamado a su puerta.

—Adiós, Tate.

36
MILES

En la actualidad

Cuando al fin reúne el valor para mirarme a los ojos, trato de no verla, porque cada vez que la miro de verdad me sobrepasa. Cada vez que estoy con ella, sus ojos, su boca, su voz y su sonrisa encuentran todos mis puntos vulnerables y tratan de quebrantarlos, de apoderarse de ellos, de conquistarlos. Cada vez que estoy con ella tengo que resistirme, por eso esta vez trato de no verla con ninguna otra parte de mi cuerpo aparte de los ojos.

Dice que ha venido a decir adiós, pero no es esa la razón por la que está aquí y lo sabe. Ha venido porque se enamoró de mí a pesar de que le advertí que no lo hiciera. Ha venido porque aún conserva la esperanza de que pueda corresponder a su amor.

«Quiero hacerlo, Tate. Tengo tantas ganas de amarte que duele, joder.»

Cuando le digo adiós, ni siquiera reconozco mi voz. La falta de emoción en mis palabras podría tomarse por odio. Nada más lejos de la apatía que trato de aparentar y aún más lejos de las ganas que tengo de rogarle que no se vaya.

Ella agacha la cabeza bruscamente y clava la vista en sus pies. Sé que mi respuesta la ha matado, pero ya le he dado demasiadas falsas esperanzas. Cuanto más le he permitido acercarse a mí, más le ha dolido cuando la he apartado de mi lado.

Pero me cuesta compadecerme de ella, porque por mucho que esté sufriendo, sé que no conoce el auténtico dolor. No lo ha experimentado como yo. Yo me ocupo de mantener ese dolor con vida. Lo mantengo en funcionamiento. Lo revivo y lo avivo tan a menudo que no deja de crecer.

Ella inspira hondo. Cuando vuelve a alzar la mirada, tiene los ojos más rojos y brillantes.

—Te mereces mucho más de lo que te permites tener. —Se pone de puntillas, me apoya las manos en los hombros y me da un beso en la mejilla—. Adiós, Miles.

Se dirige al ascensor justo en el momento en que Corbin sale a buscarla. Veo que se lleva una mano a la cara para secarse las lágrimas.

La observo mientras se aleja.

Cierro la puerta, y espero sentir al menos un cosquilleo de alivio al haber sido capaz de dejarla ir, pero en su lugar me encuentro con la única emoción que mi corazón parece capaz de sentir: dolor.

—Eres un puto idiota —comenta Ian a mi espalda. Al darme la vuelta, lo veo sentado en el reposabrazos del sofá, observándome—. ¿Por qué cojones no vas tras ella?

«¿Sabes por qué, Ian? Pues porque odio este sentimiento. Odio todos los sentimientos que me despierta, porque me llena de todas las cosas que llevo seis años rehuyendo.»

—¿Por qué iba a hacerlo?

Me doy la vuelta para regresar a mi habitación, pero me detengo en seco al oír que llaman a la puerta. Suelto un suspiro de frustración antes de dirigirme de nuevo hacia la entrada. No me apetece tener que volver a echarla de aquí, pero lo haré. Aunque tenga que usar palabras que le hagan aún más daño, lo haré, porque tiene que aceptar que lo nuestro ha terminado. Permití que llegara demasiado lejos. Joder, no debería haber permitido que empezara siquiera, sabiendo que lo más probable era que acabara así.

Al abrir la puerta, no es Tate quien aparece ante mis ojos, sino Corbin. Por un instante me siento aliviado, pero la expresión furibunda de su cara no anuncia nada bueno.

Sin darme tiempo a reaccionar, me da un puñetazo en la mandíbula. Me tambaleo hacia atrás, pero Ian me agarra e impide que caiga al suelo. Enderezo la espalda antes de volverme hacia la puerta.

—¿Qué coño haces, Corbin? —grita Ian, que me sujeta, dando por hecho que pienso devolverle el golpe.

«No pienso hacerlo. Me lo merecía.»

Corbin nos mira al uno y al otro y, finalmente, fija la mirada en mí. Se lleva el puño al pecho y se lo frota con la otra mano.

—Los dos sabemos que debería haberlo hecho hace tiempo. —Agarra el pomo de la puerta y la cierra, desapareciendo por el pasillo.

Me libro del agarre de Ian y me llevo la mano a los labios. Al mirarme los dedos, veo que están manchados de sangre.

—¿Y ahora qué? —insiste Ian sin perder la esperanza—. ¿Vas a ir tras ella de una vez?

Lo fulmino con la mirada antes de salir disparado hacia mi habitación.

Ian se echa a reír con ganas. Es la risa que usa para decir que soy un puto idiota. Lo que pasa es que ya me lo ha dicho con palabras, o sea que se está repitiendo.

Me sigue hasta el dormitorio.

La verdad es que no estoy de humor para mantener esta conversación. Por suerte, sé cómo mirar a la gente sin verla.

Me siento en la cama mientras él entra en la habitación y se apoya en la puerta.

—Estoy harto, Miles. Llevo seis putos años viendo a este zombi que ha ocupado tu lugar.

—No soy un zombi —replico sin expresión—. Los zombis no pueden volar.

Ian, que no está para bromas, pone los ojos en blanco. Mejor así, porque yo tampoco estoy de humor.

Sigue mirándome mal, así que cojo el móvil y me tumbo en la cama para fingir que no está aquí.

—Ella ha logrado infundirte vida por primera vez desde que te ahogaste en aquel jodido lago.

«Voy a tener que pegarle. Como no se largue ahora mismo, le voy a dar de hostias.»

—Lárgate.

—No.

Lo miro. Lo veo.

—Que te vayas de una puta vez, Ian.

Él se dirige a mi escritorio, aparta la silla y se sienta.

—Que te jodan, Miles. No he acabado.

—¡Vete!

—¡No!

Dejo de resistirme y me levanto para salir yo, pero va tras de mí.

—Deja que te haga una pregunta —me pide mientras me persigue por el salón.

—¿Y luego te irás?

Él asiente con la cabeza.

—Luego me iré.

—De acuerdo.

Me contempla en silencio unos instantes.

Aguardo pacientemente su pregunta para que se marche antes de que tenga que agredirlo.

—¿Qué dirías si alguien te propusiera borrar aquella noche de tu memoria, pero borrando al mismo tiempo todos los buenos recuerdos? Todos los buenos momentos con Rachel, cada palabra, cada beso, cada «te quiero». Y todos los momentos que pasaste con tu hijo, por breves que fueran. La primera vez que viste a Rachel sosteniéndolo en brazos, el primer momento en que lo sostuviste tú. La primera vez que lo oíste llorar o que lo contemplaste dormir. Todo borrado, desaparecido para siempre. Si alguien te dijera que puede librarte de todo lo malo, pero perdiendo al mismo tiempo lo bueno, ¿aceptarías?

Cree que me está preguntando algo que yo no me he preguntado nunca. ¿Acaso piensa que no me hago este tipo de preguntas cada puto día de mi vida?

—No has dicho que tuviera que responder a tu pregunta. Solo has preguntado si podías hacérmela, y ya la has hecho. Lárgate ya.

«Soy un ser humano despreciable.»

—No eres capaz de responderla —replica—. No puedes decir que sí.

—Y tampoco puedo decir que no. Felicidades, Ian. Me has dejado sin palabras. Adiós.

Me dirijo de nuevo a mi habitación, pero él me llama otra vez. Me detengo, apoyo las manos en las caderas y dejo caer la cabeza. ¿Por qué no se rinde de una vez? Llevamos seis años con esto, joder. A estas alturas ya debería haberle quedado claro que esa noche me transformó en la persona que soy ahora. Debería saber que no voy a cambiar.

—Si te lo hubiera preguntado hace unos meses, habrías respondido que sí antes incluso de que acabara de hacerte la pregunta —argumenta—. Tu respuesta siempre habría sido que sí. Habrías dado cualquier cosa por no tener que revivir aquella noche. —Cuando me doy la vuelta, veo que se está dirigiendo hacia la puerta. La abre y se vuelve hacia mí—. Si estar con Tate durante unos pocos meses ha logrado que el dolor sea lo bastante tolerable como para responder con un «quizá», imagínate lo que una vida a su lado podría suponer.

Ian cierra la puerta.

Yo cierro los ojos.

Algo está pasando en lo más hondo de mí. Es como si sus palabras hubieran desencadenado un alud en el glaciar que me envuelve el corazón. Noto cómo grandes trozos de hielo endurecido se rompen y caen, yendo a parar junto a los fragmentos que empezaron a desprenderse el día que conocí a Tate.

Salgo del ascensor, me acerco a Cap y me siento en la butaca vacía que hay junto a la suya. Él ni siquiera me dirige la mirada. Mantiene la vista al frente, clavada en la salida.

—La has dejado escapar. —Ni siquiera trata de disimular la decepción que siente.

Yo no digo nada.

Se apoya en los reposabrazos para cambiar de postura.

—Algunas personas... se vuelven más sabias con la edad. Por desgracia, la mayoría de la gente solo se vuelve más vieja. —Me mira—. Tú eres de los segundos, porque eres tan tonto como el día que naciste.

Cap me conoce lo suficiente para saber que las cosas han acabado como tenían que acabar. Me conoce de toda la vida, ya que ha sido el encargado del mantenimiento del edificio de mi padre desde antes de que yo naciera. Y, antes de eso, realizó el mismo trabajo para mi abuelo, lo que implica que sabe más cosas sobre mi familia que yo mismo.

—Tenía que pasar, Cap —le digo para excusar el hecho de que acabo de dejar escapar a la única chica que ha sido capaz de atravesar mi armadura en más de seis años.

—Ah, ¿sí? —refunfuña.

En todos los años que hace que lo conozco, durante todas las noches que he pasado aquí abajo charlando con él, nunca me ha dado su opinión sobre las decisiones que he tomado. Sabe el tipo de vida que elegí después de lo de Rachel. Me ofrece perlas de sabiduría de vez en cuando, pero nunca su opinión. Me ha escuchado desahogarme sobre la situación con Tate durante meses, pero siempre en silencio, escuchándome con paciencia, sin darme consejos. Eso es lo que más me gusta de él.

Aunque siento que las cosas están a punto de cambiar.

—Antes de que me des la charla, Cap —lo interrumpo sin darle la oportunidad de decir nada—. Sabes que ella está mejor sin mí. —Me vuelvo hacia él—. Lo sabes perfectamente.

Cap se echa a reír y asiente con la cabeza.

—En eso tienes toda la razón.

Le dirijo una mirada incrédula.

«¿Me ha dado la razón?»

—¿Estás diciendo que he tomado la decisión correcta?

Él guarda silencio durante un instante antes de soltar el aire con brusquedad. Hace una mueca, como si no le apeteciera particularmente compartir sus pensamientos. Se cruza de brazos y se relaja en la butaca.

—Me dije hace tiempo que no me involucraría en tus problemas, hijo, porque, para poder dar consejos, se tiene que saber de qué se habla. Y el Señor sabe que, a lo largo de mis ochenta años de vida, nunca he vivido nada parecido a lo que viviste tú.

»No tengo ni idea de lo que te supuso ni de cómo te afectó. Solo de pensar en esa noche, me duele el estómago, y estoy seguro de que a ti también te pasa. Y no solo el estómago. También deben de dolerte el corazón, y los huesos, y el alma.

Cierro los ojos, aunque lo que me gustaría es poder cerrar los oídos. No quiero oír esto.

—Ninguna de las personas que comparten tu vida saben lo que supone ser tú —prosigue—. No lo sé yo, ni tu padre, ni tus amigos; ni siquiera Tate.

»Solo hay otra persona en el mundo que siente lo mismo que tú. Una única persona que se atormenta como tú. La otra progenitora de ese bebé, que lo echa de menos igual que tú.

Cierro los ojos con más fuerza. Estoy tratando de escuchar lo que tiene que decirme, pero me está costando una barbaridad no levantarme y marcharme de aquí. ¿Con qué derecho mete a Rachel en esto?

—Miles —dice en voz baja pero firme, como si quisiera que me lo tomara en serio, aunque siempre lo hago—, piensas que arruinaste la vida de esa chica, que destruiste sus posibilidades de ser feliz. Hasta que no te enfrentes al pasado, no podrás seguir adelante con tu vida. Seguirás reviviendo esa noche todos los días hasta que mueras, a menos que vayas a ver con tus propios ojos que está bien. Solo entonces podrás, tal vez, darte permiso para volver a ser feliz.

Me inclino hacia delante y me froto la cara con las dos manos. Luego apoyo los codos en las rodillas y clavo la vista en el suelo. Veo caer una lágrima, que va a parar entre mis pies.

—¿Y qué pasa si no está bien? —susurro.

Cap se echa hacia delante y une las manos entre las rodillas.

Al volverme hacia él, veo lágrimas en sus ojos por primera vez en los veinticuatro años que hace que lo conozco.

—En ese caso, supongo que todo continuará igual. Puedes seguir sintiendo que no te mereces una vida por haber destrozado la suya. Puedes seguir evitando todo lo que pueda hacerte sentir algo otra vez. —Se inclina hacia mí y baja la voz—. Sé que la idea de enfrentarte a tu pasado te aterroriza; nos pasa a todos, pero a veces no lo hacemos por nosotros, lo hacemos por las personas a las que amamos más que a nosotros mismos.

37
RACHEL

—¡Brad! —grito—. ¡Llaman a la puerta! —Cojo un trapo y me seco las manos.

—Voy —me dice al pasar por la cocina.

Miro a mi alrededor haciendo un rápido inventario para asegurarme de que no hay nada que mi madre pueda criticar. Las encimeras están limpias, los suelos están limpios.

«Dale duro, mamá.»

—Espera aquí —le dice Brad a quienquiera que esté en la puerta.

«¿Espera aquí?»

Brad nunca le diría eso a mi madre.

—Rachel. —Brad me llama desde la puerta de la cocina.

Cuando me vuelvo a mirarlo, me pongo tensa de inmediato. La expresión de su cara no es habitual. Es la expresión que pone cuando se prepara para decirme algo que no quiero oír o algo que teme que vaya a hacerme daño. Al instante pienso en mi madre y me asalta la preocupación.

—Brad —susurro sujetándome a la encimera—, ¿qué pasa?

Me invade el miedo que durante mucho tiempo convivió conmigo, instalado en mi interior, aunque hoy en día es algo que ya solo me ataca de forma puntual.

Como en este momento, en que a mi marido le da miedo decirme algo que cree que no quiero escuchar.

—Ha venido alguien a verte.

No se me ocurre quién puede ser para poner a Brad en este estado.

—¿Quién?

Él se acerca despacio y, cuando llega frente a mí, me toma la cara entre las manos y me mira como si quisiera prepararme para una caída.

—Es Miles.

No me muevo.

No me caigo, pero Brad me sostiene igualmente, abrazándome y atrayéndome hacia su pecho.

—¿Qué hace aquí? —Tengo la voz temblorosa.

Brad niega con la cabeza.

—No lo sé. —Se separa un poco para mirarme a los ojos—. Si quieres, le digo que se marche.

Respondo que no. No quiero hacerle esto, y menos después de que haya hecho el viaje hasta Phoenix.

No tras casi siete años.

—¿Necesitas un segundo? Puedo acompañarlo al salón.

No me merezco a este hombre, no sé qué haría sin él. Conoce mi historia con Miles, sabe por lo que pasamos. Tardé un poco en conseguir contarle la historia completa, pero ahora lo sabe todo y, a pesar de ello, está a mi lado, ofreciéndose a invitar a entrar en nuestra casa al único otro hombre que he amado.

—Estoy bien —le digo, aunque no es verdad. No sé si quiero ver a Miles; no tengo ni idea de por qué está aquí—. ¿Y tú? ¿Estás bien?

Brad asiente.

—Parece disgustado. Creo que deberías hablar con él. —Se inclina sobre mí y me besa en la frente—. Está en el recibidor. Estaré en mi despacho si me necesitas.

Asiento y luego lo beso. Con fuerza.

Cuando se aleja me quedo quieta, en silencio, en medio de la cocina, mientras el corazón me late erráticamente en el pecho. Inspiro hondo, pero no me ayuda en nada. Me aliso la camiseta con las manos y me dirijo al recibidor.

Miles está de espaldas a mí, pero me oye doblar la esquina. Me mira por encima del hombro, como si le diera tanto miedo enfrentarse a mí como a mí enfrentarme a él. Se vuelve despacio, con cautela. De repente, mi mirada queda presa de la suya.

Sé que han pasado seis años, pero de todas maneras me sorprende comprobar que, en este tiempo, ha cambiado por completo sin cambiar en absoluto. Sigue siendo Miles, pero ahora es un hombre. Lo que me lleva a preguntarme qué debe de estar viendo él, al mirarme por primera vez desde el día en que lo abandoné.

—Hola —me dice cauteloso.

Su voz suena distinta; ya no es la voz de un adolescente.

—Hola.

Nuestras miradas se separan cuando él echa un vistazo a su alrededor. Está observando mi hogar, un hogar donde nunca esperé verlo. Ambos permanecemos en silencio un minuto, tal vez dos.

—Rachel, yo... —Vuelve a mirarme—. No sé qué hago aquí.

«Yo sí.»

Lo veo en sus ojos. Esos ojos que llegué a conocer tan bien cuando estábamos juntos. Conocía todos sus pensamientos, todas sus emociones. Nunca podía ocultarme cómo se sentía porque sentía de una manera muy intensa. Siempre ha sido así.

Está aquí porque necesita algo, aunque no sé el qué.

¿Respuestas, tal vez? ¿Darle un cierre a lo nuestro para poder pasar página? Me alegro de que haya tardado tanto en venir a buscarlo, porque creo que por fin estoy lista para dárselo.

—Me alegro de verte —le digo.

Ambos hablamos en voz baja, con timidez. Resulta raro volver a ver a alguien en circunstancias distintas a las de la última vez.

Una vez amé a este hombre. Lo amé con todo mi corazón y toda mi alma. Lo amé como ahora amo a Brad.

Pero también lo odié.

—Pasa —lo invito señalando hacia el salón—. Hablemos.

Él da dos pasos inseguros en dirección al salón. Me doy la vuelta y dejo que me siga.

Nos sentamos en el sofá. Él no se pone cómodo. Se sienta en el borde y se echa hacia delante, con los codos apoyados en las rodillas. Está mirando a su alrededor, observando mi casa, mi vida.

—Eres valiente —le digo, y él me mira, esperando a que siga—. Había pensado en esto, Miles, en volver a verte. Pero yo... —Bajo la vista al suelo—. No fui capaz.

—¿Por qué no? —me pregunta casi inmediatamente.

Recupero el contacto visual.

—Por la misma razón por la que tú tampoco lo hiciste. Porque no sabíamos qué decir.

Él sonríe, pero no reconozco la sonrisa que tanto me

gustaba. Esta sonrisa es precavida, lo que me hace preguntarme si soy la responsable de sus cambios, de todas sus partes tristes. Y, por lo que veo, sus partes tristes son muy abundantes.

Coge una foto de la mesita auxiliar en la que estoy con Brad, y la estudia durante unos instantes antes de preguntarme:

—¿Lo amas? —Sigue observando la foto—. ¿Lo amas como me amabas a mí?

No me lo pregunta en tono celoso ni amargado. Es una pregunta nacida de la curiosidad.

—Sí, tanto como a ti.

Él deja la foto en la mesita, pero no aparta los ojos de ella.

—¿Cómo? —susurra—. ¿Cómo lo has logrado?

Sus palabras hacen que se me llenen los ojos de lágrimas, porque sé exactamente a qué se refiere. Yo me lo pregunté durante varios años, hasta que conocí a Brad. No me veía capaz de volver a amar de nuevo. Pensaba que no quería hacerlo. ¿Por qué iba alguien a colocarse en una situación capaz de producir un dolor tan intenso que te hace envidiar la muerte?

—Quiero enseñarte algo, Miles.

Me levanto y le ofrezco la mano. Él la observa con cautela antes de aceptarla. Sus dedos rozan los míos y luego los aprietan mientras se levanta. Me dirijo a la habitación y él me sigue de cerca.

Cuando llegamos a la puerta me detengo con la mano en el pomo. Tengo un nudo en el pecho. Todo lo que vivimos, todas las emociones están volviendo a la superficie, pero sé que debo permitirlo si quiero ayudarlo. Abro la puerta y entro, tirando de Miles.

En cuanto estamos dentro, noto que me aprieta la mano.

—Rachel —me ruega susurrando.

Me está rogando que no lo obligue a hacerlo. Noto cómo trata de retroceder hacia la puerta, pero no se lo permito y hago que se acerque a la cuna conmigo.

Miles sigue a mi lado, pero le está costando un gran esfuerzo, porque no quiere estar aquí.

Me está apretando la mano con tanta fuerza que noto el dolor que le retuerce el corazón. Espira bruscamente cuando baja la vista hacia ella. Veo que le sube y le baja la nuez cuando traga saliva. Vuelve a soltar el aire, esta vez más despacio.

Veo cómo alza la otra mano y agarra la cuna con la misma fuerza con que sujeta mi mano.

—¿Cómo se llama? —susurra.

—Claire.

Reacciona con todo el cuerpo. Los hombros le tiemblan mientras trata de contener el aliento, pero es inútil. Nada puede impedir que sienta lo que está sintiendo, por eso le permito hacerlo. Me suelta la mano para cubrirse la boca, tratando de disimular el aire que ha expulsado con brusquedad de los pulmones. Se da la vuelta y sale rápidamente de la habitación. Yo lo sigo a la misma velocidad y llego a tiempo de ver como apoya la espalda en la pared, al otro lado de la habitación del bebé. Se deja caer hasta el suelo y se echa a llorar acongojado.

No trata de ocultar las lágrimas. Se hunde las manos en el pelo mientras echa la cabeza hacia atrás hasta chocar con la pared y me mira.

—Es... —Señala hacia la habitación de Claire y trata de

hablar, pero necesita varios intentos para completar la frase—: Es su hermana —logra decir al fin. Tras soltar el aire entrecortadamente, añade—: Rachel, le has dado una hermana.

Me dejo caer en el suelo a su lado, le rodeo los hombros con un brazo y le acaricio el pelo con la otra mano. Él se apoya las palmas en la frente y cierra los ojos con fuerza, llorando en silencio.

—Miles. —Yo tampoco me molesto en disimular las lágrimas—. Mírame. —Él vuelve a apoyar la cabeza en la pared, pero no me mira a los ojos—. Siento haberte culpado; tú también lo perdiste. No supe afrontar la situación en aquel momento.

Al oír mis palabras acaba de desmoronarse, lo que hace que me sienta muy culpable por haber tardado seis años en pronunciarlas. Se inclina hacia mí y me abraza con fuerza. Yo se lo permito.

Me mantiene abrazada un buen rato, hasta que absorbemos las disculpas y los perdones y volvemos a ser solo él y yo, sin lágrimas.

Mentiría si dijera que no he vuelto a pensar en cómo lo traté. No hay día que no piense en ello, pero tenía dieciocho años, estaba destrozada y, tras aquella noche, nada me importaba.

Nada.

Lo único que quería era olvidar, pero todas las mañanas, al despertarme y no notar a Clayton a mi lado, culpaba a Miles. Lo culpaba por haberme salvado, porque ya no tenía ninguna razón para vivir. En el fondo, sabía que Miles había hecho todo lo posible; que nunca fue culpa suya, pero en aquel momento de mi vida era incapaz de pensar de manera racional ni de perdonar. En aquel momento, estaba segura de que nunca volvería a sentir nada que no fuera dolor.

Y así me sentí durante más de tres años.

Hasta el día que conocí a Brad.

No sé a quién ha conocido Miles, pero reconozco la lucha que brilla en sus ojos. Es la prueba de que hay alguien. Yo solía ver la misma lucha cada vez que me miraba al espejo, porque no tenía nada claro que fuera a ser capaz de volver a amar.

—¿La quieres? —le pregunto.

No necesito saber su nombre; esas cosas ahora ya no tienen importancia. Sé que no ha venido porque siga enamorado de mí, está aquí porque no sabe cómo volver a amar a nadie.

Él suspira y apoya la barbilla en mi cabeza.

—Tengo miedo de no ser capaz de hacerlo.

Cuando me besa en la cabeza, cierro los ojos. Escucho cómo le late el corazón en el pecho. Aunque él afirma que ya no sabe amar, sé que, en realidad, su problema es que ama demasiado. Nos quería muchísimo, y lo que sucedió aquella noche nos lo arrebató todo. Cambió nuestro mundo. Le cambió el corazón.

—Antes me pasaba los días llorando —le cuento—. Todo el tiempo. En la ducha, en el coche, en la cama... Cada vez que me quedaba a solas, lloraba. Durante los primeros dos años, mi vida fue una tristeza constante, donde nada lograba penetrar, ni siquiera algún buen momento aislado.

Noto que me abraza con más fuerza, haciéndome saber en silencio que me entiende, que sabe exactamente de qué le estoy hablando.

—Luego, cuando conocí a Brad, me sorprendí al ver que, durante los breves momentos que pasaba con él, mi vida no era una sucesión constante de tristeza. Si iba con él en coche, me daba cuenta de que era la primera vez que iba en coche sin derramar ni una lágrima. Las noches que pasábamos juntos eran las únicas noches en que no me dormía llorando. Por primera vez, esos breves pero buenos ratos junto a Brad lograban romper la tristeza impenetrable en la que me había convertido.

Hago una pausa, porque necesito un momento. Hacía tiempo que no pensaba en estas cosas y las emociones y los sentimientos me asaltan con fuerza. Todo es demasiado real. Me aparto de Miles, me apoyo en la pared y descanso la cabeza en su hombro. Él reclina la cabeza en la mía, me toma la mano y entrelaza nuestros dedos.

—Transcurrido un tiempo, me di cuenta de que los buenos momentos vividos con Brad empezaban a pesar más que la tristeza. La pena que antes era mi vida entera se transformó en instantes aislados, y la felicidad que me aportaba Brad se convirtió en mi vida.

Él exhala lentamente y sé que sabe de lo que estoy hablando. Sé que, sea quien sea ella, ya ha pasado buenos momentos a su lado.

—Durante los nueve meses de embarazo de Claire, uno de mis mayores miedos fue no ser capaz de llorar de felicidad cuando la viera. Cuando nació, me la pusieron en los brazos, igual que cuando nació Clayton. Claire era clavada a él, Miles. Clavadita. Mientras la contemplaba, sosteniéndola en brazos, empecé a llorar, pero eran lágrimas buenas. En ese momento me di cuenta de que eran mis primeras lágrimas de felicidad desde el día en que tuve a Clayton en brazos. —Le suelto la mano, me seco los ojos y levanto la cabeza, apartándola de su hombro—. Tú también te lo mereces. Mereces volver a sentir algo así.

Él asiente con la cabeza.

—Tengo tantas ganas de quererla, Rachel —admite con la voz ronca, como si llevara una eternidad reprimiendo esas palabras en su interior—. Tengo tantas ganas de compartir eso con ella. Pero me aterra pensar que lo demás no se vaya nunca.

—El dolor no desaparecerá nunca, Miles. Nunca. Pero, si te das permiso para amarla, solo lo sentirás de vez en cuando, en vez de dejar que te consuma eternamente.

Él me abraza por los hombros y me da un beso en la frente, un beso largo e intenso. Luego asiente con la cabeza, haciéndome saber que ha entendido lo que trato de explicarle.

—Lo tienes todo controlado, Miles —repito las palabras que él solía usar para animarme—. Lo tienes todo controlado.

Se echa a reír y noto como si parte del peso que cargaba al entrar en casa se escapara con su risa.

—¿Sabes lo que más miedo me daba de venir aquí esta noche? Me aterraba descubrir que seguías igual que yo. —Me aparta el pelo de la cara y sonríe—. Me hace tan feliz ver que no es así. Me gusta tanto verte feliz. —Me atrae hacia él y me da un fuerte abrazo—. Gracias, Rachel —susurra. Me besa con delicadeza en la mejilla antes de soltarme y levantarse—. Debería marcharme. Hay un millón de cosas que quiero contarle.

Recorre el pasillo en dirección al salón, pero se detiene y se vuelve hacia mí una vez más. Ya no veo todas sus partes tristes, ahora ya solo veo serenidad al mirarlo a los ojos.

—¿Rachel? —Hace una pausa y me contempla en silencio unos segundos—. Estoy muy orgulloso de ti.

Desaparece pasillo abajo, y yo permanezco en el suelo hasta que oigo que cierra la puerta.

«Y yo de ti, Miles.»

38
TATE

Cierro la portezuela del coche y me dirijo a la escalera para subir a la segunda planta de mi nuevo bloque de apartamentos. Me alegro de no tener que usar el ascensor, pero echo un poco de menos a Cap, no puedo evitarlo. A pesar de que la mayoría de las veces sus consejos no tenían demasiado sentido, era agradable poder desahogarme con él siempre que lo necesitaba. Me he mantenido ocupada con el trabajo y los estudios, centrándome en ello para no pensar en nada más, pero no ha sido fácil.

Llevo dos semanas viviendo en el piso nuevo, y aunque me gustaría estar a solas, nunca lo estoy. Cada vez que entro por la puerta me encuentro a Miles por todas partes. Lo veo en todo, aunque espero que algún día desaparezca. Espero que llegue el día en que me duela menos, en que no lo eche tanto de menos.

Diría que me ha roto el corazón, pero no es verdad. Creo que no es verdad, aunque en realidad no lo sé, porque mi corazón salió despedido de mi pecho y se quedó en el suelo, delante de su puerta, el día que fui a despedirme de él.

Me recuerdo que debo tomarme las cosas con calma, día a día, pero es más fácil decirlo que hacerlo. Sobre todo cuando los días se convierten en noches y tengo que acostarme sola, escuchando el silencio.

El silencio nunca me pareció tan ruidoso hasta que me despedí de Miles.

Empiezo a temer abrir la puerta del apartamento, y eso que aún no he acabado de subir la escalera. Intuyo que esta noche no va a ser distinta de las anteriores. Cuando llego a lo alto de la escalera, giro a la izquierda, pero mis pies dejan de funcionar.

Mis piernas dejan de funcionar.

Noto el latido de un corazón golpeando con fuerza en mi pecho por primera vez en dos semanas.

—¿Miles?

Él no se mueve. Está sentado delante de mi casa, con la espalda apoyada en la puerta. Camino lentamente hacia él, sin saber qué esperar. No lleva uniforme. Va vestido de calle, y la barba incipiente me indica que lleva unos días sin volar. Parece tener un moratón reciente debajo del ojo derecho. Me da miedo despertarlo, porque no me apetece nada revivir la escena que montó el día que lo conocí. Pero, si quiero entrar en casa, no me queda más remedio que despertarlo.

Alzo la cara e inspiro hondo, preguntándome qué debo hacer. Tengo miedo de que, si lo despierto, me rendiré. Lo dejaré entrar y le daré lo que ha venido a buscar, que por supuesto no es lo mismo que yo quiero darle.

—Tate —me llama.

Bajo la mirada y veo que ya está despierto. Se levanta y me observa, nervioso. Yo doy un paso atrás, porque al verlo de pie recuerdo lo alto que es y la facilidad que tiene para convertirse en mi todo cuando lo tengo delante.

—¿Cuánto rato llevas aquí? —le pregunto.

Él baja la vista hacia el móvil que tiene en la mano.

—Seis horas. —Vuelve a mirarme—. Ni te imaginas las ganas que tengo de ir al baño.

Quiero reírme, pero se me ha olvidado cómo se hacía.

Me vuelvo hacia la puerta y él se aparta para que pueda abrir.

Empujo la puerta con la mano temblorosa, entro y señalo hacia el pasillo.

—A la derecha.

No lo sigo con la mirada mientras se dirige hacia allí. Espero a que se cierre la puerta del baño, me dejo caer en el sofá y hundo la cara entre las manos.

Odio que esté aquí. Odio haberlo dejado entrar sin cuestionarle su presencia. Y odio tener que echarlo de aquí en cuanto salga del baño, pero no puedo seguir castigándome así.

Sigo tratando de reunir fuerzas cuando la puerta del baño se abre y Miles se acerca al salón. Cuando entra, alzo la vista hacia él y ya no puedo apartarla.

Algo ha cambiado.

Lo veo distinto.

La sonrisa en su cara..., la paz en sus ojos..., su modo de caminar, como si flotara...

Solo han pasado dos semanas, pero parece otra persona.

Se sienta en el sofá y ni siquiera se molesta en poner distancia entre los dos. Cuando se sienta a mi lado y se inclina hacia mí, cierro los ojos, preparándome para lo que sea que esté a punto de decirme. No sé de qué se trata, pero sé que me hará daño porque no sabe hacer otra cosa.

—Tate —susurra—. Te echo de menos.

«¡Ostras!»

No me esperaba en absoluto oír estas cuatro palabras, pero acaban de convertirse en mis nuevas palabras favoritas.

Te y *echo* y *de* y *menos.*

—Dilo otra vez, Miles.

—Te echo de menos, Tate —repite inmediatamente—. Muchísimo. Y no es algo reciente. Te he echado de menos cada día que hemos pasado separados desde que te conocí.

Me abraza por los hombros y me atrae hacia él.

Yo me dejo llevar.

Choco contra su pecho y le agarro la camiseta. Al notar que me besa en la coronilla, cierro los ojos con fuerza.

—Mírame —me pide en voz baja mientras me sienta sobre su regazo para que lo mire a la cara.

Y lo hago. Lo miro y, esta vez, lo veo. Ya no hay corazas. No ha alzado muros defensivos invisibles detrás de sus ojos para impedirme descubrirlo todo sobre él. Esta vez me ha dado permiso para explorar en su interior, y lo que veo es muy hermoso.

Mucho más que antes. No sé qué es lo que ha cambiado, pero debe de haber sido algo descomunal.

—Quiero contarte algo —me dice—. Me cuesta mucho. Eres la primera persona a la que he querido contárselo.

Tengo miedo de moverme. Sus palabras me están aterrorizando, pero asiento en silencio.

—Tuve un hijo —dice en voz baja con la vista puesta en nuestras manos, que están unidas.

Son solo tres palabras, pero nunca había oído tres palabras impregnadas de tanto dolor. Inspiro hondo. Él me mira con lágrimas en los ojos, pero permanezco en silencio, esperando, aunque sus palabras acaban de dejarme sin aliento.

—Murió hace seis años. —Su voz suena débil y distante, pero sigue siendo su voz.

Estoy segura de que han sido las palabras más duras que ha tenido que pronunciar en la vida. Le duele tanto confesarlo que quiero pedirle que pare. Quiero decirle que no necesito oírlo si le duele. Quiero abrazarlo con fuerza y arrancarle la tristeza del alma con mis propias manos, pero, en vez de eso, dejo que termine.

Miles vuelve a bajar la mirada hacia nuestras manos.

—Todavía no estoy preparado para hablarte de él. Necesitaré tiempo —añade. Yo asiento con la cabeza y le aprieto las manos para darle ánimos—. Te hablaré de él, te lo prometo. Y también quiero hablarte de Rachel. Quiero que lo sepas todo sobre mi pasado.

No sé si ha acabado de hablar, pero me inclino hacia él y lo beso en los labios. Él me abraza con tanta fuerza y me devuelve el beso con tanta intensidad que siento que se está disculpando sin palabras.

—Tate —susurra sin separar los labios de mi boca, por lo que noto que está sonriendo—. No había acabado.

Me levanta de su regazo y me sienta a su lado en el sofá. Me acaricia el hombro dibujando círculos mientras baja la vista hacia su regazo y busca las palabras que necesita decirme.

—Nací y me crie en un barrio pequeño a las afueras de San Francisco. —Vuelve a mirarme a los ojos antes de continuar—. Soy hijo único. No puedo decir que tenga un plato favorito, porque me gusta prácticamente todo. He querido ser piloto desde que tengo uso de razón. Mi madre murió de cáncer cuando yo tenía diecisiete años. Mi padre se casó hace un año con una mujer que trabajaba para él. Es maja y son felices juntos. Siempre he querido tener un perro, pero nunca he llegado a tenerlo.

Lo observo fascinada. Lo miro a los ojos, que se pasean por mi cara mientras habla, mientras comparte conmigo aspectos de su niñez y me cuenta cómo conoció a mi hermano, y me habla de su relación con Ian.

Me cubre las manos como si quisiera convertirse en mi escudo, mi armadura.

—La noche que te conocí —dice al fin—, la noche que me encontraste tirado frente a la puerta de Corbin, ¿te acuerdas? —Baja la vista hacia su regazo, incapaz de sostenerme la mirada—. Mi hijo habría cumplido seis años ese día.

Sé que ha dicho que quiere que lo escuche, pero, ahora mismo, lo que necesito es abrazarlo. Me inclino hacia delante y lo rodeo con los brazos. Él se echa hacia atrás en el sofá, tirando de mí, que quedo tumbada sobre él.

—Tuve que hacer un esfuerzo enorme para convencerme de que no me estaba enamorando de ti, Tate. Cada vez que estaba contigo, las cosas que me hacías sentir me aterrorizaban. Llevaba seis años creyendo que mantenía el control sobre mi vida y mi corazón; pensaba que nada podría volver a lastimarme. Pero, cuando estábamos juntos, en algunos momentos me daba igual si volvía a sufrir, porque estar contigo hacía que casi valiera la pena el potencial dolor. Y cada vez que me asaltaba esa sensación, te empujaba, apartándote más y más de mí, por la culpabilidad y el miedo. Sentía que no era digno de ti, que no me merecía ser feliz, porque les había arrebatado la felicidad a las dos únicas personas a las que había amado.

Él me abraza con más fuerza al notar que me tiemblan los hombros cuando empiezo a llorar. Me apoya los labios en la coronilla e inspira hondo mientras me da un beso largo, intenso.

—Siento haber tardado tanto —se disculpa, con la voz teñida de remordimiento—. Nunca podré agradecerte lo suficiente que no te rindieras conmigo. Viste algo en mí que te dio esperanzas en lo nuestro y no te rendiste. Y eso, Tate, es algo que nadie había hecho antes y que significa muchísimo para mí.

Me toma la cara entre las manos y me separa la cabeza de su pecho para poder mirarme a la cara.

—Aunque te lo vaya entregando a trocitos, mi pasado es tuyo. Todo él. Te contaré todo lo que quieras saber, pero solo si me prometes que podré tener tu futuro.

Las lágrimas me caen a mares por las mejillas. Él me las seca, aunque no necesito que lo haga. No me importa llorar, porque no son lágrimas tristes. En absoluto.

Nos besamos durante tanto tiempo que la boca empieza a dolerme, igual que el corazón. Sin embargo, esta vez el corazón me duele porque nunca se había sentido tan lleno.

Le recorro la cicatriz de la mandíbula con un dedo sabiendo que algún día me contará cómo se la hizo. Le acaricio también la zona amoratada de debajo del ojo, aliviada al saber que al fin puedo hacerle preguntas sin temor a que pueda molestarse.

—¿Qué te ha pasado en el ojo?

Él se echa a reír y deja caer la cabeza hacia atrás.

—Tuve que pedirle a Corbin tu dirección. Me la dio, pero me costó un poco convencerlo.

Me echo hacia delante y le beso el ojo con cuidado.

—No me puedo creer que te pegara.

—No ha sido la primera vez —admite—, pero estoy seguro de que será la última. Creo que al fin ha aceptado que estemos juntos después de que yo haya aceptado sus normas.

Sus palabras me inquietan.

—¿Qué normas?

—Bueno, para empezar, no se me permite romperte el corazón. En segundo lugar, no se me permite romperte el puto corazón. Y, en último lugar, no se me permite romperte el puto corazón, joder.

Me aguanto la risa, porque reconozco a Corbin en esas palabras. Miles se ríe conmigo y pasamos los siguientes segundos contemplándonos en silencio. Sus ojos ya no me ocultan nada. Veo en ellos cada una de sus emociones.

—Miles. —Sonrío—. Me estás mirando como si hubieras perdido la cabeza y el corazón por mí.

Él niega con la cabeza.

—No los perdí, Tate. Salieron volando hasta las nubes.

Me atrae hacia él y me entrega la única parte de su cuerpo que no había sido capaz de darme hasta ahora.

Su corazón.

39
MILES

De pie frente a la puerta de mi dormitorio, la observo mientras duerme. Ella no lo sabe, pero lo hago todas las mañanas que pasa aquí conmigo.

Ella es mi manera de empezar bien el día.

La primera vez que lo hice fue la mañana después de conocerla. Apenas recordaba nada de la noche anterior. De lo único que me acordaba era de ella. Estaba en el sofá, y ella me acariciaba el pelo, susurrando, diciéndome que me durmiera. Cuando me desperté a la mañana siguiente en casa de Corbin no podía quitármela de la cabeza. Pensé que había sido un sueño hasta que vi su bolso en el salón.

Me asomé a su habitación para comprobar que había alguien conmigo en el apartamento. Y lo que sentí en el primer momento en que la vi fue algo que no había sentido desde que conocí a Rachel.

Sentí que estaba flotando. Su piel, su pelo, sus labios y su aspecto de ángel mientras yo la observaba me devolvieron un montón de sentimientos que me habían abandonado durante los últimos seis años.

Llevaba muchísimo tiempo sin permitirme sentir nada por nadie, pero me fue imposible controlar lo que sentí por Tate aquel día. No habría podido hacerlo de ninguna manera.

Lo sé porque lo intenté.

Con todas mis fuerzas.

Pero en cuanto abrió los ojos y me miró, lo supe. Supe que sería la persona que acabaría conmigo... o la que me devolvería al fin a la vida.

El único problema fue que yo no quería que me devolvieran a la vida. Había alcanzado un estado cómodo, protegido de la posibilidad de volver a sentir lo que había experimentado en el pasado. Esa era mi prioridad. Sin embargo, hubo muchos momentos en los que esa prioridad se me olvidó.

Cuando al fin me rendí y la besé, todo cambió. Después de aquel beso quise mucho más. Deseaba su boca, su cuerpo, su mente. La única razón por la que me detuve en seco fue porque me di cuenta de que empezaba a desear su corazón. Sin embargo, se me daba bien autoengañarme y me convencí de que era lo bastante fuerte para tenerla de un modo exclusivamente físico. No quería volver a salir lastimado y, por supuesto, no quería hacerle daño a ella.

Y, sin embargo, se lo hice. Le hice mucho daño. Más de una vez.

Y ahora pienso pasarme el resto de la vida compensándoselo.

Me dirijo a la cama y me siento en el borde. Cuando nota que el colchón se mueve abre los ojos, pero no del todo. Se le escapa una sonrisilla antes de cubrirse la cabeza con la colcha y darse la vuelta.

Empezamos a salir oficialmente hace medio año y durante estos meses he tenido tiempo suficiente para darme cuenta de que no es de esas personas a las que les gusta madrugar. Me inclino hacia delante y la beso en la oreja por encima de la colcha.

—Despierta, dormilona —susurro. Cuando ella suelta un gruñido, levanto la colcha, me meto en la cama a su lado y la abrazo, envolviéndola en mi cuerpo. El gruñido se transforma en un suave gemido—. Tate, tienes que levantarte. Hemos de coger un avión.

Con esas palabras logro captar su atención.

Se da la vuelta, con cautela, y retira la colcha que nos cubre la cabeza.

—¿Qué demonios significa que hemos de coger un avión?

Sonrío tratando de disimular mi entusiasmo.

—Levántate y vístete. Nos vamos.

Me dirige una mirada desconfiada, lo que es normal, teniendo en cuenta que todavía no son ni las cinco de la mañana.

—Sabes lo difícil que me resulta tener un día entero libre, así que espero que valga la pena el madrugón.

Me río y le doy un beso rápido.

—Eso dependerá de nuestra capacidad de ser puntuales. —Me levanto y golpeo el colchón varias veces con las palmas de las manos—. Así que..., ¡arriba, arriba, arriba!

Riendo, se quita la colcha de encima. Se acerca al borde de la cama y yo la ayudo a levantarse.

—Es difícil enfadarse contigo cuando estás tan entusiasmado, Miles.

Cuando llegamos al vestíbulo, Cap está esperando junto al ascensor, tal como le pedí. Lleva el desayuno, incluido el zumo de Tate en un vaso para llevar. Me encanta la relación que tienen. Al principio me daba miedo revelarle a Tate que conocía a Cap de toda la vida. Cuando al fin se lo conté, ella se enfadó con los dos. Básicamente porque pensó que Cap me contaba todo lo que ella le confesaba.

Le aseguré que Cap nunca haría eso.

Sé que no lo haría; Cap es una de las pocas personas en las que confío.

Siempre supo qué decirme sin parecer que me estaba echando la bronca o dándome consejos. Me decía lo justo para hacerme reflexionar sobre la situación con Tate. Por suerte, él es de las pocas personas que se vuelven más sabias con la edad, y en todo momento supo lo que estaba haciendo con nosotros.

—Buenos días, Tate —la saluda, con una sonrisa de oreja a oreja.

Cuando le ofrece el brazo para que ella lo agarre, Tate alterna la mirada entre los dos.

—¿Qué está pasando aquí? —le pregunta a Cap mientras él se pone en marcha hacia la salida.

Él sonríe.

—El chico va a llevarme en avión por primera vez en mi vida. Le he pedido que nos acompañaras.

Ella le dice que no se puede creer que no haya subido nunca a un avión.

—Es cierto —le confirma él—. Que me apoden Cap no significa que haya montado nunca en avión.

La mirada agradecida que Tate me dirige por encima del hombro hace que hoy se convierta en uno de mis días favoritos, y eso que todavía no ha amanecido.

—¿Todo bien por ahí atrás, Cap? —le pregunto a través de los auriculares.

Está sentado detrás de Tate, mirando por la ventana. Me confirma que todo está bien alzando el pulgar, pero no aparta los ojos de la vista, a pesar de que el sol no se ha abierto paso entre las nubes todavía, por lo que no hay gran cosa que mirar. Solo llevamos diez minutos a bordo, pero estoy seguro de que Cap se siente ya tan fascinado como esperaba que se sintiera.

Vuelvo a concentrarme en los mandos hasta que alcanzo la altura óptima y luego corto la conexión con los auriculares de Cap. Me vuelvo hacia Tate, que me observa con una sonrisa agradecida.

—¿Quieres saber por qué estamos aquí? —le pregunto.

Ella mira a Cap por encima del hombro, y vuelve a mirarme.

—Porque él nunca había montado en avión.

Niego con la cabeza, esperando al momento perfecto.

—¿Te acuerdas de cuando íbamos en coche camino de casa de tus padres por Acción de Gracias?

Ella asiente, pero su expresión ha cambiado y ahora me mira con curiosidad.

—Me preguntaste cómo era el amanecer desde aquí arriba. Pero no es algo que pueda describirse con palabras, Tate. —Señalo hacia su ventana—. Tienes que experimentarlo por ti misma.

Ella se vuelve de inmediato hacia allí. Apoya las manos en el cristal y, durante unos cinco minutos, no mueve ni un músculo. Contempla el amanecer en silencio y, aunque me parecía imposible, me enamoro todavía más de ella en este instante.

Cuando el sol acaba de ascender por encima de las nubes y el avión está completamente lleno de luz, Tate se vuelve hacia mí con los ojos llenos de lágrimas. No me dice nada, solo me busca la mano y me la aprieta.

—Espera aquí —le digo—. Voy a ayudar a Cap. Le espera un coche que lo llevará de vuelta a casa, porque tú y yo ahora nos vamos a desayunar.

Tate se despide de Cap y espera con paciencia a que yo lo ayude a bajar la escalerilla. Él se mete la mano en el bolsillo y me entrega los estuches antes de dirigirme una sonrisa de aprobación. Me meto las cajitas en el bolsillo de la americana y regreso a la escalerilla.

—¡Eh, chico! —me llama justo antes de meterse en el coche. Me detengo y me vuelvo hacia él, que señala el avión moviendo la mano de arriba abajo—. Gracias por esto.

Asiento con la cabeza, pero él desaparece dentro del coche antes de que yo pueda darle las gracias a él.

Subo la escalerilla y entro en el avión. Tate se está desabrochando el cinturón de seguridad, preparándose para salir del avión, pero yo vuelvo a ocupar mi asiento.

Ella me dirige una cálida sonrisa.

—Eres increíble, Miles Mikel Archer. Y tengo que decirte que estás jodidamente sexy a los mandos de un avión. Deberíamos hacer esto más a menudo.

Me da un beso rápido en los labios y empieza a levantarse, pero la empujo para que vuelva a sentarse.

—Esto no ha acabado. —Me vuelvo hacia ella y quedamos cara a cara. Le cojo las manos y me las quedo mirando mientras inspiro hondo, preparándome para decirle todo lo que se merece oír—. El día que me preguntaste sobre el amanecer... —Vuelvo a mirarla a los ojos—. Tengo que darte las gracias por ese día. Fue la primera vez en más de seis años que sentí que me apetecía volver a amar a alguien.

Ella suelta el aire al sonreír, pero se muerde el labio inferior tratando de disimularlo. Levanto la mano y uso el pulgar para liberarle el labio de la presión de sus dientes.

—Te dije que no hicieras eso. Tu sonrisa me gusta casi tanto como tú.

Me inclino para besarla de nuevo, pero mantengo los ojos abiertos para asegurarme de que saco primero el estuche negro. Cuando lo tengo en la mano, dejo de besarla y me aparto un poco. Al ver la cajita, se le abren mucho los ojos, que pasea entre mi cara y el estuche. Se cubre la boca con la mano mientras contiene el aliento.

—Miles —dice sin dejar de alternar la mirada entre el estuche y mis ojos.

—No es lo que piensas —la interrumpo, y abro la cajita para mostrarle la llave—. No del todo —añado titubeando.

Noto esperanza en sus ojos, lo que me alivia y me da confianza. Su sonrisa me confirma que aprueba lo que está pasando.

Saco la llave, le cojo la mano y se la coloco en la palma. Ella se queda observando la llave unos instantes antes de mirarme a los ojos.

—Tate. —Le dirijo una mirada esperanzada—. ¿Quieres venir a vivir conmigo?

Ella baja la vista hacia la llave una vez más, y luego pronuncia dos palabras que me sacan una sonrisa.

Pues y claro.

Me inclino hacia ella para besarla. Nuestras piernas, brazos y bocas se convierten en piezas de un puzle que encajan a la perfección. Ella acaba sentada sobre mi regazo en la cabina del avión.

Casi no tenemos sitio para movernos.

Es perfecto.

—No soy una gran cocinera —me advierte—. Y a ti se te da mejor que a mí hacer la colada. Yo siempre mezclo la ropa blanca con la de color. Y no me despierto de buen humor, ya lo sabes.

Me está sujetando la cara entre las manos, recitando todas las advertencias que se le pasan por la cabeza como si no supiera dónde me estoy metiendo.

—Tate, escúchame. Me encanta tu desorden. Quiero ver tu ropa tirada en el suelo de la habitación, tu cepillo de dientes en el baño, tus zapatos en el armario, tus sobras mediocres en la nevera.

Eso último la hace reír.

—Ah, casi se me olvida —añado sacando el otro estuche del bolsillo. Lo coloco entre los dos y lo abro para que vea el anillo—. Y también te quiero en mi futuro, para siempre.

Ella se queda observándolo en silencio, boquiabierta. Se ha quedado paralizada. Espero que no tenga dudas, porque yo no tengo ninguna; tengo clarísimo que quiero pasar el resto de mi vida con ella. Sé que solo llevamos seis meses juntos, pero hay cosas que se saben desde el primer momento.

Su silencio me está poniendo nervioso. Saco el anillo del estuche y le tomo la mano.

—¿Quieres romper la regla número dos conmigo, Tate? Porque yo quiero casarme contigo, lo digo muy en serio.

Ni siquiera necesita decir que sí. Sus lágrimas, su beso y su risa son la mejor respuesta.

Se echa hacia atrás y me mira con tanto amor y gratitud que se me forma un nudo en el corazón.

Es preciosa en todos los sentidos. Su esperanza es hermosa. La sonrisa que ilumina su cara es preciosa, tanto como las lágrimas que le caen por las mejillas.

Su

AMOR

es

hermoso.

Suelta el aire suavemente y se inclina hacia mí despacio, apoyando sus labios en los míos. En su beso hay ternura, afecto y una promesa muda de que ahora es mía.

Ahora y para siempre.

—Miles —susurra haciéndome cosquillas en la boca con los labios—. Nunca he hecho el amor en un avión.

No puedo evitar que se me escape una sonrisa. Es como si pudiera leer mis pensamientos.

—Yo nunca le he hecho el amor a mi prometida.

Al oírme, ella desliza las manos hacia abajo acariciándome el cuello y el pecho hasta llegar al botón de mis pantalones.

—Bien, pues creo que vamos a tener que ponerle remedio a eso. —Acaba la frase con un beso.

Cuando su boca se reencuentra con la mía, es como si los últimos trozos de armadura que quedaban en mi cuerpo se desintegraran, y los últimos trozos de hielo que rodeaban el glaciar en que se había convertido mi corazón se derritieran y se evaporaran.

Quienquiera que fuera el que acuñó la frase «Te quiero a

morir» es obvio que nunca experimentó la clase de amor que compartimos Tate y yo.

Porque, de ser así, la frase habría sido «Te quiero a vivir».

Porque eso es exactamente lo que hizo Tate.

Me devolvió la vida con su amor.

Fin.

EPÍLOGO

Recuerdo el día de nuestra boda.

Fue uno de los mejores días de mi vida.

Recuerdo estar esperando frente al altar junto a Ian y a Corbin.

Mientras esperábamos a que ella entrara, Corbin se inclinó hacia mí y me susurró:

—Eres la única persona que cumple con mis expectativas para ella, Miles. Me alegro de que hayas sido tú.

Yo también me alegré de haber sido yo.

Han pasado ya más de dos años desde entonces y cada día pierdo un poco más la cabeza y el corazón por ella.

O, mejor dicho, cada día salen volando hasta las nubes.

El día de mi boda no lloré.

Tate sí, y sus lágrimas

cayeron,

cayeron,

cayeron

por sus mejillas,

pero las mías no.

Estaba seguro de que nunca volvería a llorar.

No de la manera en que me habría gustado.

Hace ocho meses descubrimos que íbamos a tener un bebé.

No lo estábamos buscando, pero tampoco tomábamos
medidas para que no pasara.
«Si llega, llega», dijo Tate.
Y llegó.
Cuando nos dimos cuenta, los dos nos alegramos
muchísimo.
Ella lloró y sus lágrimas
cayeron,
cayeron,
cayeron,
pero las mías no.
Y, aunque me alegré mucho, también pasé mucho miedo.
Tenía miedo del miedo que aparece cuando amas a
alguien con tanta intensidad.
Miedo de todas las cosas malas que podían ocurrir.
Tenía miedo de que mis recuerdos empañaran la felicidad
del día en que volviera a ser padre.
Y el día acaba de llegar.
Sigo asustado.
«Aterrorizado.»
—Es una niña —dice el doctor.
«Una niña.»
«Acabamos de tener una niña.»
Vuelvo a ser padre.
Tate acaba de convertirse en madre.
«Siente algo, Miles.»
Tate me mira.
Sé que puede ver el miedo en mis ojos. También sé que
está sintiendo mucho dolor, pero igualmente me sonríe.
—Sam —susurra pronunciando su nombre en voz alta
por primera vez.

Tate insistió en que la llamáramos así en honor a Cap, cuyo auténtico nombre es Samuel.

Y yo no lo cambiaría por ningún otro nombre.

La enfermera se acerca a Tate y le pone a Sam en brazos.

Tate empieza a llorar, pero mis ojos siguen secos.

Sigo sin atreverme a apartar la vista de Tate para mirar a nuestra hija.

No tengo miedo de lo que pueda sentir al mirarla.

Lo que me da miedo es no poder sentir.

Me aterra pensar que las vivencias del pasado hayan anulado mi capacidad de sentir lo que cualquier padre debería sentir en estos momentos.

—Ven —me llama Tate, que quiere que me acerque.

Me siento a su lado en la cama.

Me entrega a Sam. Me tiemblan las manos, pero la sostengo igualmente.

Cierro los ojos y suelto el aire despacio mientras reúno el valor para volver a abrirlos.

Noto que Tate me apoya la mano en el brazo, con delicadeza.

—Es preciosa, Miles —susurra—. Mírala.

Abro los ojos e inspiro con brusquedad al verla.

Es clavada a él, pero con el pelo castaño de Tate.

Tiene los ojos azules.

Ha sacado mis ojos.

Lo

noto.

Lo siento.

Está todo ahí.

Todo lo que sentí la primera vez que lo sostuve a él en brazos es lo que estoy sintiendo ahora al mirarla.

Creer que había perdido la capacidad de amar a alguien de esta manera era el último miedo que me quedaba por superar.

Solo con mirarla, Sam me ha ayudado a vencer ese miedo.

Ya es mi heroína, y eso que solo tiene dos minutos de vida.

—Es tan hermosa, Tate —susurro—. Tan hermosa.

Se me rompe la voz.

Tengo las mejillas empapadas por las lágrimas que caen,

caen,

caen.

Por primera vez desde que sostuve a Clayton en brazos, estoy llorando de felicidad.

Rachel tenía razón.

El dolor siempre estará presente, igual que el miedo.

Pero mi vida ya no consiste solo en dolor y miedo; solo son momentos.

Momentos que quedan eclipsados por cada minuto que paso junto a Tate.

Y a partir de ahora, con cada minuto que pase junto a Sam.

Tate, Sam y yo.

«Mi familia.»

Beso a mi hija en la frente y luego me inclino hacia Tate, y la beso por regalarme algo tan hermoso, otra vez.

Tate apoya la cabeza en mi brazo y juntos la contemplamos.

«Te quiero tanto, Sam.»

Mientras contemplo la perfección que acabamos de crear,
me doy cuenta.
Todo vale la pena.
Son los momentos preciosos como este los que
compensan todo lo feo del amor.

AGRADECIMIENTOS

Sin saber cómo, me encuentro en la situación de tener que escribir los agradecimientos para mi octavo libro. Me parece algo surrealista, que nunca habría experimentado sin la ayuda de las siguientes personas:

El equipo de Dystel & Goderich al completo. Gracias por vuestro continuo apoyo y por vuestros ánimos.

Gracias a Johanna Castillo, Judith Curr y toda la familia de Atria Books. Hacéis que todo resulte divertido. Siempre estaré agradecida por formar parte de uno de los equipos más molones de la industria editorial.

A todos mis amigos y lectores beta; ya sabéis quiénes sois. Vuestros comentarios y vuestros constantes ánimos siguen asombrándome. Que sepáis que os quiero y que os estoy muy agradecida, porque sin vosotros no podría hacer nada de esto.

A mi increíble familia. No sé a qué debo haber ganado la lotería de las familias. Solo sé que me tocó la mejor y que nunca dejaré de valoraros como os merecéis. Especialmente a mis cuatros chicos.

A las chicas de FP, gracias por saber con exactitud cuándo disparar los cañones de confeti y soltar los unicornios. Formamos un gran equipo.

A mis Weblichs. Tal vez no sepamos pronunciar Weblichs correctamente, pero llevamos el nombre con orgullo. Ni siquiera sé qué decir aparte de gracias por darme un sitio al que acudir cuando necesito apoyo, unas buenas risas y un buen baño de realidad.

A las CoHorts por vuestro apoyo incondicional. Hacéis que este oficio deje de ser un trabajo.

Y, por último, pero no por ello menos importante, gracias a mi NPTBF. Siempre daré las gracias por ser tan desordenada y no saber cómo guardar las joyas. De no ser por eso, me habría perdido una de las relaciones más fantásticas, raras, peregrinas y poco éticas de mi vida.

Queridos lectores:

Como bien sabéis, tuve el placer de colaborar con el músico Griffin Peterson para crear la banda sonora original de la novela *Tal vez mañana*. Sé que a todos os encantó la música y por eso ¡hemos vuelto al ataque! Griffin escribió también una canción para *Ugly Love*.

¡Escúchala y disfruta!

COLLEEN HOOVER